U0560308

启真馆 出品

启真馆 出品

目　录

第1章

但丁笔下的炼狱是一座位于南半球海岛上的高山，除了炼狱山脚和山顶的地上乐园，共分七级，有意忏悔并改正罪过的灵魂在那里接受改造，净化后升入天国。

在维吉尔的引领下，但丁走出了黑暗的地狱深渊，来到了一个充满和谐气氛的崭新世界，蔚蓝的天空点缀着明亮的星辰，令人愉悦。在炼狱岛的岸边，但丁和维吉尔遇见了古罗马共和国晚期的著名政治家加图的灵魂。加图反对恺撒的独裁，拒绝在他的专制统治下生存，因而自杀，死后进入地狱的灵泊层；基督曾下到地狱，领出一些值得他解救的古人灵魂，加图便是其中之一。但丁把加图视为自由精神的象征，这种安排表明但丁心向自由，不希望代表自由精神的人受到地狱之苦的惩罚。在加图的要求下，维吉尔引导但丁来到水边，为其洗净面孔，缠上象征谦卑的灯芯草。随后，二人开始攀登炼狱山。

炼狱岛的明媚天空

为了在更美好水域航行[1]，
我才智小船已扬起风帆，
把残忍之海洋[2]抛在后面；
我将要歌唱那第二王国[3]，
人之魂在那里洗涤，净面，
配得上升入到高高云天[4]。
噢，快令这死亡诗重新复活[5]，

[1] “更美好水域”指炼狱。与地狱相比，炼狱自然是更美好的地方。

[2] 指地狱。

[3] 指炼狱。

[4] 只有在炼狱洗涤净化后的灵魂才能进入天国。

[5] 地狱是死亡的可怖世界，讲述地狱故事的诗句自然可以被称作“死亡诗”。诗人已经走出地狱，他呼吁自己的诗也摆脱死亡的气氛。

缪斯呀，因我站你们一边[1]，
此处请卡料佩[2]挺身而出，
用她的美妙音助我诗篇：
悲惨的诸喜鹊[3]受其打击，
对获得神[4]谅解已无期盼。
地狱曾伤我眼，刺痛吾心，
我刚刚走出那死气空间，
双眸便感觉到十分舒适，
见东方蓝宝石色彩悦眼，
凝聚在明净的晴朗空中，
一直到高高的第一天环[5]。
那以爱慰心的美丽行星[6]，
令整个东方都微笑嫣然，
遮蔽了尾随的“双鱼”光线[7]。
我转身向右侧注视另极[8]，
见四星闪烁在头顶空间，

[1] 缪斯是希腊神话中九位主管诗歌、音乐等文化事务的女神。诗人说，我是站在你们一边的，属于你们的人，因此，你们应该帮助我。

[2] 卡料佩（Calliopè，另译：卡利俄佩）是九位缪斯之一，宙斯和谟涅摩叙涅之女，俄耳甫斯之母。在希腊语中，“卡料佩”意为“声音悦耳者”，因此，她被看作诗与歌之神。

[3] “诸喜鹊”指庇里得（Pieridi）。据奥维德的《变形记》讲，庇里得（另译：庇厄得里斯）是古希腊色萨利国王的女儿，她们的声音美妙，但非常狂妄，竟敢与缪斯比赛唱歌，结果被卡料佩击败，最后变成了喜鹊。

[4] 指缪斯。

[5] 指月天。按照地心说理论，地球位于宇宙的中心，它周围围绕着许多天环，离地球最近的第一道天环是月天。

[6] 指金星。在意大利语中，金星一词（Venere）与爱神维纳斯的名字相同，因而，金星也被视为爱情之星。

[7] “双鱼”指双鱼星座。这行诗句的意思是：金星的明亮光线使伴随着它的双鱼星座暗淡无光。

[8] 指南极。与位于我们人类居住的北半球的北极相对应。

除最初之始祖无人曾见[1]。
因它们之光辉天空喜悦[2]，
噢，失眼福北方啊[3]，你好可怜！
就像是丧妻的鳏夫一般[4]。

炼狱岛的守卫者加图

当双眼离开那四星之时，
略转身朝向了另外一面，
大熊星在那里隐没不见[5]，
见孤独一老叟站我身边，
看上去他令人肃然起敬，
儿敬父不及我此刻情感。
面上挂花白的一缕长髯，
头发的颜色与胡须一般，
成两股，垂至胸，穿过双肩。
四圣星放射的耀眼光芒，
照射着老叟脸，令其灿烂，
我似见一太阳在我面前。
“是何人逃出了永恒牢狱[6]，

[1] “最初之始祖”指人类的始祖亚当（Adamo）和夏娃（Eva）。“四星”隐喻智、义、勇、节四枢德。人类始祖出生时本生活在位于南半球炼狱山顶的伊甸园（即地上乐园），在那里他们可以看见这四颗明亮的星，后来他们犯下了盗食禁果的罪行，被赶到北半球居住；但丁认为，此后再也没有人见过这四颗星。这几行诗寓意深刻，表明在但丁的眼中，只有最初纯真无邪的人才具备四枢德，后来世风日下，尤其到了中世纪晚期，人们已经远离了它们。

[2] 这四颗星照亮了天空，使天空看上去十分喜兴。

[3] 指人类居住的北半球。

[4] 看不见这四颗星的北半球十分悲惨，就像死了妻子的鳏夫。

[5] 大熊星座始终在北半球的地平线之上，即在南半球的地平线之下，因而，在南半球是看不见该星座的。刚才但丁仰头观望南半球天空中的星辰，此时，他试图望向北极，却只能平视地平线处，而见不到地平线以下的大熊星座。

[6] 指地狱。

加图、维吉尔和但丁

竟然逆暗河流[1]来到此间？”
问话时他可敬胡须抖颤。
“谁引你至此处，为你照明，
走出那无底的幽幽夜晚？
地狱谷可呈现永久黑暗[2]！
难道说深渊法被人破坏，
或者说天之令已经改变，
使罪魂来到我管辖地段[3]？”
闻此言向导便紧抓住我，
示意我恭敬地下跪、垂眼，
他不仅用手势，还用语言。
随后他回答道：“非我要来，
是一位圣洁女[4]降于上天，
请求我辅助他[5]，将其陪伴。
既然是提出了你的希望，
要求我把真情解释一番，
我不会回绝你心中意愿。
这个人尚未见最后一夕[6]，
但因蠢距死亡仅差半点[7]，
若再晚他必然魂飞命断。
就如同我所说，为了救他，
我被那圣洁女派其身边，
无他途，我只好踏此路面。

[1] 指地狱的河流。

[2] 是什么人引你走出地狱的？那里呈现的可是永久的黑暗啊！

[3] 老叟见但丁和维吉尔从地狱而来，因而十分好奇地问道：难道说地狱的法律被人破坏了？还是说上天的指令更改了？怎么地狱的罪恶灵魂跑到我管辖的地方来了？

[4] 指贝特丽奇。

[5] 指站在维吉尔身边的但丁。

[6] 这个人还没有死。

[7] 因为他太愚蠢，曾经差一点儿死去。

我带他看过了许多恶人[1]，
现欲示另类魂[2]于其面前，
这些魂求净化，由你看管。
怎领他出地狱，说来话长，
帮助我之德能降于上天，
使我引他见你，听汝之言。
你应该很喜欢他的到来，
他是为寻自由来到此间，
为自由弃生者最知其[3]贵，
乌提卡[4]丧性命你不觉惨，
在那儿留下了你的外衣，
它伟大日子里光辉灿烂[5]。
并非是因我们天命被毁：
米诺斯难缚我，他活世间[6]；
你承认玛齐娅[7]是你爱妻，
我属其贞节眼所在之环[8]，
看上去她仍然为你祈祷，
为其爱就请你网开一面，
许我们通过你七个王国[9]，

[1] 指在地狱中受惩罚的邪恶灵魂。

[2] 指在炼狱中受惩戒的灵魂。

[3] 指自由。

[4] 乌提卡（Utica），北非古城，位于今天的突尼斯境内；是公元前 8 世纪由腓尼基人建立的一个商业据点，在迦太基城西北约 40 公里。

[5] 站在但丁和维吉尔面前的老叟是古罗马共和国晚期著名的政治家加图（Catone），他坚决反对恺撒独裁，不愿意在恺撒的统治下生存，自杀于北非的乌提卡地区。但丁把他视为争取自由的勇士，十分敬重他，认为最后审判之日到来时，他的肉体与灵魂合一后会放射出灿烂的光辉。

[6] 维吉尔是地狱第一层灵泊的灵魂，地狱判官米诺斯守在地狱第二层的入口，因而管不了他，束缚不了他的手脚；但丁还是尘世的活人，也不受地狱管辖。

[7] 玛齐娅（Marzia，另译：玛尔齐亚）是加图的妻子，死后也进入地狱的第一层灵泊。

[8] 我属于玛齐娅贞洁的眼睛所在的那一层地狱，即属于灵泊。

[9] 请允许我们通过你管辖的七层炼狱。

若你配提及于地下空间，
我将把你恩惠传其耳边[1]。”
他答道：“当我在尘世之时，
眼中她[2]是那样令人喜欢，
其所求我必然如数照办。
现如今她住在恶河彼岸[3]，
我离开地狱时，法定于天[4]，
她再难感动我，令吾心软。
上天女[5]驱使你来到此处，
若如此，便无需献媚之言，
以她名求我助，必获方便[6]。
你去拔卑微的灯芯小草[7]，
缠其身，并为他洗净颜面，
使脸上之污秽[8]全然不见；
眼不可被任何迷雾遮住，
否则便不宜把守门者见：
他可是众天使其中一员[9]。

---

[1] 如果你为我们提供方便，值得我在地狱灵泊提及你，我会把你对我们的恩惠告诉你的爱妻玛齐娅。

[2] 指加图的妻子玛齐娅。

[3] 指地狱的阿凯隆特河彼岸，即地狱之中。

[4] 加图说，当我离开地狱的时候，上天做出了规定：把被圣宠选定者与被圣宠抛弃者分离；按照上天的这条规定，玛齐娅必须与我分开，她不能再用温情打动我，因为她永远属于地狱，而我却被派到这里看守炼狱。在《地狱篇》中，但丁曾讲述过，基督耶稣升天后曾下到地狱的灵泊层，领走基督教诞生之前就死去的、但值得拯救的灵魂（见《地狱篇》第 4 章第 52–61 行），其中包括加图的灵魂；但丁认为，加图是自由的象征，不能让他在地狱中受苦，因而基督把他从地狱中领出，命令他看守炼狱岛。

[5] 指已经升入天国的贝特丽奇的圣洁灵魂。

[6] 既然是上天的贝特丽奇派你来到此处，以她的名义求我放你们过去就行了，没有必要对我献媚。

[7] 卑微的灯芯草象征谦卑，按照基督教的伦理观念，它是人类最重要的美德之一。

[8] 参观地狱时但丁泪流不止，地狱的污浊之气和泪水使但丁的脸罩上了一层污垢。

[9] 加图让维吉尔帮助但丁洗掉脸上的污垢，因为满面污垢会使但丁的眼睛模糊，不便去见看守炼狱大门的天使。

此小岛最低的临水之处，
周围的层层浪拍击软滩，
灯芯草生绵软淤泥之上；
其他的植物都难以立站：
它们的枝叶茂，茎秆坚挺，
浪冲时难承受，因不柔软[1]。
事毕后你二人不必返回，
日升起，会照耀你们向前，
使你们知何处轻松可攀。”

洗净面孔并缠上灯芯草

话音落他消失，我站起身，
默无语，依偎在向导身边，
两只眼盯其面，丝毫不转。
向导道：“孩子呀，你跟我走，
此平原是缓坡，直通水边，
我二人须向后把身回转[2]。”
黎明已战胜了最后黑暗，
那幽幽之夜色仓皇逃窜[3]，
已发觉大海在远处抖颤[4]。
我们沿荒寂的平原前行，
迷途者似回归正确路线，

[1] 只有卑微的灯芯草可以在水边的软泥上生长，其他植物都因为过于坚挺，不能温顺地随着水的冲击摇摆，所以难以在那里维持生命。此处的诗句具有深刻的寓意，它们告诉读者一个十分重要的道理：谦卑者才是最坚强的。

[2] 与加图说话时，维吉尔和但丁面向加图，即面向着炼狱山；此时，他们须转过身走向水边。

[3] 指黎明。

[4] 天已微微发亮，但丁似乎看见远处翻滚的大海波浪。

维吉尔为但丁缠上灯芯草

他从前所行路徒劳枉然[1]。
我二人来到了风凉之处，
那里的露珠儿不急消散，
正在与太阳光拼死激战[2]；
我老师把双手伸向小草，
两手掌动作都温柔、缓慢；
我见他此举动，明其意图，
把流泪之脸颊凑他跟前：
他尽除我面上地狱之色[3]，
令我把被遮颜[4]完全展现；
又为我缠小草[5]，那人[6]喜欢。
噢，卑微草真好似奇迹一般！
无论在何处拔一根小草，
必立刻又生出新草叶片。
我二人随后又重登孤岸[7]，
它[8]从未见有人[9]在这（儿）行船，
更不能来此后还可生还。

[1] 有加图的指引，但丁心明眼亮；就像迷途者又返回了正确道路，他之前所走的路都是无益的。

[2] “风凉之处”指水边的软地，那里由于地势低，比较凉爽，太阳尚未完全驱散露水。

[3] 从地狱出来时脸上沾满了污垢，因而面色十分灰暗。

[4] 指被污垢遮掩的面孔。

[5] 维吉尔把灯芯草缠在但丁的身上。

[6] 指代表上帝意志的加图。

[7] 孤寂、无人的岸边。

[8] 指但丁和维吉尔所在的孤寂、无人的岸边。

[9] 指尘世之人。

第 2 章

在炼狱岛荒寂的海滩上，但丁和维吉尔正踌躇不前，不知何路通往炼狱山。他们看见一只小船飞驰而来，驾船的是一位身穿白袍的天使，白色的翅膀伸向天空，如风帆推动小船疾速航行于海面。那是一艘负责把聚集在台伯河口、有望获救的灵魂运到炼狱岛的小舟。百余名灵魂弃船登岸后，茫然不知身处何地，与但丁和维吉尔一样，亦不知从何处攀登炼狱山；他们专心地听卡塞拉歌唱，竟然忘记了进入炼狱净化自身的任务，仍沉湎于尘世的欢乐之中。此时，守护炼狱岛的加图厉声指责他们，提醒他们应尽快履行义务，进入炼狱，获得净化。听到加图的吼叫，灵魂们立刻停止欣赏优雅的歌声，奔向炼狱山；但丁和维吉尔也像他们一样踏上了进入炼狱的道路。

在炼狱岛岸边

在北方子午线最高之点，
神圣城[1]恰恰就坐落下面，
从那（儿）看，日已至地平之线[2]；
黑夜在太阳的对面运行，
出恒河，把“天秤”携带身边，
夜长时，“天秤”便离其[3]掌间[4]；

[1] 指耶路撒冷。

[2] “北方”指北半球。但丁认为，耶路撒冷城坐落在北半球子午线最高点的下面，即坐落在北半球的中心点之上。从耶路撒冷看，太阳降至地平线处，已是黄昏时分了。

[3] 指夜晚。

[4] 在前面的诗句中，但丁说过，耶路撒冷位于北半球的中心点，而炼狱则位于南半球的中心点，从这两处观看，南北两半球的东西极点是恒河和直布罗陀海峡。此时但丁虽然位于炼狱，但他想象，在耶路撒冷处观看，运行于太阳对面的夜已经转至地球东面的极点，即恒河处，太阳则转至西面的地平线上，即直布罗陀海峡处；北半球的耶路撒冷是黄昏时分，即晚上 6 点，直布罗陀海峡处是中午 12 点，恒河处则是午夜 12 点，南半球的炼狱则是黎明时分，即早晨 6 点。从这几行诗中我们还可以看出，当时是春分时节，太阳位于白羊宫，夜则位于天秤宫，昼比夜长；当秋分到来时，夜离开天秤宫，太阳则进入天秤宫，夜比昼长。

美丽的奥罗拉[1]上了年纪，
她面色原本是红白相间，
现在却变橙黄，橘子一般[2]。
我二人仍站在大海岸边，
思考着踏何路行走向前，
心虽动，身体却未移半点[3]。

载灵魂而来的天使之舟

似黎明突然间降落世间，
见火星低垂于西方海面，
包裹着浓蒸气显露红颜[4]；
一光体沿大海飞驰而来，
其速度任何鸟难以比肩，
真希望此情景重新再见[5]！
从其身我刚刚收回目光，
欲请求吾向导解开疑团，
再看时，它[6]更大，更加耀眼。
在光体两侧处我见白色[7]，
却不知它是个什么物件，
另一白亦渐渐出现下面[8]。
我老师还没有开口吐言，

[1] 希腊－罗马神话中的曙光女神。

[2] 此处但丁使用了拟人手法，意思为：随着太阳冉冉升起，天空从红白相间的色彩变成了橙黄色；表示炼狱处天已放亮。

[3] 心虽然已经开始上路，身体却还没有动。表示二人犹豫不决，虽然急于上山，却不知走那条路。

[4] 但丁看见一个很亮的东西出现在西方的水面上，似乎天突然地亮了起来，就好像见到了红红的火星裹着一层浓浓的蒸气落在了海面上。

[5] 但丁很喜欢见到这种情景，非常希望还能再见到它。

[6] 指前面提到的发光体。

[7] 指天使伸向两侧上方的白色翅膀。

[8] 指位于白色翅膀下面、穿着白色衣服的天使身体。

那白物变翅膀，出现眼前[1]；
他[2]清晰认出了掌船之人，
便叫道："快屈膝跪在地面。
这是位上帝使，你快合掌[3]，
此类事你还会多次看见[4]。
你可见他鄙视人间工具，
不用桨，也不用任何风帆，
靠自己之翅膀远航水面。
你可见其羽翼直指天空，
永恒羽[5]抖动着乘风向前，
它不似易损的凡羽那般。"
那使者随后便越来越近，
上天的神之鸟[6]更加明灿；
至近处，眼难以承受其光，
我垂目，天使则驶向岸边，
其舟儿轻快地急速而来，
不吃水，就好像飞于海面。
天降的掌舵人[7]站立船尾，
似"至福"铭刻在舵手之脸[8]；
百余名灵魂坐船的里边。
"以色列逃离了埃及之时[9]"，

[1] 老师还没有来得及说话，那白色的物体便出现在我的眼前；先前看不清的白色物体也变成了清晰可见的白色翅膀。

[2] 指维吉尔。

[3] 你快合拢双掌祈祷。

[4] 维吉尔让但丁快点儿下跪，并命令他祈祷上天，告诉他站立在船中的是天使，这样的天使他还将多次见到。

[5] 天使是永恒的生灵，其翅膀也自然是永恒的。

[6] 天使是可以飞行的生灵，因而此处诗人将其比喻成"神之鸟"。

[7] 指那位天使。

[8] 好像他脸上铭刻着"至福"二字。"至福"指天国之福。在天主教的教理教义中，炼狱被视为通往天国的阶梯。

[9] 见《旧约·圣咏集》第 114 篇第一句。

驰来的天使之舟

众灵魂同声唱圣咏诗篇，
除此句，下文亦连续不断。
天使向灵魂们画圣十字[1]，
他们便一个个弃船登岸；
船离去，似来时，如飞一般。

留在炼狱岛上的茫然灵魂

留岸边之灵魂神情茫然，
不知道是何处，东瞧西看，
就好像在探寻新物[2]一般。
太阳已从四方射出白昼[3]，
飞去的一支支精准利箭，
已经把摩羯座逐出中天[4]；
新来客[5]朝我们抬起头来，
开言道："是否可为我们指示路线，
使我们能到达那座高山[6]。"
维吉尔答言道："你们以为，
我二人很熟悉这片地面？
却都是外来客，彼此一般。
虽先到，我们却只早一点，
走的是另条路，十分艰险，
因而视爬此山儿戏一般。"
灵魂们发现我与众不同，
见我是一活人，口中气喘，

[1] 表示祝福他们。
[2] 指新奇的东西。
[3] 四面八方都射出光芒，太阳出来了，天亮了。
[4] 黎明时，摩羯座正处于炼狱上空的中天（即天空的正中央），太阳升起时，摩羯座便开始下斜，因而此处说"飞去的一支支精准利箭，已经把摩羯座逐出中天"。
[5] 指刚刚到达的灵魂。
[6] 指位于岛上的炼狱山。

于是便惊愕得面色全变；
如信使手中持橄榄枝叶，
引众人听他把消息来传，
全不顾互拥挤乱作一团；
在场的幸运魂亦是如此，
一个个全凝神望着我脸，
似忘记去净化、获得美善[1]。

卡塞拉与他的歌声

见一魂挺身出，迎我而来，
欲热情拥抱我于他怀间，
我感动，想模仿他的表现。
噢，灵魂都只有影并无实体！
我三次伸手把其背搂圈，
均落空，手又回自己胸前。
可能是我当时面现惊愕，
那魂影微笑着退到一边，
于是我跟着他迈步向前。
他要求我止步，态度和蔼，
我认出他是谁，请他停站，
以便他能与我相互交谈。
他说道："我肉身曾经爱你，
自由魂[2]对你爱亦未改变，
我止步；那么你来此何干[3]？"

[1] "幸运魂"指那些可以通过炼狱洗涤后进入天国的灵魂。所有在场的幸运灵魂都拥挤过来，惊愕地望着但丁，似乎忘记了他们进入炼狱净化的任务；就像看见手持橄榄枝的信使到来，人们都聚拢过去听消息一样。按照古代欧洲风俗，传递和平或胜利信息的信使都手持橄榄枝；但丁时代这种风俗仍然存在。

[2] 指摆脱了肉体的灵魂，即死后的灵魂。

[3] 因为我爱你，所以停下和你交谈；但我想知道，你还没死，为什么来这里呀？

灵魂们下船

我说道："卡塞拉[1]，我作此行，
为再次返回到这个地点[2]，
你为何却被夺许久时间[3]？"
他答道："选乘客、时间之人[4]，
曾多次拒我登渡海之船，
我对此并没有丝毫抱怨，
其决定来自那正义意愿[5]；
然而他三月来忙碌不断，
运有意登船者，从未发难[6]。
因此我立刻便转向海边，
台伯河在那里入海变咸[7]，
他欣然运送我来到此岸[8]。
谁若是不坠向阿凯隆特[9]，
都必定集聚在河口海边[10]，
现天使便朝那（儿）扬起翼帆[11]。"
我说道："昔日的温情歌曲，
常平息我心中种种欲念，

[1] 与但丁交谈的灵魂叫卡塞拉（Casella）。按照大多数注释家的注释，卡塞拉是佛罗伦萨人，喜欢尘世享乐，很晚才忏悔罪过，因而被但丁置于炼狱山脚下。

[2] "这个地点"指炼狱。但丁告诉卡塞拉，他作这次奇异的旅行，是为了灵魂获救，即死后灵魂能再次来到炼狱，从而，经过炼狱净化后升入天国。

[3] 但丁问卡塞拉，为什么他死了许久后才来到炼狱。

[4] 指那位运送灵魂到炼狱的天使，他既要选择运谁去炼狱，又要选择什么时间运选定的人去炼狱。

[5] 指上帝的意愿。

[6] "三月来"指从 1299 年圣诞节教宗卜尼法斯八世宣布大赦年以来的三个月。在大赦之年，死亡者的灵魂都被赦免罪过，无人能拒绝他们去净化灵魂，因而，那位掌船的天使十分忙碌地连续向炼狱运送灵魂、从来不向任何灵魂发难。

[7] 天主教教廷位于罗马，罗马坐落在台伯河口处，因而，台伯河口象征天主教会解脱灵魂罪过的忏悔权力。但丁认为，所有要进入炼狱的灵魂都先集合于台伯河口处，等待天使用船把他们载往炼狱岛。

[8] 由于有了大赦令，天使才允许我登船来到炼狱。

[9] "阿凯隆特"是地狱的第一条河，坠向阿凯隆特，即坠入地狱。

[10] 指台伯（Tevere）河口的海边。台伯河是一条象征古罗马文化的河流，流经罗马城。

[11] 刚才载我们来此的天使现在正驶向台伯河口。

卡塞拉

若新法[1]未夺你记忆、技能，
请用它[2]来略微慰我心田；
我的魂携躯体来到这里，
已觉得喘吁吁、疲惫不堪[3]！”
于是他温情地开始唱道：
“爱神在吾心中与我交谈[4]。”
美妙音仍回荡我的心间[5]。
伴他的众灵魂、老师与我，
都显露快乐情，意足心满，
似脑中已全无其他杂念[6]。

加图的干预与众灵魂的奔逃

我们都专注听他的歌声，
那可敬之老叟[7]高声叫喊：
“懒灵魂，做什么？如此缓慢。
为什么要懈怠？为何停站？
奔上山，快脱下那层硬皮，
披着它不能把上帝去见[8]。”
似鸽子聚一起啄食麦粒（儿），

[1] 指炼狱的法律，它对卡塞拉来说是新的法律。

[2] 指前面提到的温情的歌曲。

[3] 据早期的《神曲》评注家注释，卡塞拉是一位优秀的歌手和谱曲者，曾经为但丁的抒情诗谱过曲。这几句诗的意思是，昔日一些温情的抒情诗，经常能够平息我心中的欲念，若炼狱的新法律没有剥夺你的记忆和歌唱的技能，就请你唱几段谱过曲的抒情诗来略微安慰我的心吧！因为我的灵魂携带着躯体，经历了千辛万苦，来到这里，现在已经筋疲力尽了。

[4] 但丁曾在《飨宴》第三章中评注了自己创作的一首抒情诗，这是该诗的第一句。据一些《神曲》评注家说，卡塞拉曾为但丁的这首诗谱曲。

[5] 但丁听到卡塞拉咏唱自己创作的诗，心中十分愉悦，一直到他创作《神曲 · 炼狱篇》时仍感觉那歌声回荡在他的心间。

[6] 卡塞拉的歌声驱散了但丁和在场所有灵魂头脑中的杂念。

[7] 指看守炼狱岛的加图。

[8] “硬皮”指难以摒除的尘世罪过和恶习，带着它是进不了天国和谒见上帝的。

一个个只静静专注美餐，
全不显往日的那份傲慢[1]； 126
若出现它们所恐惧之物，
骤然间弃美食，意欲逃窜：
因担忧更重于享受佳宴[2]； 129
我见那新来的乌合之众，
弃歌声，急奔向那座陡山，
拔腿跑，却不知将至何处[3]， 132
我们[4]也急速离那片地面。

[1] 完全没有了往日挺着胸脯、慢条斯理地行走的样子。

[2] 一旦出现令其恐惧的情况，啄食麦粒的鸽子立刻都放弃食物，意欲逃走，因为此时对它们来说，安全比享用美食更加重要。

[3] “乌合之众”指那群刚刚到达炼狱山脚的灵魂，他们一听到加图的吼声，立刻都放弃享受卡塞拉的美妙歌声，拔腿便向陡峭的炼狱山跑去；然而，他们自己也不知道路对不对，最终能否进入炼狱山门。

[4] 指但丁和维吉尔。

第3章

听到加图的呵斥后，刚刚到达炼狱海滩的灵魂四散而逃；但丁十分信任维吉尔，依偎着和他一起走向炼狱山脚；维吉尔则懊悔刚才自己所表现出的慌乱之情。

但丁见到太阳只把自己的影子投射在地面上，看不见维吉尔的影子，以为他已经离开，顿生疑惧。维吉尔告诉但丁，自己是没有肉体的灵魂，因而没有影子；随后，维吉尔又向但丁解释了人类智慧的局限性。

但丁和维吉尔来到炼狱山脚，面对悬崖峭壁一筹莫展，此时，他们见到一群灵魂极其缓慢地走来，便上前询问何处比较容易攀登；众灵魂让但丁和维吉尔与他们同行。

灵魂队伍中的西西里国王曼弗雷迪向但丁和维吉尔讲述了自己的故事，并请但丁返回尘世时把他的事告诉女儿，让其为他祈祷，以便能够缩短他在炼狱门外等候的时间。

维吉尔的良知和但丁的信任

尽管是他们[1]都仓皇逃窜，
旷野上四处跑，奔向山间[2]，
在那里为正义[3]人将受苦，
然而我却依偎忠诚伙伴，
没有他我怎会撒腿就跑？
没有他谁引我爬上高山[4]？

[1] 指与但丁和维吉尔同在炼狱海滩上的刚到达的灵魂。见上一章结尾处。

[2] 指奔向炼狱山。

[3] 指上帝所主持的正义。

[4] “忠诚伙伴”指陪伴但丁的维吉尔。那些刚刚到达炼狱海滩的灵魂是一群乌合之众，在加图的厉声呵斥下，他们四散而逃；而但丁的态度与他们相比却截然不同，他紧紧地依偎在维吉尔的身边，表现出对向导十分信任；此处的两个疑问句更加显示出但丁对维吉尔的依赖。

我觉得他[1]心中好似内疚，
噢，纯洁的良知[2]呀，你有尊严，
微小错便令你心觉苦酸[3]！
我老师之脚步不再慌乱，
因它使人举止丧失尊严[4]；
吾心本只关注一件事情，
也随之大敞开，欲望增添[5]；
我举目把视线投向山冈，
从水面它直指高高云天。

维吉尔无身影和人类智慧的局限

太阳在吾身后喷射烈焰，
我躯体将其光拦腰斩断，
光依偎我的身，无法伸展[6]。
只见到我身前地面阴影，
猛然间侧转身，心中慌乱，
我生怕被抛弃、他离身边[7]；
慰藉者[8]提问道："你有何疑？"
随后他转过身继续吐言：

[1] 指维吉尔。

[2] 指维吉尔。

[3] 最初，听到加图的厉声呵斥，维吉尔也对加图的威严有些害怕，急忙领但丁离开海滩（见上一章结尾处）。但丁认为，维吉尔是一位具有纯洁良知的人，因而，此时他一定会为"逃走"这种猥琐之举内疚，因为有良知的人对自己所犯的微小错误都会感觉心酸。

[4] 此时，维吉尔的脚步不再慌乱，因为慌乱的举止会令人丧失尊严。

[5] 本来我心中也只想着加图严厉呵斥这一件事，现在随着维吉尔的放松，我的心也更加宽敞，有了想知道更多事情的欲望。

[6] 我的身体挡住了太阳光线，光照在我身上，无法向前伸展。

[7] 但丁只见到自己身前的地面上投射着人影，没有见到维吉尔的影子，以为维吉尔已经离开了他，因而很害怕；但是，他忘记了维吉尔是没有肉体的灵魂，不会遮挡光线，也不会在地面上投射影子；维吉尔一直在陪伴着他。

[8] "慰藉者"指维吉尔，他一直是安慰但丁的人。

"不信我引导你，陪伴身边？
投影躯我弃于布林迪西[1]，
后葬在拿坡里土石下面[2]；
现在那（儿）[3]已经是晚祷时间[4]。
若此时我身前没有影子，
你不必太惊愕、心中慌乱，
似一天并不遮另天光线[5]。
神力的创造令凡夫俗体，
承受着热与冷痛苦磨难，
怎造成，却不愿示人面前[6]。
三一神[7]行走的道路无限，
谁期盼人理性将其踏遍，
他定是狂妄者，已经疯癫[8]。
凡人啊，应满足只知其然，
若你们把万物均能看穿，
玛利亚何须生神于世间[9]；
你们曾见有人妄想摘果，
若可能，其愿望便会实现，

[1] 布林迪西（Brandizio）是意大利东南部的一座城市，维吉尔死于该城。

[2] 拿坡里（Napoli，另译：那不勒斯）是意大利西南部的一座大城市。在罗马帝国首位皇帝奥古斯都的建议下，维吉尔的遗体被安葬在拿坡里。

[3] 指拿坡里。

[4] 此时，维吉尔虽然在炼狱岛，但他看着太阳的位置推断出拿坡里已经是晚祷的时间了，即下午 3 点至 6 点之间。

[5] 九重天都是透明体，相互间并不遮蔽光线；无肉体的灵魂也是透明体，与九重天一样，也不遮蔽光线。

[6] 是上天的神力使人的肉体必须承受冷暖等尘世痛苦，然而，它却不愿意把如何造成这些痛苦明示人类。

[7] 指三位一体。

[8] 这段诗的意思是：三位一体的造化力是无限的，人的理性无法全面理解这种造化力；谁若是妄图完全理解它，他必定是一个已经疯癫的狂妄者。

[9] 如果凡人能够把万物全都看透，那么圣母玛利亚又何必生基督耶稣于世呢？

但后果是忍受永恒苦难[1]；
亚里士多德和柏拉图等，
我说的是那些智者魁元[2]。”
话音落，他垂首，心绪不安[3]。

在炼狱峭壁外面

此时刻我们至高山[4]脚下，
见那里座座岩陡峭难攀，
欲攀登之双腿一筹莫展[5]。
莱里奇[6]、图尔比[7]荒野崩岩，
虽最险，与其比，阶梯一般，
极宽阔，上行时毫无困难[8]。
我老师止脚步，开口说道：
“不知道另一面是否易攀，
无羽翼也能够爬到上面[9]？”

[1] 在地狱中，你们见到过那些狂妄的智者，他们曾想摘取看透万物的智慧之果；假如他们的欲望可能实现，他们便早已如愿以偿；然而，后果却恰恰相反，他们最后都跌入地狱，并在那里忍受永恒的苦难。

[2] 我说的狂妄者指的是柏拉图、亚里士多德等最智慧的那些人。

[3] 说到这儿，维吉尔自己也感觉到有些不安，因为他也是一位古代的能言善辩的智慧大师。

[4] 指炼狱山。

[5] 本来但丁早已经准备好攀登炼狱山，但是，当他见到炼狱陡峭的岩壁时，仍然是一筹莫展。

[6] 莱里奇（Lerice）是意大利利古里亚地区一座海滨城市，那里面向大海的悬崖陡峭得如墙壁一样。

[7] 图尔比（Turbia）是尼斯地区的一座滨海山城，位于十分陡峭的山上，现在叫拉蒂尔比，属于法国。中世纪时，那里人烟稀少，十分荒寂。

[8] 莱里奇和图尔比荒野之处崩裂的山岩最为险峻，但与此处相比，就像一座宽敞、平坦的阶梯，向上行走时，人一点都不感觉困难。

[9] 这边的峭壁太难爬了，不知道另一边的山崖会不会不这么陡峭，不借助翅膀的力量也能够爬上去。

迟迟进不了炼狱的灵魂

他低头看脚下所踏之路，
分析着应如何行走向前；
我翘首向上望崖壁四周，
一群魂出现在我们左边，
朝我们走过来，脚步极慢，
就好像丝毫都没有动弹[1]。
我说道："老师呀，若无办法，
你可以抬起头看看那边，
他们可向我们提供意见。"
于是他看了看，开心说道：
"我们去他们那（儿），他们缓慢，
可爱的孩子[2]呀，意志要坚。"
我二人已经行一千余步，
他们仍离我们十分遥远，
距离似好投手投石一般[3]；
所有魂都紧扒峭壁岩石，
止脚步，挤一处，似在观看，
如行人生疑惧，站立不前[4]。
维吉尔开言道："噢，善终之人，
你们均被选中，可以升天[5]，
我相信，你们都期盼宁安[6]；
为安宁告诉我何处不陡，

[1] 这些缓慢而行的灵魂是受到绝罚而迟至临终前才忏悔罪过的人，因而，他们在炼狱山门外极其缓慢地行走，久久不能进入炼狱。

[2] 指但丁。维吉尔不止一次地这样称呼但丁。

[3] 他们离我们还很远，大概有一个优秀的投石手用力投一次石头的距离。

[4] 灵魂们看见但丁和维吉尔，不知道他们是谁，因而心生疑惧，止步观看。

[5] 维吉尔称这些灵魂为"善终之人"，因为，他们虽然一生犯下许多过错，但死前却忏悔了罪过，生命的终结是善的，灵魂是可以升天的。

[6] 指天国的永恒安宁。

人可以从那里向上登攀[1]；
明白人最不愿浪费时间[2]。” 78
就像是被圈的成群绵羊，
一只随另一只走出禁栏，
待出羊怯生生低垂双眼[3]； 81
所有羊都模仿领头畜生，
若它停，别的羊拥其身边，
皆安静，却不知为何这般； 84
见那群幸运者[4]领头之人，
迎我们挪脚步，行走向前，
面纯朴，举止也正直、静安。 87
前面的那些魂一眼看见，
我右面地上的光线折断，
身影被投射在岩石之上， 90
便止步，甚至还略退后面；
跟随在身后的其他灵魂，
不知情，也必有同样表现。 93
于是乎，老师道：“不用提问，
我便愿向你们解释一番，
为什么太阳光地面被斩[5]。 96
你们都莫惊愕，应该相信，
若没有超凡力来自上天，
他不会努力越此山难关[6]。” 99

[1] 为了获得天国的安宁，你们应该行善；那好吧，告诉我，什么地方不这么陡峭，我们可以从那里爬上去。

[2] 智者最珍惜时间。这是但丁的一贯观点。

[3] 等待出羊圈的羊都低垂着头，好像有些害怕。

[4] 指那群欲进入炼狱的灵魂。

[5] 我要向你们解释，为什么太阳光被遮住没有投射到地面上。

[6] 你们都应该相信，如果没有来自上天的超凡神力的支持，这个人不会去努力翻越这座险峻的高山。

受绝罚者的灵魂

那一群配得上升天之魂，
用手背指方向，开口吐言：
“那好吧，请转身，走在前面[1]。”

曼弗雷迪的灵魂

一魂道：“我不管你是何人，
都请你一边走一边转脸，
看是否在尘世曾见我面。”
我向他转过身，观看其颜：
见他披金色发、英俊、面善，
但一眉被利刃拦腰截断。
我谦恭告诉他从不曾见，
他言道：“现在我让你看看。”
随后把胸上伤示我眼前。
他笑道：“我便是曼弗雷迪[2]，
科坦察[3]皇后孙在你面前；
西西里、阿拉贡荣耀之母[4]，
是我女，其容貌十分美艳；
我请你，在返回人间之时，
去见她，说实情，以辟谣言[5]。
我身体受两处致命之伤，

[1] 好吧，你们转过身向相反的方向走吧；你们在前面走，我们在后面跟着。

[2] 曼弗雷迪（Manfredi，1232—1266）是日耳曼神圣罗马帝国皇帝腓特烈二世的儿子，西西里国王，曾因反对罗马教宗受绝罚。1266 年 2 月，为夺取控制意大利的霸权，与法兰西的安茹伯爵在那不勒斯附近的贝内文托展开激战，不幸阵亡。

[3] 科坦察（Costanza，另译：科斯坦察，1154—1198）是西西里王后，日耳曼神圣罗马帝国皇帝腓特烈二世的母亲，曼弗雷迪国王的祖母。

[4] 指科坦察二世（Costanza Ⅱ，另译：科斯坦察二世，1249—1302），她是曼弗雷迪国王的女儿，嫁给阿拉贡国王彼得三世；西西里晚祷起义后，阿拉贡家族控制了西西里王国，她兼领西西里王后；因而此处称其为“西西里、阿拉贡荣耀之母”。

[5] 把我的实际情况告诉她，以避免世间到处传有关我的谣言。

便哭着把己向天主奉献[1]，
主宽恕我罪过，如他所愿。
我的罪着实是令人恐怖，
但无疆之仁善臂长不凡，
它接受投靠者所有乞怜[2]。
科森扎牧师[3]受克雷芒[4]命，
他曾经迫害我，把我驱赶，
若当时他见主如此面孔[5]，
我尸骨便仍在桥头旁边，
那座桥就靠近贝内文托，
重石堆守吾坟，压在上面。
现如今尸骨受风吹雨打，
被弃于王国外，维尔德[6]岸，
它被举熄灭烛移送那边[7]。
若希望尚存有生命之绿，
永恒爱[8]不会因诅咒之言，
全消失，且永远不能回还[9]。
圣教会绝罚者如若死去，
临终时即便是悔恨万般，

[1] 指皈依天主，即向天主忏悔罪过。

[2] “无疆之仁善”指天主的仁善。天主的仁善无处不在，它像一双极长的臂膀，可以把一切愿意皈依天主的人拥抱在怀中。

[3] 科森扎（Cosenza）是意大利南部卡拉布里亚地区的一座城市，“科森扎牧师”指科森扎地区的主教。

[4] 指教宗克雷芒四世（Clemente Ⅳ，1200—1268）。

[5] 若科森扎主教当时就知道天主会宽恕我，便不会这样对待我。

[6] 维尔德（Verde），特龙托河（Tronto）的一条支流，位于意大利东部的马尔凯地区。

[7] 曼弗雷迪战死后，法军统帅安茹伯爵查理不能将其葬在教堂中，因为他已经被教宗开除教籍（绝罚），于是在贝内文托附近的一座桥的桥头处为他修了坟墓，并命令士兵投乱石于坟头上。后来教宗克雷芒四世命科森扎主教挖坟掘墓，按照处理受绝罚者的办法，让人举着熄灭的蜡烛把其尸骨运到那不勒斯王国境外，抛弃在维尔德小河岸边。

[8] 指天主之爱。

[9] 如若希望还具有生命力，那么，并不会因为恶人的诅咒，天主的爱就永远全部消失。

也必须停留在崖壁之外，
三十倍对教会傲慢时间[1]；
除非有一次次虔诚祷告，
使此法规定的时间缩短[2]。
你能否告诉我善良女儿，
有此法，并曾经见过我面，
若如此，你令我十分欢喜，
因可借世人力我速向前[3]。”

[1] 受绝罚的人，即便是临终前忏悔了罪过，死后灵魂也会停留在炼狱峭壁的外面，停留的时间是他蔑视圣教会时间的三十倍。

[2] 如果世间有人为受绝罚者的灵魂不断地祈祷，也许会缩短他在炼狱峭壁外的等候时间。

[3] 如果你返回尘世时能去见见我的女儿，告诉她你见过我，使她知道我正在炼狱门外等候，我将非常高兴；也许她的祈祷可以帮助我走得更快一些，从而，尽早地进入炼狱。

第4章

但丁聆听曼弗雷迪的讲述，不知不觉地太阳已经上升了50度，即过去了3个多小时。之后，但丁随维吉尔开始吃力地攀爬炼狱山，他们手脚并用，因为山路既狭窄又十分陡峭。经过努力，他们终于登上一座平台，并面朝东方坐下小憩。维吉尔向惊愕的但丁讲解了为什么太阳会在他们的左侧运转。他见但丁惊叹山的险峻，便对其解释说，山的下面最为陡峭，越往上行，攀登就越容易；以此鼓励他战胜疲劳，继续前进。

二人听到附近有人说话，便循声走去，见在一座巨大岩石的阴影下有一些懒洋洋的人，他们是怠惰者的灵魂；在尘世时，这些人由于临终前才忏悔罪过，所以死后须在炼狱门外徘徊许久。在这群怠惰者中，但丁认出了他的好友、乐器制作人贝拉夸，并与他交谈。交谈中，贝拉夸的言行仍显示出怠惰者的懒散特点。

此时，炼狱山日至中天，北半球的耶路撒冷正值深夜，摩洛哥海岸已是黄昏，即将被黑暗覆盖。

时间不知不觉地过去

如若是快乐或痛苦感觉，
控制了我们的某个器官，
灵魂便完全地聚于该处，
其他的感觉似无暇照看[1]；
此观点批驳那错误认识：
一魂在另一魂上面点燃[2]。

[1] 亚里士多德认为，当快乐或痛苦控制了人体的某个器官，人就会忽略其他器官的感受。

[2] 柏拉图认为人有三种灵魂：生长魂（居于肝脏）、感觉魂（居于心脏）、理智魂（居于头脑），它们相继形成，同生一体，并有高低之分；但丁不赞同这种观点，他以火焰比喻三种灵魂，认为一魂高于一魂（即诗中所说的“一魂在另一魂上面点燃”）的说法是错误的。

如若是听或见某种事物，
把灵魂全吸至他的身边，
虽时间流逝去，却难发现[1]；
觉时间流逝是一种功能，
另一种则将魂控于身边，
后者中魂被缚，前者自便[2]。
我凝听且注视那个灵魂，
因而对此论有亲身体验：
太阳已上升了五十度整，
对于此我竟然毫无发现[3]；
至一处，对我们众魂[4]齐叫：
“这便是你们要到达地点。”

但丁随维吉尔继续爬山

那群魂随后便离开我们，
维吉尔向上爬，我伴身边，
我二人行走的通道窄小，
用刺枝所堵门比它更宽：
常见到葡萄变紫色季节，
农夫用荆棘条锁住果园[5]。

---

[1] 如果一个人的灵魂被见到或听到的某种事物完全吸引，他就会连时间的流逝都感觉不到。

[2] 感觉时间的流逝是人体的一种功能，视觉或听觉也是人体的功能；如果视觉或听觉控制了人的灵魂，那么，感觉时间流逝的人体功能就必然放任自由、不再工作了，即没有感觉了。

[3] 但丁说他对上述理论有亲身体验：在他凝听和注视那个灵魂（指上一章提到的曼弗雷迪）时，太阳已经上升了 50 度，他居然一点都没有察觉。按照托勒密的天文学理论，太阳围绕地球运转，每小时走 15 度；太阳上升了 50 度，意思为已经过去了 3 小时 20 分钟。

[4] 指陪伴但丁和维吉尔同行的灵魂。见上一章。

[5] 葡萄成熟季节，农民为了防止果实被偷窃，常用荆棘枝堵住进入葡萄园的篱笆墙上的狭窄通道。但丁说，他与维吉尔所走的小路还没有这种通道宽。

人步行可走到圣莱奥城[1]，
可上下比斯曼[2]、诺利[3]山巅，
但此处只能够飞到上面；
我是说靠意愿灵巧羽翼，
紧跟着那个人[4]向上登攀，
他引路，并令我心有期盼。
我们在岩缝中向上爬行，
两侧岩将我们夹在中间，
须匍匐，手与脚均扒地面。
攀爬至岩壁的顶端边缘，
见一片斜坡地展现眼前[5]，
我问道："老师呀，路在哪边？"
他答道："切莫要走错半步，
朝着山向上行，随我后面，
直到见精明的向导出现。"
眼前山极陡峭，远远超过，
圆盘顶向其心画条直线[6]，
峰高耸，一眼都难见山巅。
我已经极疲惫，开口说道：
"噢，慈父啊[7]，快转身回头看看，
你不停，我只身便落后面[8]。"

---

[1] 意大利中东部的一个山城小镇，位于艾米莉亚－罗马涅大区的里米尼省；那里的地势十分险峻。

[2] 比斯曼（Bismantova）是意大利中部亚平宁山脉的一座陡峭的山峰。

[3] 意大利西北部地区的一个山城小镇，位于利古里亚大区；那里的地势也十分险峻。

[4] 指维吉尔。

[5] 在峭壁的上面有一片地势较为平缓的坡地。

[6] 从一个圆盘的最顶端向圆盘中心画一条线，那便是一条垂直的线。但丁说，眼前的山比一道上下垂直的岩壁还要陡峭。

[7] 这是但丁对维吉尔的一种尊称。

[8] 但丁抱怨维吉尔爬得太快，请维吉尔回头看看他已经落在了后面；并说，如果维吉尔不停下来等他，他就只能只身留在后面了。

老师道：“孩子呀，向这（儿）攀爬！”
他手指一平台让我观看，
那平台环抱山另外一面[1]。
他的话激励我向上登攀，
我手脚齐努力奋进向前，
直至脚踏在那环台上面。
我二人坐下来休息片刻，
身朝着东方望所行路线：
因回看走过路常令心欢[2]。

维吉尔讲解天文知识和炼狱山特点

我双眸先望向低处海岸，
后举目瞧太阳，惊愕万般：
它竟然从左侧炫耀吾眼[3]。
那诗人[4]已看出我很诧异，
因见到日光车滚动向前，
行进于我们和北方[5]之间。
于是他对我说：“那面明镜[6]，
将其光投向了上下两面[7]，
若北河二与三陪伴着它，
你将见黄道带红光闪闪，

[1] 平台的这一面是但丁和维吉尔的攀爬处。除此处外，平台把山环抱于怀中。

[2] 人经常喜欢回望走过的道路。

[3] 此时，但丁和维吉尔面向东方，太阳在他们左侧运转，即在他们的北方运转；若在人类居住的北半球面向东方，太阳则在右侧运转，即在南方运转；但丁一时忘记了自己身处南半球，因而，感到十分惊愕。

[4] 指维吉尔。

[5] 指北半球。

[6] 指圆圆的太阳。

[7] 指北半球和南半球。

日靠近大小熊星座运行[1]，
除非它出旧轨，已经走偏[2]。
如若你欲知晓何以如此，
应内心想象到锡安之山[3]，
与此山[4]都同时耸立于地，
二者虽在不同半球上面，
却共有同一条地平之线[5]；
如果你心智明定可看见，
法厄同[6]遇难的所行路线，
他的车若曾行一座山边，
也必然会经过另一座山[7]。”
我说道：“老师呀，我从未有，
如今日这样的清晰双眼，
似以往曾缺智，今日明辨；
天围绕转动的中间圆圈，

[1] 北河二和北河三两颗星组成双子星座，该星座是黄道十二宫的第三宫。5 月 22 日至 6 月 21 日太阳在黄道第三宫中，运行于更靠近大小熊星座处，那时北半球进入夏季。

[2] 大约在公元前 5 世纪，古巴比伦人首先使用了“黄道带”这一概念。他们把整个天空想象成一个大球，星体分布在球的表面，这就是所谓的“天球”。“黄道”是太阳在“天球”上运动的轨迹，黄道两侧各九度以内的区域就是“黄道带”；黄道带发出的光线有些发红，因而，此处说“你将见黄道带红光闪闪”。古人为了表示太阳在黄道上的位置，把黄道分为十二段，叫“黄道十二宫”。从春分起依次为白羊、金牛、双子、巨蟹、狮子、处女、天秤、天蝎、人马、摩羯、宝瓶和双鱼。过去的黄道十二宫和黄道十二星座一致。由于春分点向西移动，两千年前在白羊座中的春分点已移至双鱼座，命名与星座已不吻合。

[3] 锡安山（Siòn）位于耶路撒冷以南，是基督教的圣地，据说那里有耶稣留下的足迹。

[4] 指但丁和维吉尔所在的位于南半球的炼狱山。

[5] 锡安山位于北半球的中心处耶路撒冷，炼狱山位于南半球的中心处；虽然两处相距甚远，但从两处看到的却是同一条地平线。

[6] 据希腊神话讲，法厄同（Fetòn）是太阳神的儿子，他驾驶太阳车行驶空中，失去控制，几乎烧毁地球，闯下大祸；后来，主神宙斯不得不用闪电将其击毙，以避免灾难。

[7] 法厄同驾太阳车环绕地球时，如果他路过锡安山，那么，也必定路过炼狱山。

某科学[1]称其为赤道之环，
它始终在太阳、冬季之间[2]；
如你说之原因，我们向北，
希伯来向炎热南方观看，
两地与赤道的距离一般[3]。
如若是你愿意，我想知道，
我二人还需要行走多远？
此山高，我眼竟难见其巅。”
他答道：“此山的结构如此：
在开始攀登时山势艰险，
越往上人越少遇到困难。
当你觉行走已轻松之时，
其山势已变得十分平缓，
如乘船顺流下，航行容易，
那时候你的路才算走完；
你停下，略小憩，消除疲劳，
我所说皆真话，不再多言。”

怠惰者与贝拉夸

维吉尔说完了上述之语，
不远处又一音传至耳边：
“或许你真需先歇坐地面！”
闻其声我二人转过身去，
见左侧有一块巨大石岩，
但此前我们都未曾看见。

---

[1] 指天文学。

[2] 当太阳移向南半球时，北半球便是冬天；当太阳移向北半球时，南半球便是冬天。因而，此处说赤道“始终在太阳、冬季之间”。

[3] 就如同你所解释的那样，如果我们在此处向北看，希伯来人在耶路撒冷向南看，希伯来人和我们与赤道的距离是一样的。

走过去，见那里有一些人，
他们均躲避在石影下面，
似一些怠惰者懒懒散散。
见一人似乎是疲惫不堪，
坐在那（儿），把双膝抱在怀间，
头低垂两膝中，脸朝地面。
我说道："哎呀呀，亲爱先生[1]，
那个人，我请你仔细观看，
比其妹'怠惰女'更显懒散[2]。"
那个人转过脸望着我们，
头略动，却仍然贴腿上面[3]，
他说道："你能干，那就上攀[4]！"
这时候我认出他是何人，
虽辛苦仍令我有些气喘，
但难阻我走向他的身边；
我靠近，他吃力抬起头来，
开言道："你是否清晰看见，
那太阳从左边驾车出现[5]？"
他举止极懒散，话语简短，
致使我唇略动，露出笑颜；
于是道："贝拉夸[6]，我不再为你痛苦[7]，

[1] 指维吉尔。

[2] 但丁把"怠惰"看作一位女子，因为，意大利语中"怠惰"为阴性名词；他称"怠惰女"是那个懒洋洋的人的妹妹，说兄长比妹妹显得更加懒散。

[3] 听到但丁的话，那个人并没有抬起头，只是把他趴在腿上的脸略微转向但丁和维吉尔，望着他们。这段描写充分体现了该人物极其懒散的特点。

[4] 说话人虽然懒洋洋的，但在其简短的话语中仍能够看出他对但丁指责别人怠惰的讥笑。

[5] 此时，但丁位于南半球，面向东方，环绕赤道转动的太阳自然在他的左侧。刚才说话者讥笑了但丁对怠惰者的傲慢，现在他又讥笑其缺乏天文学知识。

[6] 说话的怠惰者叫贝拉夸（Belacqua），是佛罗伦萨人，但丁的朋友；据说，他生前十分懒惰。

[7] 但丁发现好友贝拉夸不在地狱，而在炼狱，因而说"我不再为你痛苦"。

怠惰者

告诉我，你为何坐此地面？
难道说等某人陪你向前？
还是你又故态重新再现[1]？”
他答道：“噢，兄弟呀，上行何益？
有上帝之天使坐在门前[2]，
他不让我去受那种锤炼[3]。
天令我在门外滞留许久，
其时与我尘世生命一般，
因拖延，临终才实现美愿[4]；
除非有受天恩世人之心，
先祈祷，助我把境况改善；
其他人之祷告天怎听见[5]？”
那诗人[6]已经在前面攀援，
他说道：“你过来，快快观看，
日触及子午线，已至中天，
夜晚足踏上了摩洛哥岸[7]。”

---

[1] 或者说你懒惰的老毛病又犯了。

[2] 指炼狱门前。

[3] 指炼狱的惩罚。通过炼狱的痛苦锤炼，灵魂得到净化，从而能够升入天国。

[4] 因为我临终之前才忏悔罪过，实现皈依天主的美好愿望，所以只能长期在炼狱门外滞留，滞留的时间与我尘世的生命一样长。

[5] 只有获得上帝恩典的世人（指善良的虔诚信徒）的祈祷才能缩短我在炼狱门外滞留的时间，其他人（指犯有罪孽之人）的祈祷是无用的。

[6] 指维吉尔。

[7] 此时，但丁所在的炼狱山（位于南半球的中心）已经是正午，位于北半球中心的耶路撒冷应该是午夜，人类居住区的最西端摩洛哥则是黄昏，即已经开始进入夜晚的时候，因而此处说“夜晚足踏上了摩洛哥岸”。

第5章

但丁离开贝拉夸等魂影，跟随维吉尔继续攀登炼狱山。此时，一个距但丁不远的灵魂诧异地看到但丁的身体遮住了太阳光线，便呼喊其他灵魂观看；但丁也十分好奇地转身看着他们。维吉尔指责但丁意志不够坚定，总是分散精力；但丁感到羞愧，急忙跟上维吉尔的脚步。

另一群灵魂背诵着《圣经》的诗句“赐我爱怜”，沿着山坡横穿而过。这些人临终前才忏悔罪过，因而获得上帝的宽恕，来到炼狱，但他们必须在炼狱外徘徊一段时间才能入其门，上帝以此惩罚他们的怠惰。遇到但丁后，诸灵魂开始与他交谈。第一个说话的灵魂是法诺人，他请求但丁在法诺为他祈祷；随后，又向但丁讲述了他被人谋害的悲惨经历。第二个说话的灵魂叫邦康特，他讲述了自己如何战死在卡森亭山谷；并说，他的灵魂虽然被天使带到炼狱，尸体却受到地狱魔鬼的残酷虐待。第三个说话的灵魂叫毕娅，是锡耶纳人，婚后被丈夫残害而死。

受指责，但丁羞愧

我已经离开了那些魂影[1]，
跟随在我向导足迹后面，
此时有一个魂指我喊道：
“下面的那个人[2]，你们快看，
似日光未照亮他的左侧[3]，
其举止就好像活人一般！”
我目光转向那发声之处，

[1] 指贝拉夸等在炼狱门外徘徊的怠惰者灵魂。

[2] 指但丁。但丁此时正跟随维吉尔爬山，维吉尔在前，但丁在后，因而但丁自然在较低的位置。

[3] 之前，但丁和维吉尔曾面向东方，那时，太阳在他们的左侧；此时，他二人已经转过身爬山，面朝西，因而太阳在他们的右侧；但丁是具有肉体的活人，他的身体挡住了光线，所以左侧是阴影。

见诸魂惊讶地瞩目观看，
望着我和那道折断光线[1]。
老师道："你为何纠缠于此？
竟然会行走得如此缓慢，
那些魂嘟囔囔，与你何干[2]？
请跟随我后面，让人去说，
你应该如屹立坚塔一般，
任风吹，塔尖也不摇半点[3]；
人想法一个又接着一个，
新激情会减弱旧的欲念，
这使人距目标越来越远[4]。"
我不说"这就来"，还吐何言[5]？
话出口，羞愧色浮泛吾颜，
它常使人宽恕，免除非难[6]。

诸魂请求但丁帮忙

此时见在我们前面一点，
成群人沿着那山坡横穿，
一句句口中唱"赐我爱怜[7]"。
众灵魂均发现是我身体，

[1] 指被但丁身体挡住的那道光线。

[2] 维吉尔指责但丁太关注灵魂们对他的态度，从而放慢了前行的脚步。

[3] 你应该坚定不移地走自己的路，别管别人议论你。

[4] 人是很容易分心的，经常变换欲望和想法，这样便会使人离自己最初的目标越来越远。

[5] 面对老师的指责，我不说"马上就过来"，还能说什么呢？

[6] "它"指羞愧。如果一个人羞愧得脸都红了，见到这种情况，人们常常会宽恕他的过错，不再非难他。

[7] "赐我爱怜"是《旧约・圣咏》第50篇的一句诗。这篇诗是天主教礼拜仪式规定唱的第七首忏悔诗，适于一群人合唱；诗的内容是请求上帝发慈悲，涤除罪孽，赐予爱怜。

阻挡了太阳的道道光线，
“唉！”于是歌变成了轻轻长叹； 27
他们中两个魂作为使者，
为提问，跑步至我们面前：
“让我们将你等身份明辨！” 30
老师道：“你二人可返回诸魂身边，
对他们讲明白，不必隐瞒，
说此人肉体身，绝无虚言。 33
依我看，因见他诸魂止步，
若如此，这回答已很圆满[1]，
欢迎他，必定有好处万千。” 36
从未见燃烧气[2]如此之快，
划破那初夜的晴朗之天，
也未见电劈裂八月乌云， 39
如他们归队时速度那般[3]；
随后又携其他灵魂速返[4]，
就如同弛缰的马队一般[5]。 42
诗人道：“蜂拥至灵魂太多，
他们都来向你请求恩典，
你尽管边行走边听其言。” 45
来者都高声喊：“噢，请稍停步，
灵魂呀，为幸福[6]你踏路面，

[1] 若如此，这一回答已经够了。

[2] 按照中世纪的天文学和气象学，地上的蒸气上升，有的在较低的空间停止，形成雨雪和风；有的继续上升，由于过于靠近火层，便燃烧起来。此处，但丁指的是天上的流星；他认为蒸气被点燃后会坠落下来，那就是夜晚初现时我们常见的流星。

[3] 从来没有见过初夜的流星或夏季的霹雳从天而降时会有如此速度，就像那些灵魂返回队伍那么快。

[4] 那两个灵魂一归队便携其他灵魂马上又返回但丁和维吉尔身边。

[5] 来的灵魂特别多，速度又很快，其气势就像战场上马队冲过来一样。

[6] 指通过炼狱的苦行获得进入天国权利的幸福。

带与生俱来体[1]到达此间。
我们中是否有曾见之人[2]，
你可把他消息带往人间；
唉，为何走？怎么你还不停站？
我们都因暴力人死身亡，
一直到临终前仍是罪犯；
天之光让我们认清罪过，
是忏悔与宽恕赢得平安，
离世时与上帝达成和解，
令我们欲见他承受磨难[3]。”
我说道：“细端详你们面孔，
却一个颜面都不能识辨；
有福魂[4]，若愿意，就请明说[5]，
我努力使你们获得天安[6]，
紧跟着这一位向导[7]足迹，
寻觅它[8]我愿踏两界地面[9]。”

法诺的一个灵魂

一魂道：“并不需你发誓言，
我们都相信你努力行善[10]，
除非你力不足难以遂愿。

[1] 指天生便具有的尘世的肉体凡胎。
[2] 不知道我们之中有没有你曾经见过的人。
[3] 临终前我们才忏悔罪过，上帝虽然谅解了我们，却让我们为了见到他承受炼狱的磨难。
[4] 但丁称炼狱的灵魂为“有福魂”，因为他们经受炼狱磨炼后可以进入天国 。
[5] 如果你们愿意我去做我能够为你们做的事，就请对我明说，而不要隐瞒。
[6] 指天国的安宁。
[7] 指维吉尔。
[8] 指天安。
[9] 为获得天国的安宁，我愿意跟随这位向导踏遍地狱和炼狱两个世界。
[10] 我们都相信你会努力地帮助我们。

我抢在他人前开口求你：
一地在罗马涅、查理国间[1]，
如若是你能见那个地方，
就请你在法诺[2]祈祷上天，
为我求天之主给予恩赐，
洗涤掉我对他严重冒犯。
我本是法诺人，一心以为，
安忒诺之怀抱最为安全[3]，
想不到却被刺许多深洞，
涌流的生命血浸染地面：
是恨我埃斯特[4]派人所为，
此罪恶远超出正义界限[5]。
欧里戈[6]城镇处我被追上，
本应向拉米拉[7]方向逃窜，
若逃脱，我如今仍活世间。
入沼泽，被芦苇、淤泥绊住，
倒地后眼前见鲜红一片，

[1] “一地”指安科纳（Marca Anconetana）边境区。安科纳边境区是当时教宗国的一个省，位于罗马涅地区与安茹查理二世统治的那不勒斯王国中间。

[2] 法诺（Fano）是安科纳边境区的一个城镇。

[3] 安忒诺（Antenore，另译：安忒诺耳）是希腊神话中的人物，荷马史诗《伊利亚特》对他有许多描写。他是特洛伊的一位十分智慧的长老，但被特洛伊人视为亲希腊联军者，甚至有些人说他是叛国者；但丁曾用他的名字为地狱第九层科奇托冰湖叛国者环命名。据传说，他是意大利北部的帕多瓦城的创建者，因而，此处的“安忒诺之怀抱”指的是在帕多瓦城的领土上。说话的灵魂曾以为在帕多瓦城的保护下他非常安全。

[4] 指费拉拉城主埃斯特家族的阿佐八世（Azzo Ⅷ）。埃斯特是意大利中北部一个十分显赫的家族，曾长久统治费拉拉城。

[5] 诗中没有提及说话人的姓名，注释家们认为指的是雅各伯·卡塞罗（Iacopo del Cassero）。他是当时一位著名的政治家和军事家，曾担任波伦亚（Bologna，另译：博洛尼亚）的行政长官，与费拉拉的统治者阿佐八世结仇，后被其以十分残忍的手段暗杀。但丁十分痛恨阿佐八世，认为他杀害雅各伯的手段无丝毫正义可言。

[6] 欧里戈（Oriaco，另译：欧里亚科）是意大利东北部的一座城镇。

[7] 拉米拉（la Mira）意大利东北部的一座小镇，位于欧里戈和帕多瓦之间。

我的血洒于地，好似湖面。”

邦康特·蒙泰菲特

另魂道：“噢，那愿望[1]引你上山，
我祝愿你理想[2]能够实现；
请助我，显示你怜悯、仁善[3]！
我名叫邦康特·蒙泰菲特[4]，
已不在乔瓦纳、他人心间，
所以于众魂中低首垂面[5]。”
我说道：“是何力或者厄运，
致使你脱离了坎帕丁战[6]，
令人们不知你葬在哪边？”
他答道：“噢，卡森亭山脚之下[7]，
阿恰诺[8]泛漪涟，流水潺潺，
亚平宁隐修处见其源泉[9]。

[1] 指获得天国安宁的愿望。

[2] 指上一句提到的获得天国安宁的愿望。

[3] 那好，就请你帮助我，以显示你的怜悯和仁善之心。

[4] 邦康特·蒙泰菲特（Bonconte da Montefeltro，另译：波恩康特·蒙泰菲尔特罗）是意大利中北部城市乌尔比诺地区的统治者，吉伯林党（皇帝党）的领袖，吉伯林党军队的统帅，1289 年战死于坎帕丁（Campaldino，另译：坎帕尔迪诺）战役。

[5] 乔瓦纳（Giovanna）是邦康特的妻子，“他人”指邦康特的其他亲属，如女儿、兄弟等。这两行诗的意思是：邦康特死后，他的妻子和其他亲属都不再把他放在心里，致使他在众灵魂中抬不起头来。

[6] 1289 年 6 月 11 日，在佛罗伦萨人为首的圭尔费党（教宗党）与阿雷佐人为首的吉伯林党（皇帝党）之间展开了坎帕丁战役，但丁是该战役的参与者；圭尔费党的胜利确立了佛罗伦萨在托斯卡纳地区的霸主地位。在这场战役中，邦康特失踪了；人们见他负伤，逃离了战场，估计已死去，却不知死于何处。

[7] 卡森亭（Casentino，另译：卡森提诺）是阿雷佐附近的一座山，属于亚平宁山脉；“卡森亭山脚下”指的是著名的卡森亭山谷。

[8] 阿恰诺（Archiano，另译：阿尔齐亚诺）是流经卡森亭山谷的一条小河，它是阿尔诺河的支流。

[9] “亚平宁隐修处”指的是位于卡森亭山中的卡玛尔多里（Camaldoli）隐修院。阿恰诺河发源于该隐修院处。

我喉咙被利刃残忍刺穿，
于是便徒步逃，血洒荒原，
来到了该河流弃名地点[1]。
在那里我完全丧失光明，
倒地呼玛利亚，再难吐言[2]；
我尸被弃于那（儿），孤独、悲惨。
请你把我实话传于世间，
主遣使携我去，地狱鬼喊[3]：
‘噢，天上的[4]，仅仅因一滴眼泪，
为什么你夺他永恒一半[5]，
带走后仅留下他的躯体，
我处理余物[6]可另有手段[7]！’
你知道，潮湿的水气聚集，
它一旦上升至寒冷空间，
便凝结水珠珠重返地面。
地狱客[8]一心只知道作恶，
上天使他生来能力非凡[9]，
他一到[10]，风骤起，乌云飞卷。
顷刻间山谷似白昼熄灭，

[1] 阿恰诺河横穿整个卡森亭山谷，在比别纳小镇附近汇入阿尔诺河，之后就不再叫阿恰诺了。“来到了该河流弃名地点”，即来到了该河不再叫阿恰诺的地方。
[2] 我倒在地上，呼喊圣母玛利亚的名字，之后就再也说不出话了。
[3] 地狱魔鬼见到上帝派来的天使要携我而去，便对他喊叫。
[4] 魔鬼喊道：你这个从天上来的（指天使）。
[5] 指灵魂，因为灵魂是永远不灭的；而人的另一半便是躯体。
[6] 指留下的躯体。
[7] 暗示要用残忍的手段来处理邦康特的躯体。
[8] 指刚才说话的地狱魔鬼。
[9] 地狱魔鬼最初都是天使，后来，他们因跟随地狱魔王路西法反叛上帝，被打入地狱，成为魔鬼；因而，他们生来便具有与天使一样的非凡能力。
[10] 那个地狱魔鬼一到达山谷。

解救邦康特·蒙泰菲特

云雾遮大岭至普拉托曼[1]；
头上天弥漫着浓浓蒸气，
似水已将空气浸得满满；
雨落下，大地再难以承受，
便滚滚流入到沟壑里面；
随后又汇集成条条湍流，
猛涌向河之王[2]，翻卷波澜，
气势已不可挡，无法阻拦。
汹涌的阿恰诺见我冰尸，
从河口推它入阿尔诺澜，
痛苦时我胸前双臂交叉[3]，
此时已被解开，十字不见[4]；
两岸与河底间浪裹吾身，
冲积物随后又将其藏卷[5]。”

毕娅的灵魂

第三个灵魂又紧随其言[6]：
“噢，等你再回到那尘世人间，
休息后不再觉跋涉疲倦，
应想想我毕娅[7]经历悲惨；

[1] “大岭”指亚平宁主脉的一座高山，“普拉托曼”（Pratomagno，另译：普拉托玛纽）是亚平宁支脉的一座高山，两山间夹着卡森亭山谷。

[2] 指阿尔诺河，它是许多支流汇集成的主流，因而，此处称其为“河之王”。

[3] 临终时我双臂交叉着痛苦地抱在胸前。这是一种祈求上帝拯救的姿势。

[4] 此时，在河水的冲击下，双臂打开，抱在胸前的十字不见了。

[5] 河中的冲击物将我的尸体裹藏起来。

[6] 第二个灵魂刚说完，第三个灵魂就接着说。

[7] 第三个说话的灵魂叫毕娅（Pia）。据早期意大利的《神曲》注释者注释，她生于锡耶纳的托勒密（Tolomei）家族，嫁给马雷马（托斯卡纳的近海沼泽地）地区皮埃特拉城堡的领主奈罗·潘诺契埃斯齐（Nello dei Pannocchieschi）为妻，后来，该领主为迎娶其他女人将其杀害。

锡耶纳生育我，马雷马毁[1]：
迎娶者为我戴宝石指环，
他知晓这件事理所当然[2]。”

[1] 毕娅说：我生于锡耶纳，被毁于马雷马地区（即被害死于马雷马地区）。
[2] 这件事，我丈夫自然是十分清楚的。

第 6 章

但丁和维吉尔摆脱了众灵魂的纠缠，继续向前行走。维吉尔向但丁讲解了尘世人的虔诚祈祷是否能够帮助炼狱中的灵魂更快地升入天国。

随后，二人遇到了维吉尔的同乡索德罗。但丁见到索德罗和维吉尔的亲热举动，有感而发，谴责了意大利和佛罗伦萨的堕落和冷酷无情，声讨了不尽职的日耳曼神圣罗马帝国的皇帝和执掌罗马教廷权力的腐败教士。

纠缠但丁的诸灵魂

掷骰子赌博局结束之时，
输钱者自然会痛苦万般，
悲伤地重投掷，学习技巧，
胜利者却离去，众人陪伴；
有人在前面簇，有人后拥，
旁边的引关注侃侃而谈[1]；
他[2]走着听这个、那个说话[3]，
受赏者方离开他的身边[4]，
就这样他[5]摆脱众人纠缠。
在密集魂群中我亦这般，
看这个，瞧那个，不停转脸，
为甩开诸灵魂我许诺言。
众魂中有一个阿雷佐人，

[1] 为引其关注，围在两侧的人不断地说话。
[2] 指前面提到的“胜利者”。
[3] 他一边走一边听簇拥他的人说话。
[4] 获得取胜者赏赐的人才满意地离开。
[5] 指前面提到的那位取胜者。

他死于金·塔科[1]恶臂下面[2]，
另一个追人时溺水命断[3]。
还有那诺维罗·费德里戈[4]，
那一位比萨人也在其间，
后者把马祖科坚忍展现[5]。
我见到奥尔索[6]，另一灵魂，
那魂说并不因他把罪犯，
是妒怨使灵体一分两边[7]；
我是说皮埃尔·布拉斯君[8]，

[1] 金·塔科（Gin di Tacco，另译：吉恩·迪·塔科）是锡耶纳人，出身贵族，后来成为恶名远扬的强盗，锡耶纳政府将其驱逐出境；被驱逐的金·塔科定居于锡耶纳附近的小镇拉迪科法尼，他率领那里的居民抢劫过往路人，并煽动他们对抗罗马教廷；晚年，他与教宗卜尼法斯八世和解，在教宗的帮助下又得到锡耶纳政府的谅解；最后，在锡耶纳被人暗杀。他是《十日谈》第十天第二个故事中的主人公。

[2] “阿雷佐人”指本茵卡萨·拉特利纳（Benincasa da Laterina）。此人是13世纪著名的法学家，在担任锡耶纳法官职务时，曾判处金·塔科的兄弟和叔叔死刑，后来被金·塔科暗杀于罗马。

[3] “另一个”指谷丘·塔尔拉提（Cuccio de’Tarlati）。此人是13世纪后半叶阿雷佐地区的一位封建主，吉伯林党人；据说，在追杀圭尔费党人时溺死于阿尔诺河。

[4] 诺维罗·费德里戈亦称费德里戈·诺维罗（Federigo Novello），是卡森亭（Casentino）伯爵圭多·诺维罗的儿子，1289年或1291年被杀于比别纳（Bibbiena）。

[5] “那一位比萨人”指马祖科·斯科尔尼利亚尼（Marzucco Scornigliani，另译：马尔佐科·斯科尔尼利亚尼）的某个儿子。在比萨内斗期间，乌格里诺可能于1287年将马祖科这个儿子处死，并不允许亲友为其收尸。马祖科是当时的著名人士，担任过许多要职，晚年进入修道院修行。据薄伽丘讲，闻听儿子的死讯，马祖科极其伤心，但他装成陌生人，面无悲痛的表情，去恳求乌格里诺伯爵允许他安葬死者尸体；伯爵认出了他，感动地说：“去吧，你的坚忍战胜了我的执拗。”因而，此处说“后者把马祖科坚忍展现”。

[6] 奥尔索（Orso）是拿破仑内（Napoleone）伯爵的儿子，被堂兄弟阿尔贝托（Alberto）杀死。他父亲拿破仑内和他的伯父也因犯手足相残罪被打入地狱第九层。见《地狱篇》第32章。

[7] “灵体一分两边”的意思为：灵魂与肉体分离，即死亡。

[8] 皮埃尔·布拉斯（Pier de la Brosse）出身卑贱，后来因高超的医术而出名，受到法兰西王室宠信，成为宫廷内侍。1276年，腓力三世国王的长子路易突然死亡，皮埃尔指控玛丽亚王后为使自己的亲生儿子能够继承王位毒死了养子，从而与王后结仇；后来，王后诬陷皮埃尔犯叛国罪，将其处以绞刑。因而，此处说“那魂说并不因他把罪犯，是妒怨使灵体一分两边”。

布拉班[1]则需要准备一番，
以避免跌入到更恶深渊[2]。

世人的祈祷能否使灵魂更快升入天国

众灵魂均求人祈祷上天，
以便能变神圣，升入空间[3]；
我摆脱其纠缠[4]，冲出重围，
开言道："噢，我的光，你的诗篇[5]，
似乎在某一段曾经否认，
用祷告可改变上天决断[6]；
这些人却祈求此种恩赐，
难道说其希望全是虚幻，
还是我未理解你说之言？"
他[7]答道："我文字简明易懂，
如果用健全脑审视一番，
这些魂之希望亦非虚幻；
此处魂所需要满足之愿[8]，

[1] 指法兰西王后玛丽亚，她是布拉班（Brabante，另译：布拉班特）公爵的女儿，全名为玛丽亚・布拉班（Maria Brabante）。

[2] 这两行诗句的意思为：是玛丽亚・布拉班王后应通过忏悔做好准备，以避免坠入地狱（更恶深渊）。据说，玛丽亚王后惧怕因迫害皮埃尔而死后坠入地狱，很快便忏悔了自己的罪过。

[3] 炼狱门前的灵魂都祈求别人为他们祈祷，以便能尽快地进入炼狱，净化自己，升入天国。

[4] 指围在他身边的灵魂的纠缠。

[5] 此时，但丁在对维吉尔说话。"我的光，你的诗篇"指维吉尔的诗作。是维吉尔的诗篇照亮了但丁的人生之路，给予但丁创作的灵感，因而，但丁把维吉尔的诗篇称作"我的光"。

[6] 维吉尔在《埃涅阿斯纪》第 6 卷中曾经写道：预言家西比拉（Sibilla）否认用祈求可以改变神的旨意；这几行诗句暗指这件事。

[7] 指维吉尔。

[8] 指灵魂赎罪的愿望。

爱之火[1]顷刻间便可实现，
不意味天之鉴跌下山巅[2]；
在我下此断言那个地方，
罪不能补救于祈祷之言，
因为它难传到上帝耳边[3]。
圣女子[4]照心智，真理可见[5]，
除非她告诉你如此这般，
否则莫踯躅此高深疑难[6]。
你懂否：我是指贝特丽奇[7]，
若登上这一座高山之巅，
你将见她幸福笑颜灿烂[8]。”

维吉尔的同乡索德罗

我说道：“先生[9]啊，咱们快行，
现不再像刚才那么疲倦[10]，
你看山把阴影已投地面[11]。”
他答道：“可利用白昼尚存，

[1] “爱之火”指承受天恩的世人所具有的仁爱热情，这种热情可以使他们为亡者祈祷，令亡者的灵魂很快完成赎罪的过程。

[2] 这并不意味上天至高无上的判断降低了标准。

[3] “在我下此断言那个地方”指在维吉尔的作品《埃涅阿斯纪》中。《埃涅阿斯纪》创作于基督教诞生之前，那时候的人尚不是基督徒，他们的祈祷还无法传到上帝耳边，因而不能补救人的罪过。

[4] 指已经生活在天国的贝特丽奇。

[5] 对这么高深莫测的神学理论，象征理性的维吉尔只能略加解释，无法深入阐述；只有象征神之启示的圣女贝特丽奇才能真正照明但丁的心智，使其领悟真理。

[6] 除非贝特丽奇告诉你可以深入讨论这个问题，否则你就不要在此绞尽脑汁踯躅不前了。

[7] 不知你是否明白，我所说的“圣女子”指的是贝特丽奇。

[8] 在炼狱山顶上你将见到她笑着迎接你。

[9] 指维吉尔。

[10] 我现在不像刚才那么疲倦了。

[11] 你看，太阳已经转到山后，山的阴影已经投在地上。

我二人尽全力行走向前；
但事实不似你想象那般[1]。
太阳已被山坡遮在下面，
你无法再折断它的光线[2]，
登顶前你却将重见其颜[3]。
你眼前那灵魂孤苦伶仃，
却朝着我们俩凝聚双眼，
他将教我们走捷径路线。”
我们到他面前：噢，伦巴第魂[4]，
你多么蔑视人，何等傲慢！
但双眸转动得缓慢、庄严。
他任凭我二人靠近身边，
口中却未吐出片语只言，
只是如卧雄狮注目观看。
维吉尔走过去，请他指引，
我二人上山的最佳路线；
然而他并没有正面回答，
却反问我们俩景况、籍贯；
我温情向导说：“曼托瓦城[5]……”
那魂本不理人，孤独、傲慢，
此时却站起身，再次吐言[6]：
“噢，我名叫索德罗，是你同乡[7]！”

[1] 但是，事实却不像你想象的那么简单，我们还需要爬很久才能到达山顶。

[2] 太阳已经落山，你的身体再不可能遮住它的光线。

[3] 到达山顶之前，你还能够见到太阳。但丁和维吉尔登上炼狱山顶需要不止一天的时间。

[4] 那个凝视但丁和维吉尔的灵魂是意大利的伦巴第人（现以米兰为首府的地区）。

[5] 维吉尔是意大利伦巴第地区的曼托瓦人。

[6] 本来那个灵魂十分傲慢，但一听说维吉尔是曼托瓦人，立刻就兴奋起来，因为他二人是同乡。

[7] 索德罗（Sordello，另译：索尔戴罗）是 13 世纪初的意大利诗人，出生于曼托瓦地区的一个小镇。

遇见索德罗

他二人随即便拥作一团。

为意大利哀叹

唉，意大利奴仆呀，痛苦之地[1]，
风暴中无舵手一只小船[2]，
已不是女主家，而成妓院[3]！
仅闻人呼家乡温情之名，
那高贵灵魂[4]便急切表现，
欲在那（儿）与同乡[5]欢庆一番；
在意土尘世人战争连连，
有些人本生活同一城间，
相互的残害却从未中断[6]。
可怜虫[7]，沿海岸寻找一番，
然后再向内地注目观看，
是否有何地区享受宁安[8]。
有何用备缰绳查士丁尼[9]？
因为并无人坐你的马鞍[10]；

[1] 但丁认为意大利已经成为各城邦统治者任意驱使的奴仆和肆意妄为的痛苦之地。

[2] 神圣罗马帝国的皇帝已经放弃了意大利这座帝国的美丽花园，使其成为一只没有舵手控制的小船，在各城邦统治者如同风暴一样的肆意妄为中，它处于极端的危险之中。

[3] 意大利曾经是罗马帝国的中心，它本来是控制各外省的女主人的家，现在却不幸地沦为妓院，生活在那里的人竟然像妓女一样任人羞辱。但丁对意大利有深厚的感情，他为意大利的不幸感到痛苦。

[4] 指刚才说话的灵魂索德罗。

[5] 指维吉尔。

[6] 这里，索德罗与维吉尔相遇之时所表现出来的同乡之情与但丁所见到的意大利土地上尔虞我诈的争斗形成了鲜明的对比。

[7] 指意大利。

[8] 可怜的意大利呀，看看你海边的各个区域，再看看你的内地，还有安宁的地方吗？

[9] 查士丁尼（Iustiniano，约 482—565），东罗马帝国皇帝，史称查士丁尼大帝。他组织人编辑了《查士丁尼法典》，为罗马法系的建立奠定了基础。

[10] 无人遵守法典，查士丁尼制定它又有什么用呢？这就像为马备好了辔头、缰绳和马鞍，但无人骑马一样。

无缰绳或许会少丢颜面[1]。

对教廷和皇帝的指责

唉，诸位呀，若你们确懂上帝，
就应该真正有虔诚表现，
让恺撒[2]稳坐在马背上面[3]：
他[4]马刺难纠正畜生[5]错误，
快看看，从你们[6]缰握掌间，
马[7]变得有多么放荡、狂癫。
哎呀呀，德意志阿尔贝托[8]，
此野性不驯马[9]你弃一边，
你本该骑跨在马背之上，
愿星天能降下正义审判，
落于你家族身，显示神奇，
使你的继位者惧入心间[10]！

[1] 还不如没有这些辔头、缰绳和马鞍，即没有《查士丁尼法典》，如果是那样的话，混乱的意大利还少丢点人。

[2] 指皇帝。在西方的文学作品中，恺撒已经成为皇帝的代名词。

[3] 但丁向人们发出了呼吁，大多数注释者都认为，“诸位呀”指的是执掌教会权力的僧侣，因为他们过多地干预意大利的世俗事务，使皇帝不能正常地掌握政权，控制意大利，从而造成意大利的混乱。

[4] 指上一行诗句提到的“恺撒”，即皇帝。

[5] 指意大利。诗人把意大利比喻成一匹应该由皇帝掌控的马。

[6] 指控制罗马教廷的僧侣。

[7] 指意大利。

[8] 指日耳曼神圣罗马帝国的皇帝哈布斯堡家族的阿尔贝托一世（Alberto Ⅰ，1248—1308）。

[9] 指意大利。

[10] 但丁指责日耳曼的阿尔贝托一世不尽皇帝义务，放弃了对意大利的管理，并希望天降正义，显示出它的神奇，惩罚不尽职的哈布斯堡家族，使阿尔贝托一世的继承人有所顾忌，从而履行管理意大利的义务。

你与父[1]因贪婪忽略此事[2]，
竟然能强忍受如此局面：
任帝国之花园[3]变成荒原。 105
你看那蒙泰奇、卡佩莱提、
牟纳迪、菲利佩无人照看，
前两族极悲惨[4]，后者不安[5]！ 108
残忍者[6]，你应治贵族创伤，
快来看他们受何等苦难，
圣菲奥[7]那里有多么黑暗！ 111
快来看你罗马[8]正在痛哭，
她孀居，极孤独，昼夜呼喊：
“恺撒[9]呀，你为何不来陪伴？” 114
快来看人之间何等相爱[10]！
你心硬，对我们如若无怜，
至少应为臭名自觉无颜[11]。 117

---

[1] 指阿尔贝托一世的父亲鲁道夫一世（1218—1291），他是首位出自哈布斯堡家族的日耳曼神圣罗马帝国皇帝。

[2] 忽略对意大利的管理。

[3] 指意大利。

[4] “前两族”指蒙泰奇和卡佩莱提家族，他们在政治斗争中遭遇失败，受到压制和欺辱，因而此处说“前两族极悲惨”。

[5] “后者”指牟纳迪和菲利佩家族，他们不断受到反对派的骚扰和打击，因而此处说“后者不安”。

[6] 指阿尔贝托一世皇帝。

[7] 蒙泰奇（Montecchi）是维罗纳（意大利东北部的城市）的一个重要家族，属于吉伯林党；卡佩莱提（Cappelleti）是克雷莫纳（意大利北部城市）一个重要家族，属于圭尔费党；牟纳迪（Monaldi，另译：牟纳尔迪）和菲利佩（Filipeschi，另译：菲利佩斯齐）是奥尔维耶托（意大利中部城市）的两个重要的家族，前者属于圭尔费党，后者属于吉伯林党；圣菲奥（Santafior，另译：圣菲奥拉）是阿尔多勃兰戴斯科（Aldobrandeschi）家族的领地，在锡耶纳（意大利中部城市）附近。

[8] 罗马原本是古罗马帝国的首都，应该是皇帝所在的地方，因而此处诗人对阿尔贝托一世说“快来看你罗马”。

[9] 指皇帝。

[10] 具有讥讽含义。

[11] 至少也应该为你臭名远扬而自觉羞愧吧！

噢，崇高的宙斯[1]呀，若我可问，
为我们十字架你把身献，
却为何将正义双眸扭转[2]？ 120
难道说这只是一种准备?
深奥的天意中预示仁善，
人类的弱智慧实难预见[3]。 123

对佛罗伦萨和意大利各地统治者的谴责

意大利城市均充满暴君，
粗野人都深陷纷争里面，
人人是马塞洛，反叛皇权[4]。 126
欢悦吧，我家乡佛罗伦萨，
这离题之阐述[5]与你无关：
全赖你民明智才免非难[6]。 129
许多人心有义，却不发箭，
除非是他已经考虑周全；
你市民却将其挂在嘴边[7]。 132
许多人拒绝把公职承担，
你市民急回答，不需召唤，

[1] 此处指基督耶稣。

[2] 基督耶稣呀，如果我可以向你提问的话，我要问你，既然你为拯救我们人类献身于十字架，那么，现在为什么又把眼睛转向别处，对我们不闻不问了呢?

[3] 难道说让我们受苦是令我们将来幸福的一种准备吗? 深奥的天意中往往预示着仁善，人类的智慧太弱，实在难以预测上天之意。

[4] 马塞洛（Marcello，另译：马塞卢斯）是一位古罗马共和国晚期支持庞培反对恺撒的政治家，曾担任过罗马的执政长官；此处，但丁把他视为狂妄反对帝国权威的代表人物。

[5] 诗人认为，他刚才的感叹和议论有些偏离正题。

[6] 可以明显地看出，上面的几行诗具有极其强烈的讥讽性。其实，在但丁的家乡佛罗伦萨，皇帝党（吉伯林党）和教宗党（圭尔费党）之间的斗争比意大利其他城市更加激烈。

[7] 其他城市的人，虽然怀有正义感，却不马上说出来，除非他们已经深思熟虑；而你的市民（指佛罗伦萨市民）却每日将所谓的正义挂在嘴上。

主动喊："我愿意挑起重担[1]！"
现如今你尽欢，理由充沛：
既富有，又理智，而且宁安！
我所说是否真，事实难掩[2]。
制古法雅典与拉刻代蒙，
为公俗它们把文明展现，
与你比却显得微不足道，
你制定之规则细微不凡[3]：
十月纺之纱线却难保证，
十一月中旬时不被扯断[4]。
你一定还记得曾经几次，
变法律、公职和风俗、金钱，
曾更换多少批城市成员[5]！
如若你记忆好，眼目明亮，
将见己如病女卧于床间，
在羽绒被褥中不得安宁，
为减轻痛与苦反侧辗转[6]。

---

[1] 其他城市的人，都躲避政治斗争，不愿意担任公职，而你的市民却抢着担任公职。

[2] 现在你有理由高兴，因为你既富有，又充满理性。这几行诗既具有讽刺性，又表现出诗人的一种苦涩的矛盾心情，因为，当时佛罗伦萨的确十分富有；被流放的但丁既为家乡的繁荣高兴，又痛恨迫害自己的佛罗伦萨政府。

[3] 拉刻代蒙（Lacedemona）是古希腊著名城邦斯巴达的另一种称呼。雅典和斯巴达是古希腊文明的代表，为了使城邦具有良好的社会风气，确保繁荣昌盛，雅典人和斯巴达人都制定了严格的法律；但是，在你（指佛罗伦萨）所制定的细微的法律条文面前，他们的法律就显得微不足道了。

[4] 你所制定的法律就像 10 月刚刚纺出的纱线，却难以保证到 11 月中旬不被扯断。诗人用这一比喻尖刻地讥讽了佛罗伦萨法律的不稳定性。

[5] 在政治斗争中，一个党派取得胜利后，便流放另一党派的成员；当另一党派取胜重新返回城市时，便流放曾经迫害自己的反对派成员。这致使城市的居民不断更换。这几行诗的意思是：你一定还记得佛罗伦萨多少次改变法律、政府职位、社会风俗和货币吧？你也一定还记得佛罗伦萨更换了多少次城市居民吧？

[6] 如果你记忆好，并且心明眼亮，就能够明白，自己已经像一个生病卧床的女子，在羽绒被褥中翻来覆去，反侧辗转，以减轻痛苦。

第 7 章

索德罗问维吉尔和但丁是何人，当他闻听站在面前的就是古罗马最著名的诗人维吉尔时，兴奋异常，充满了崇敬的心情。随后，维吉尔向索德罗说明他在地狱的情况，并请索德罗指引登炼狱山的最佳途径。索德罗说，日已西斜，夜里无法登山；然后，他把维吉尔和但丁引入山腰处的一座山谷；那里鲜花盛开，姹紫嫣红。索德罗请维吉尔和但丁站在山谷边的岩壁上俯视谷中赞美圣母玛利亚的诸灵魂，并向他们介绍了几位君主及其继承者的情况，说明一代不如一代的道理。

闻维吉尔之名索德罗肃然起敬

热情且欢乐的迎接仪式，
重复了何止是三遍、四遍，
索德罗[1]随后问：“你等何人？”
我向导闻问话开口回言：
“这些魂能升至上帝身边，
在他们来到此登山之前，
屋大维[2]已把我尸体埋葬，
我名叫维吉尔，不能升天，
虽不恶，无信仰见主亦难[3]。”
如一人猛然见面前异物，
心疑虑，惊讶得言语错乱，
“这个是……这不是……”不知说啥[4]，

[1] 维吉尔的同乡。请见上一章。

[2] 指古罗马帝国首位皇帝奥古斯都屋大维（Augusto Ottaviano），他是维吉尔的朋友。维吉尔卒于公元前 19 年，屋大维皇帝下令将其安葬。

[3] 我虽然没有什么罪恶，但是不信仰基督耶稣，因而也难以进入基督教的天国谒见天主。

[4] 索德罗听维吉尔道出名字，不知所措，言语错乱：这样一位伟大的诗人竟然来到自己面前。

他如此慌乱后低垂双眼，
谦恭地又走向老师身边，
似卑者将尊长拥抱怀间[1]。
他说道："噢，拉丁人辉煌荣耀，
通过你，放光彩我们语言[2]，
噢，你是我出生地永恒骄傲，
我何能、天何恩令你出现[3]？
若我配闻你言，就请说明，
你是否出地狱？来自哪环[4]？"

维吉尔说明自己在地狱的情况

向导答："苦王国[5]所有环层，
我全都穿过后来到此间，
是上天德能力推我向前[6]。
因无为，非有为，我无可能，
把你所向往的至高日见：
认识他对于我实在太晚[7]。
下面[8]有一地方[9]虽然悲惨，

[1] 索德罗低垂着头卑微地走到维吉尔身边，再一次拥抱他。这次拥抱不比上次，上次是与同乡平等的热情拥抱，因当时索德罗还不知道面前站着的是大诗人维吉尔；而这次拥抱却是对自己崇敬之人的拥抱。具体抱在何处，诗中并无交代，许多注释者认为索德罗跪下抱住了维吉尔的腰部或者双膝。

[2] 噢，你是拉丁人的荣耀，你的诗使拉丁语放射出光彩。

[3] 我有何德何能，上天竟然赐予我见到你的恩惠。

[4] 如果我配得上与你交谈，就请你告诉我，你是否来自地狱？来自地狱的哪一层？

[5] 指地狱。

[6] 是上天的德能给予我力量，令我能够走完地狱的路程。

[7] "至高日"指上帝。"因无为"指因为没有信奉基督耶稣，"非有为"指并非因为做了什么坏事。这几行诗的意思是：因为我没有信奉基督耶稣，而并非因为我做过什么坏事，我不可能见到你所向往的上帝，人们认识基督耶稣的时候，我已经离世，因而对我来说，那已经太晚了。

[8] 指地狱。

[9] 指地狱的第一层灵泊。

但不因苦难多，只因黑暗，
闻叹息抱怨声，却无叫喊[1]。
在那里我陪伴无辜婴儿，
他们在免除掉人罪之前[2]，
便被死紧紧地咬于齿间[3]；
还陪伴不具备三超德者，
其他德这些人全都齐全，
而且还完美地将其实现[4]。

维吉尔请索德罗指路

若你知，并能够，就请指点，
哪一条山间路快捷方便，
可引导我们至炼狱门前。”
他答道：“我们并未被迫驻足某处，
可环绕这座山向上登攀，
能去处我均会把你陪伴。
但现在你已见太阳西沉，
黑夜里不可能向上攀援；
寻惬意休息地理所当然。
右手处有一些离群灵魂，
允许我引你去他们身边，
你认识这些人心必喜欢。”
维吉尔回言道：“为何如此？
难道说有人阻夜晚上山？

[1] 灵泊虽然悲惨，但并没有酷刑，只有黑暗；那里听不到灵魂痛苦的哀号声，只能听见他们的抱怨。

[2] 指受洗成为基督徒之前。

[3] 便死去。

[4] 我还陪伴那些不具备基督教三超德的古代贤人，他们具备其他所有美德，而且实践之。古希腊和古罗马人主张人应该具备四枢德，即智、义、勇、节；后来基督教增加了与其信仰紧密相关的“三超德”，即信、望、爱。

灵泊中的婴儿

或无阻，却乏力，上行亦难？”
索德罗地面上用指画线，
“日落后你难至此线那边[1]，
你来看，”随后他继续吐言，
“非其他阻碍你向上行走，
而只因夜晚的天太黑暗；
这使人失意志，能力不见[2]。
地平线封闭住白昼之时[3]，
人慢步沿陡壁环绕山间，
随太阳向下行也很自然[4]。”
我老师似惊愕，开口吐言：
“你说有一去处令人怡然，
快引导我们去那片空间。”
刚离开说话处没有多远，
我发现山向内有些凹陷，
就好似人世间山谷一般。

姹紫嫣红的山谷和赞美圣母的灵魂

那魂影[5]便说道：“我们去那（儿），
到山坡形成的怀抱里面[6]；
在那里等待着新的一天。”
有曲径从陡坡通向平地，
引我们一步步走向下边，

[1] 索德罗在地上画了一条线，告诉维吉尔：太阳落山以后，他难以越过那条线。这是一句具有隐喻意义的话：太阳的光辉象征上帝的恩泽，没有上帝的恩泽，人的灵魂就不可能获得救赎。

[2] 没有象征上帝恩泽的太阳光线的指引，在黑暗的夜晚中，人会丧失意志和能力。

[3] 指太阳落山时。

[4] 太阳落山时，人们沿着山路下行，找地方休息，这也是很自然的事情。

[5] 指索德罗。

[6] 指前面提到的山向内凹陷之处，那个地方呈现出人的怀抱形状。

来到了靠近那山谷地面。
胭脂红与铅白、纯洁金银，
打磨的光滑木及其靛蓝，
还有那刚破开祖母绿石，
全都无谷中草、花儿鲜艳，
与其比它们都显得逊色，
就如同小巫见大巫一般。
大自然使山谷五彩斑斓，
还混合千种香，嗅觉难辨，
那无名综合气令人怡然。
我见到诸魂坐花草之上，
“万福啊，我女王[1]”，歌声不断[2]，
魂均在山谷中，外面不见[3]。
曼托瓦引导者[4]开口说道：
“在夕阳尚没有入巢之前，
别让我引你们至诸魂间。
灵魂都处低谷，十分混乱，
在此处[5]可将其清晰分辨，
能更好识别出举止、容颜[6]。

诸位君主

那个坐高处者不尽义务，

[1] “万福啊，我女王”是中世纪晚期一首赞美圣母玛利亚的诗歌的头两个词，后来这首诗被教会规定为星期五晚祷时背诵的祷文。

[2] 诸灵魂都坐在鲜花盛开的草地上歌唱圣母玛利亚。

[3] 此时但丁和维吉尔才看见坐在山谷下面草地上的诸灵魂，刚才在山谷外面的陡坡上看不见他们。

[4] 指索德罗。

[5] 指索德罗、但丁和维吉尔所在的岩壁上。

[6] 谷底处的灵魂很多，混乱一团，难以分辨；在这座岩壁上可以更清楚地看到他们的一举一动，分辨他们是谁。

好像是早已经心不在焉，
他便是大皇帝鲁道夫君[1]，
嘴未动，不唱歌，自坐一边；
本可治意大利致命之伤，
却留给他人医，为时已晚[2]。
另一魂[3]看似在安慰皇帝[4]，
伏尔塔[5]汇易北[6]，入海波澜[7]，
他曾经统治那流域地面[8]；
名字叫奥托卡，襁褓之中，
就远胜胡须儿[9]何止万千：
败家子淫乱且游手好闲[10]。
那个魂长一个矮小鼻子，
似乎在与美面之魂交谈，

[1] 指日耳曼神圣罗马帝国皇帝鲁道夫一世（Rodolfo Ⅰ，1218—1291），属哈布斯堡家族，因而也称哈布斯堡的鲁道夫。

[2] 但丁认为，鲁道夫一世是一位不尽职的皇帝，他虽然十分强悍，完全有能力镇服意大利各城邦和那不勒斯王国，却只忙于稳定自己在日耳曼的地位，而不南下保护意大利的安宁，治愈意大利的致命之伤；他把拯救意大利的重任推卸给后人，但是，当后人想救助意大利的时候，恐怕已经来不及了。在炼狱，他的表现也和在尘世时相同，坐在山谷中的最高处（因为他是山谷中诸灵魂地位最高者），好像心不在焉，别人都在歌唱圣母玛利亚，他的嘴却一点不动。

[3] 指波西米亚国王奥托卡二世（Ottocaro Ⅱ，1230—1278），他是鲁道夫一世的死敌，曾反对鲁道夫一世当选日耳曼神圣罗马帝国皇帝；在与鲁道夫一世的对抗中战死于维也纳。

[4] 指鲁道夫一世。

[5] 伏尔塔（Molta，另译：伏尔塔瓦）是波西米亚的一条河流。

[6] 指易北河（Albia）。易北河是中欧主要河流之一，发源于捷克和波兰两国边境附近的克尔科诺谢山南麓，穿过捷克西北部的波西米亚地区。

[7] 伏尔塔河汇入易北河，然后与其一同注入大海的波澜。

[8] 另一个曾经统治伏尔塔河流域的灵魂（奥托卡二世的灵魂）看上去好像在安慰鲁道夫一世皇帝。

[9] 指奥托卡二世的儿子波西米亚国王瓦茨拉夫四世（Vincislao Ⅳ，1271—1305），因长着络腮胡须，此处称其为“胡须儿”。

[10] 但丁认为，孩童时就已经能够看出，奥托卡二世远比儿子瓦茨拉夫四世更有出息；后者是一位不理政事、荒淫无耻的昏君。

他死于逃亡中，辱没百合[1]，
你看他泣捶胸、羞愧、惭颜[2]！
再瞧那另一魂手掌托面[3]，
发出的哀叹声连连不断。
二人[4]是法兰西邪恶之父[5]：
知此儿[6]太肮脏、罪恶滔天，
因而便感觉到痛刺心肝。
那个魂看起来身材魁梧[7]，
唱歌把“大鼻头[8]”和谐陪伴，
他生前美德带曾束腰间；
坐在他身后的那位青年，
若继承其王位，头戴宝冠，

---

[1] “那个魂”指法兰西国王腓力三世（Filippo Ⅲ，1245—1285），据说他的鼻子很小。“美面之魂”指腓力三世之子法兰西国王腓力四世（Filippo Ⅳ，1268—1314），世人送其绰号“美男子”。腓力三世在与阿拉贡（西班牙）的战争中，舰队被击溃，被迫撤军，途中痛苦地死于瘟疫；因而，但丁说“他死于逃亡中，辱没百合”。金色百合是法兰西的旗徽，象征法兰西的荣誉。

[2] 腓力三世的灵魂似乎在与儿子腓力四世的灵魂交谈。来到炼狱后，他的灵魂仍然在为自己辱没了法兰西的荣誉而感到羞愧。

[3] “另一魂”指法兰西国王腓力四世的岳父纳瓦拉国王亨利一世（Enrico Ⅰ，1244—1274），他正在那里手托面颊沉思。

[4] 指腓力四世的父亲法兰西国王腓力三世和他的岳父纳瓦拉国王亨利一世。

[5] “法兰西邪恶”指法兰西国王腓力四世。腓力四世曾没收法国教会财产，强行占有本属于教会的什一税，因此与教廷发生冲突；他干预教宗选举，扶持克雷芒五世登上教宗宝座，并于 1309 年把教廷挟持到法兰西南部的阿维尼翁城，使其滞留圣城罗马之外近 70 年（史称“阿维尼翁之囚”）。但丁对腓力四世深恶痛绝，因而，此处称其为“法兰西邪恶”，称其父和岳父为“法兰西邪恶之父”。

[6] 指法兰西国王腓力四世。

[7] “那个魂”指佩德罗三世（Pietro Ⅲ，1239—1285），他是阿拉贡国王，西西里晚祷起义后兼领西西里王国；他生前文治武功均取得辉煌成就，因而下面第 114 行诗句中说“他生前美德带曾束腰间”。

[8] 指安茹查理一世（Carlo Ⅰ，1227—1285），据说他的鼻子很大，因而此处称其为“大鼻头”。他是法兰西国王路易八世的儿子，先受封为安茹伯爵，后又继承岳父普罗旺斯伯爵爵位；1266 年率军南下意大利，击败西西里国王曼弗雷迪，成为那不勒斯和西西里国王。1282 年，西西里爆发晚祷起义，查理一世被逐出西西里王国。他与佩德罗三世本来是死对头，但丁却把他们放在一起，并让他们和谐地在一起歌唱，以此表示，人的灵魂来到炼狱山之后，便会冰释尘世的恩恩怨怨。

美德将罐转罐，代代相接[1]，
对别人却难以如此断言[2]；
掌王权海梅[3]与斐得利哥[4]，
但均未很好地继承遗产[5]。
人美德从树干难传枝叶，
这是那赐德者[6]心中意愿：
为让人均祈求他的恩典[7]。
大鼻人[8]陪伴那佩德罗[9]唱，
但对他我也有无误之言：
普利亚[10]、普罗省[11]充满抱怨[12]。
植物常无法比它的种子[13]，

[1] “坐在他身后的那位青年”指佩德罗三世的小儿子，他也叫佩德罗，年轻时便夭折。佩德罗三世的长子阿方索继承父位，称阿方索二世，他是一个劣迹斑斑的国王。此处，但丁为英明君主佩德罗三世叹息，认为若佩德罗三世的小儿子不夭折并继位，阿拉贡家族的美德便可以世代相传。“罐转罐”的说法来自于《旧约》，意思为，酿酒时，渣滓沉在罐底，清澈的酒浮在上面，只有反复将一个罐子里的酒轻轻地倒入另一个罐子里，才能滗清酒水，排除渣滓。

[2] “别人”指佩德罗三世的其他儿子，他们都不如小儿子那么仁善；但丁认为，若其他儿子继承佩德罗三世的王位，也很难说会有好的结果。

[3] 指佩德罗三世的次子海梅二世（Giacomo Ⅱ，1264—1327）。1285 年，他继承父位，登基为西西里国王；1291 年又继兄位，成为阿拉贡国王。

[4] 指佩德罗三世的三子斐得利哥二世（Federigo Ⅱ，1273—1337），他也曾是西西里国王。

[5] 但丁认为，海梅二世和斐得利哥二世都曾执掌王权，但他们都没有继承佩德罗三世的美德，管理好王国。

[6] 指上帝。

[7] 人的美德很难世代相传，这是上帝的安排，为的是让人们不断地向他祈求恩典。

[8] 指安茹查理一世。

[9] 指佩德罗三世。

[10] 普利亚（Puglia）是现在意大利南部的一个大区，这里指当时的那不勒斯王国。

[11] 指普罗旺斯。

[12] 意思为：查理一世的嗣子查理二世与佩德罗三世的嗣子一样不肖，他继承了父亲的那不勒斯王位和普罗旺斯伯爵位，却没有管理好这两个地方，致使民众怨声载道。但丁对那不勒斯国王查理二世的评价一向十分尖刻。

[13] 这句的意思是：植物会退化，繁茂程度通常难与上一代植物相比。

贝特丽、玛格丽[1]二人之伴[2]，
也绝无康坦斯夫君[3]光鲜[4]。
你们看愚蠢的英格兰王[5]，
亨利君孤独地坐在那边，
他枝上较好的果实可见[6]。
诸魂中最低者席地而坐，
圭列莫侯爵爷[7]仰头观看；
亚历山那一战着实悲惨，
蒙菲拉、卡纳韦泪水潸然[8]。”

---

[1] 贝特丽（Beatrice，另译：贝雅特丽齐）是查理一世的第一位妻子，玛格丽（Margherita，另译：玛格丽特）是他的第二位妻子。

[2] “贝特丽、玛格丽二人之伴”指的是查理一世。

[3] 康坦斯（Costanza，另译：康斯坦斯）是佩德罗三世的妻子，其夫君指的自然是佩德罗三世。

[4] 这几行诗的意思是：植物会退化，查理二世不如查理一世；但是，查理一世也绝对没有佩德罗三世那么光辉灿烂。

[5] 指英格兰国王亨利三世（Enrico Ⅲ，1207—1272）。在位期间，他重用法兰西宠臣，强征苛捐杂税，容许罗马教廷榨取英格兰人的财富，因而引起英格兰人的不满，导致内战。

[6] “他枝上较好的果实”指亨利三世的儿子爱德华一世（Edoardo Ⅰ，1239—1309），他是一位英勇、明智的君主，文治武功都很有建树。

[7] 指蒙菲拉（Monferrato，另译：蒙菲拉托）侯爵圭列莫七世（Guiglielmo Ⅶ，另译：圭利埃尔莫七世，1240—1292），在各位君主中他地位最低，自然要坐在最低的位置上。

[8] 1290 年，圭列莫七世在镇压亚历山（Alessandria，另译：亚历山德里亚）城暴乱时被民众俘虏，受尽折磨，死于狱中。后来，其子试图起兵复仇，自己的领地蒙菲拉和卡纳韦（Canavese，另译：卡纳韦塞）却被亚历山人占领；这场战争使蒙菲拉和卡纳韦封地的臣民痛苦不堪。

第8章

黄昏已至，索德罗不再说话，众灵魂开始唱圣歌。随后，两个身披绿色羽翼、手捧喷火宝剑的天使降至山谷，守卫在那里。

但丁和维吉尔随索德罗进入山谷，遇见了尼诺的灵魂。尼诺请但丁把他在炼狱的消息带给女儿乔万娜，让她为其祈祷上帝的恩典；他抱怨妻子急于改嫁，不为其守寡。

但丁看见南极空中有三颗闪闪发光的象征三超德的明星，便与维吉尔讨论起来。

这时，一条象征地狱魔王撒旦的恶蛇游动着出现在山谷中，它试图诱惑决心忏悔罪过的灵魂走上歧途，使他们无法攀登炼狱山；两位天使立刻起飞，准备攻击来犯之敌，恶蛇见势不妙，仓皇逃遁。

恶蛇逃遁后，但丁又与库拉多·玛拉庇纳的灵魂对话，他赞颂了玛拉庇纳家族的美德。

黄昏至，诸灵魂高唱圣歌

现已到人转变情感之时[1]，
别友日总难免情柔心软，
航海者这时又重生思念[2]；
刚启程行旅闻远方钟鸣，
他必会因乡思肝碎肠断[3]，
因钟声好似泣日落西山；
此时已听不到任何声音，
我却见一灵魂起身立站，
用手势请同伴静听勿言。

[1] 指晚祷之时。

[2] 告别亲友远航的那一天，人们都难免悲伤；晚祷时暮色苍茫，最容易引起人们的忧伤感，航海的人难免又产生对亲友的思念。

[3] 刚刚启程的行旅听到远方传来晚祷钟声，那悲伤的钟声好像在哭泣日落西山，此时，他必然也会为思念家乡而十分痛苦。

他合掌把双手高高举起，
将其面朝向东[1]，凝聚双眼，
对天主好像说：“别无他念[2]。”
虔诚地口中唱“日落之前[3]”，
那美妙之歌声回荡耳边，
致使我出了神，飘飘然然；
其他魂随后也温情跟唱，
直到把那一首圣歌唱完；
他们均虔诚地望着天环。
读者呀，擦亮眼，注视真谛，
因此处面纱薄，真谛易见，
透过它[4]见里面自然不难[5]。

两位守卫山谷的天使

我看见那一队高贵灵魂[6]，
随后便默等待，不吐一言，
谦卑且面苍白，仰视上天[7]；
又见到二天使从天而降，
手中捧喷火的两把宝剑，

[1] 中世纪西方基督徒有面向东方祈祷上帝的习惯，因为圣城耶路撒冷位于东方，他们认为上帝的恩泽来自那里。

[2] 一心只想忏悔自己的罪过，没有其他杂念。

[3] “日落之前”是一首晚祷圣诗的第一句，据说该诗是由圣安布罗休创作的。

[4] 指上一行提到的“薄纱”。

[5] 此处，但丁提醒读者要透过文字表面的意思看到内在的含义，并说此处文字表面的意思象薄薄的一层面纱，很容易通过它理解后面的隐含之意。

[6] 那些灵魂在尘世时的地位都很高贵，因而被称作“高贵灵魂”。

[7] 灵魂们态度谦卑，是因为他们已经意识到自己十分渺小，难以自救，需要上帝的帮助；面色苍白，是因为他们急于进入炼狱，迫切等待上帝的帮助。

那宝剑均已经折断锐尖[1]。 27
身上衣如嫩叶那般青鲜，
被绿翼扇打得抖抖颤颤，
拖曳于他们的身体后面[2]。 30
一个落比我们略高之处，
另一个则落在他的对面，
众魂便被他们夹在中间[3]。 33
我可见其头上金发闪闪，
望面孔便觉得眼花缭乱，
似感官受强烈刺激一般[4]。 36
索德罗开言道："为守山谷，
两天使都来自圣母身边[5]，
全因为过一会（儿）蛇[6]至此间。" 39
我不知那条蛇何方而来，
四周望，被吓得身如冰寒，
紧紧地依偎在可靠双肩[7]。 42

下入山谷，与尼诺对话

索德罗又说道："我们下谷，

[1] "手中捧喷火的两把宝剑"的典故出自《圣经》：上帝把盗食禁果的亚当和夏娃驱赶出伊甸园，并派手持喷火宝剑的天使把守进入伊甸园的道路。折断锐尖的宝剑象征着两位天使承担的是防卫而非进攻的使命，他们不能用剑尖刺杀，只可用剑刃抵挡。这隐喻，邪恶的诱惑是无法消灭的，人只能逐步克服自己的弱点，慢慢地远离它。

[2] 天使衣服和翅膀的青绿颜色象征希望，它总是给人以生机勃勃的感受。

[3] 一个天使落在比我们所在的地方更高一点的山坡上，另一个天使则落在他的对面，这样众灵魂便被两位天使夹在中间。

[4] 我只能看见天使头上的金发闪闪放光，却不敢看他们的脸，因为他们的脸太明亮，令我眼花缭乱，就像视觉受到强烈刺激一样。

[5] 来自天国。

[6] 隐喻诱惑人的魔王撒旦。

[7] 指引导和保护但丁的维吉尔的肩膀。

现在可与显赫灵魂[1]交谈；
见你们是诸魂美事一件[2]。”
我向下走三步便至谷底[3]，
在那里有一魂对我凝看，
认出我是他的强烈意愿[4]。
刚才我看不清，因为太远，
此时刻天虽然已经昏暗，
却难以遮住我辨物视线。
魂朝我走过来，我亦迎他：
哎呀呀，尼诺啊，高贵长官[5]，
你不在恶人间真令我欢[6]！
相互间示热情问候之后，
他问道：“你来此是何时间？
怎跨洋到达这山脚下面[7]？”
我答道：“噢，穿惨地[8]，今晨至此，
虽此行为实现来生意愿，
但现在我仍然活于世间[9]。”
索德罗与那魂闻我回答，
二人均突然间失措茫然，

[1] 在尘世时他们的地位都很显赫。

[2] 见到你们，灵魂都会很高兴，这对他们来说是美事一件。

[3] 但丁、维吉尔和索德罗所在之处距离谷底很近，仅仅迈几步就到了谷底。

[4] 那个灵魂紧盯着我，迫切地想认出我是谁。

[5] 尼诺的全名叫尼诺・维斯孔蒂（Nino Visconti，1265—1296），他是比萨人，曾经担任过撒丁岛加卢拉地区的行政长官，因而，此处但丁称其为“长官”。

[6] 尼诺曾多次到过佛罗伦萨，但丁与他相识；在炼狱见到尼诺，知道他的灵魂可以获救，没有被打入地狱，但丁非常高兴，因而他心中感叹：“你不在恶人间真令我欢！”

[7] 指从遥远的台伯河口来到炼狱岛。来炼狱岛的亡灵均在台伯河口集合，然后由天使驾小舟运至炼狱岛；尼诺以为但丁已离弃人世，是一个亡灵。

[8] 指地狱。

[9] 此行是为了积德，是为来生做准备，我现在还是尘世的活人。

他们都向后退，不知咋办[1]。
一个[2]朝维吉尔转过身去，
另个[3]向一坐魂高声叫喊：
“库拉多，起来看，上帝恩典[4]！”
随后又转向我：“上天之主，
深深藏初始因，凡人难见[5]，
你应该对天主特别感激，
因而求你帮忙，显示仁善[6]，
返彼岸[7]告诉我乔瓦纳女，
为我祈助人的上帝恩典[8]。
其母[9]摘白纱[10]后，我不相信，
会仍然爱恋我宛如从前；
噢，本应该继续戴，她真可怜[11]！
见此女便能够轻易明白，
女子爱不被眼、触摸点燃，

[1] 索德罗一直不知道但丁是个活人，他与尼诺听到但丁还是活人，都感到十分震惊，吓得向后倒退，惊慌失措。

[2] 指索德罗。

[3] 指尼诺。

[4] 库拉多（Currato）你快站起来看看上帝赐给此人多大的恩典啊！他是个活人，竟然能穿过地狱来到这里。

[5] “初始因”指上帝行为的最初原因，即宇宙万物发展的根本原因；上帝总是把这种原因深深地隐藏起来，使凡人无法看见和了解它。

[6] 上帝允许你活着的时候就游历地狱和炼狱，通过你体现他的神秘，因而，你应该特别地感谢上帝；为了表示对上帝的特别感谢，你就应该为我们行善事。

[7] 指返回人间。

[8] 你为我行的善事应该是：当你返回人间时，告诉我的女儿乔瓦纳为我祈求上帝的帮助，赐予我恩典。

[9] 指乔瓦纳的母亲，即尼诺的妻子。

[10]“白纱”是悼念亡夫的象征，此处，“摘白纱”的意思是改嫁。

[11] 她本应该继续戴白纱，为我守寡，却悲惨地嫁给了一个远不如我的人。尼诺的妻子叫贝特丽奇·埃斯特（Beatrice d’Este），是费拉拉侯爵的女儿。尼诺死后，她于1300年改嫁米兰贵族加雷阿佐·维斯孔蒂（Galeazzo Visconti）。1302年，维斯孔蒂家族失势，加雷阿佐被驱逐出米兰，贝特丽奇随其过着流亡的生活，十分悲惨。因而，此处说：“她真可怜！”

真不知可持续多久时间[1]。
米兰人征战持蝰蛇旗帜[2]，
蝰蛇难使其坟十分壮观，
可以与加卢拉公鸡比肩[3]。”
就这样他吐出上述之言，
心中却燃烧着适度烈焰，
此正当之热情显于颜面[4]。

与维吉尔讨论天空的三颗明星

我切望之双眼瞧着天空，
注视着星运行最慢之点，
好似把近轮轴之处盯看[5]。
向导问：“孩子呀，为何观天？”
我答道：“我在看三束火焰[6]，
它们把此处的极地[7]点燃[8]。”
他又说：“你今晨所见四星[9]，
都已经向下落，沉向那边，

[1] 看到贝特丽奇的表现，便立刻会明白，男人若不用眼睛向女人示爱，不温情地抚摸她，女人的爱很快就会消失。

[2] 维斯孔蒂家族的旗帜上绣着一条蝰蛇，他们在率领米兰人征战时，总是高举这样的旗帜。

[3] 然而，维斯孔蒂的蝰蛇旗帜难以为贝特丽奇的坟墓增加光彩，它怎么能与加卢拉（尼诺任执政官的地方）绣有公鸡的旗帜相比呢？

[4] 尼诺虽然面部表情很激动，但他的激动却是一位出身高贵的人所特有的适度的激动。

[5] 我望着正对南极的天空的中心点，那里的星辰运转的速度最慢，就像车轮靠近车轴处转动得最慢一样。车轮靠近车轴处的直径最小，车轮外沿的直径最大，直径最小处和直径最大处的转动是同步的，因而，直径小的地方转动得慢，而直径大的地方则转动得快。

[6] “三束火焰”指三颗明亮的星，它们隐喻基督教的三超德。

[7] 指南极，因为但丁和维吉尔此时在位于南半球的炼狱山上。

[8] 指照亮了南极的天空。

[9] 隐喻智、义、勇、节四枢德。见《炼狱篇》第 1 章。

此三星则升起，占其空间[1]。”

邪恶之蛇

说话时，索德罗拉他过去，
开言道：“我们敌[2]在那里，你快来看。”
他手指，请吾师转向那边。
小山谷那一面没有屏障，
见一条游动蛇出现眼前，
或许它向夏娃曾把果献[3]。
那毒虫沿花草蜿蜒而来，
舌舔背，头左右不断扭转，
如兽想使皮毛光滑一般[4]。
我未见，因而便无法说清，
天之鹰[5]如何把威风施展；
却见到他们俩展翅飞天[6]。
一听到绿羽翼[7]劈风斩气，
蛇逃遁，二天使齐飞盘旋，
又回到起飞的那个地点。

[1] 按照基督教的神学理论，人只有既具备人生所必需的、古代就已经存在的四枢德，又具备死后进入天国所必需的三超德，才是完美的人。白昼代表尘世人生，因而隐喻四枢德的四颗星出现在清晨；夜晚代表人死后的另一个世界，因而隐喻三超德的三颗星出现在夜幕降临之时。

[2] 指前面提到过的那条隐喻邪恶的地狱魔王撒旦的蛇。

[3] 或许此蛇便是在伊甸园盗取禁果献给夏娃的那条。

[4] 就像野兽经常舔舐自己的皮毛，以使其保持光滑一样，那条蛇也不断地左右摇摆着头舔舐自己的后背。

[5] 指前面提到的两位天使。

[6] 因为只注视那条蛇，我没有看见，因而也说不清那两位天使是怎样腾空而起展示威风的，却见到他们已经在天上飞行了。

[7] 指前面提到的两位天使的羽翼。

山谷的守卫者

与库拉多对话

闻长官 [1] 召唤便过去之魂 [2]，
在整个攻击中 [3] 未眨双眼，
紧紧地盯着我仔细观看。
他说道："愿引你上升之烛 [4]，
在你的意志中能够寻见，
足够蜡可燃至高山之巅 [5]！
若你知玛格拉河谷 [6] 消息，
或附近真情况，请你吐言，
在那里我曾经显赫不凡。
我名叫库拉多 · 玛拉庇纳 [7]，
并非老库拉多 [8]，他是祖先；
对家人我之爱在此精炼 [9]。"
我说道："噢，从未曾到您家乡，
但欧洲凡是有人烟地面，
谁不知其名声广布世间？
它使您之家族十分荣耀，

---

[1] 指尼诺。

[2] 指库拉多。见本章第 66 行。

[3] 指天使起飞欲攻击来犯之敌和恶蛇逃遁的整个过程。

[4] 指上帝。是上帝的光辉照耀着但丁努力攀登炼狱山。

[5] "烛"指上帝的光辉，"蜡"指但丁的个人意志；人只有在上帝光辉的照耀下，才能登上幸福的山巅；但是，"蜡"则是上帝光辉所必需的燃料，如果人没有足够的意志，上帝的光辉便很难将其引导至幸福的山巅。但丁的这种认识已经与中世纪几乎完全依赖天命的基督教思想有所区别，它开始强调人的自由意志的重要性。

[6] 马格拉河位于意大利托斯卡纳地区的西北部，流经卢尼地区；玛格拉河谷及其附近地区（即意大利卢尼地区）是库拉多家的封地。

[7] 库拉多 · 玛拉庇纳（Currado Malaspina，另译：库拉多 · 玛拉斯庇纳）是意大利托斯卡纳地区 13 世纪的一位封建主，吉伯林党（皇帝党）人。

[8] 老库拉多侯爵是这位小库拉多的爷爷。

[9] 在尘世时我对家族的人十分热爱，保护他们的利益，但那只是狭隘的血缘之爱；在这里（炼狱）我的爱将精炼和扩展成博爱，此后，我不仅爱家人，也爱上帝和其他人。

使领地与其主美誉远传，
未去者知其名亦属自然[1]； 126
但愿我能登顶，可以断言，
您辉煌之家族未失光灿，
仍可把钱与剑荣耀展现[2]。 129
恶首领[3]将世界引入歧途，
但习惯与天性授其[4]特权，
它独自弃邪路勇往直前[5]。” 132
他说道：“现在你可以走了；
若天意之行程不会中断，
公羊用四只蹄遮踏之床[6]， 135
太阳在第七次卧上之前[7]，
此嘉许[8]便牢钉你的脑中[9]，
其他人所吐的任何美言， 138
都难与你这番话语比肩。”

[1] 我虽然没有去过您的家乡，但知道它的美名也是很自然的。

[2] “钱”指仗义疏财，“剑”指神武，这是中世纪贵族骑士应该具备的高尚品德和能力。

[3] 暗指罗马教廷。

[4] 指库拉多·玛拉庇纳的家族。

[5] 您的家族不受世间邪恶的影响，出污泥而不染，仍然保持良好的习惯与天性，独自在正确的道路上奋勇向前。

[6] 指西方天文学所说的“白羊宫”。

[7] 按照西方传统的天文学，每年春天到来时（春分时节）太阳进入白羊宫；太阳第七次卧上白羊宫之床，指的是过去七年。因而，这两行诗的意思是：在不到七年的时间里。

[8] 指刚才但丁对玛拉庇纳家族的赞美。

[9] 库拉多预言，七年之内，便会有一件事证实但丁所说的赞美之词，因而，这些赞美之词就会以最牢固的形式铭刻在但丁的脑海里。1306 年，被流放的但丁来到库拉多堂兄弟穆拉佐侯爵弗兰切斯奇诺·玛拉庇纳（Franceschino Malaspina）的宫廷，受到热情款待；颠沛流离的但丁对好客的玛拉庇纳家族感激万分，因而，在此章中写出了赞美该家族的诗句。

第9章

夜已深，但丁在鲜花盛开的草地上入睡。黎明时分，他做了一个梦，梦中，他好像被一只雄鹰抓上天空。醒来时，他与维吉尔已经来到了炼狱门口。维吉尔告诉他，是圣露琪亚在梦中把他抱到了这里。

炼狱门前有三级台阶，分别由白云石、粗糙的紫黑石、红色的斑岩制成，它们分别代表忏悔罪过的三个阶段。三级台阶上面，一位守门天使坐在钻石门槛上，他身披灰色祭服，手捧一把出鞘的宝剑。

但丁跪倒在天使脚下，请他打开炼狱之门，放其进入。天使用宝剑在但丁的额头上刻画了7个P字，随后从祭服下抽出金银两把钥匙，打开炼狱之门，放但丁和维吉尔进入。最先传入但丁耳中的是赞美天主的圣歌。

北半球黎明，南半球入夜

老迈的提托诺同床女伴[1]，
走出了温情的爱人怀间，
在东方阳台上露出白脸[2]；
见颗颗亮宝石[3]在其对面，
似一条冷血虫[4]展现眼前，
毒虫尾可击人，令其悲惨；

[1] 提托诺（Titone，另译：提托努斯）是希腊－罗马神话中的人物，曙光女神的丈夫。“提托诺同床女伴”指的是希腊－罗马神话中的曙光女神奥罗拉。据希腊－罗马神话讲，曙光女神奥罗拉爱上了人间的美少年提托诺，但苦于他是可灭的凡人而自己却是永生的女神，于是便再三恳求主神宙斯允许提托诺也永远不死。宙斯答应了奥罗拉的请求，致使其高兴至极，匆忙去与爱人相聚，却忘记细思自己的祈求是否正确。提托诺是个凡人，无法避免衰老，于是他在无限的寿命中越来越老。因而，此处称其为“老迈的”提托诺。

[2] 比喻曙光出现在东方。此时，虽然但丁在南半球的炼狱山上，却站在北半球的角度展示日出，因而说奥罗拉“在东方阳台上露出白脸”。

[3] 指天蝎座诸星。

[4] 像一只蝎子一样。

在我们所处的那个地方，
夜已经向上行两步之远[1]，
第三步将其翼垂向下面[2]；
我具有亚当祖所赐之体，
睡魔便迫使我卧于草间[3]，
躺倒在我五人[4]曾坐地面。

但丁入梦

此时刻燕子似想起灾难，
因此在破晓的这段时间，
悲戚戚吱吱地鸣叫不断[5]；
这时候我们的游荡心灵，
更远离肉体和思绪纠缠，
看上去飘飘然好似神游[6]：
幽梦中我就像亲眼看见，

[1] 中世纪，人们把夜晚分成 7 节，分别叫：黄昏、入夜、入眠、不宜打扰、鸡鸣、破晓、黎明。此处说“夜已经向上行两步之远”，意思为夜已经过去了两节，即进入了“入眠”时刻。

[2] 意思为第三节（即入眠时刻）已经即将过去。诗人用鸟儿飞翔来比喻夜晚时间的流逝，他说：夜晚第三节已垂下羽翼，意思为第三节已经开始下行，即已经过去一多半。

[3] 我具有祖先亚当遗传下来的肉体凡胎，因而不得不睡卧在草地上。

[4] 指但丁和刚才与他一同坐在草地上的维吉尔、索德罗、尼诺和库拉多。见上一章。

[5] 这几行诗的典故源于希腊 - 罗马神话中的一个哀婉的故事：雅典公主普罗克涅嫁给色雷斯国王忒柔斯为妻，她想念妹妹菲洛莫拉，便请丈夫去雅典接。忒柔斯好色，见菲洛莫拉貌美，顿起邪念，在归途中将其强奸。菲洛莫拉拼命反抗，高声呼救，忒柔斯害怕罪行暴露，便拔剑割掉了她的舌头。后来，普罗克涅知道了真情，决心为妹妹报仇，她杀死自己与忒柔斯的儿子，并将其肉煮熟给忒柔斯吃；知情后，发疯的忒柔斯拔剑追杀普罗克涅和菲洛莫拉；这时，突然间两姐妹长出翅膀飞遁而去；姐姐变成了燕子，妹妹变成了夜莺。此处的“燕子”指的就是两姐妹之一的普罗克涅。清晨，燕子不断地吱吱鸣叫，似乎普罗克涅总是在这个时候想起她的悲惨经历。

[6] 人们认为，破晓时刻的梦最为灵验，因为此时人的灵魂摆脱了沉重的肉体和尘世的俗念，最自由地游荡在空中。

但丁的梦

饰金羽一雄鹰空中悬浮，
欲向下猛俯冲双翼伸展；
我似乎见到了伽尼墨德，
把亲友全部都抛弃一边，
被劫走去服侍至高盛宴[1]。
我心想："这只鹰或许习惯，
在此处将猎物抓于掌间，
其他处不屑把利爪展现。"
我似见它空中盘旋片刻，
猛俯冲，势可怖，如同闪电，
抓住我，随后又直上火天[2]。
在那里它与我似被点燃；
梦中火极旺盛，承受已难，
这必然致使我睡梦中断。

梦醒之后

沉睡于母怀的阿喀琉斯，
离喀戎，被携至海岛地面
（希腊人又诱其离开那里），
猛醒后他转动蒙胧双眼，
却不知自己在什么地方[3]，
我此时也似乎如他那般[4]。
猛一震，我脸上睡意遁去，

[1] 伽尼墨德（Ganimede，另译：该尼墨德斯）是希腊神话中的一位美少年，特洛伊的王子；主神宙斯喜爱他，其神鹰将他抓上天，为诸神斟酒，侍宴。

[2] 按照中世纪的天文学理论，在月亮天和大气层之间有一道火层，此处称其为火天。

[3] 这几行诗的典故来源于希腊－罗马神话：希腊英雄阿喀琉斯自幼被托付给半人马喀戎教养，其母海神忒提斯听预言家说，他将死于特洛伊之战，就趁其熟睡之际把他抱走，放在斯库洛斯岛，并将其扮成女孩，藏于该岛的王宫中；阿喀琉斯醒来后，知道自己已远离喀戎，却不知道自己在什么地方。

[4] 我刚刚醒来，也与阿喀琉斯一样，不知道自己在什么地方。

直挺挺，苍白面十分昏暗，
似受惊，体冰冷，僵尸一般。
此时已日升起两个时辰[1]，
安慰者[2]独陪在我的身边，
我的脸朝向那大海波澜[3]。
老师他开言道：“不要惊慌，
放心吧，我们至理想地点[4]，
勿泄劲，把所有能力施展。
你已经到达了炼狱门前，
你看那（儿），一平台将其围圈，
断裂处其入口展现眼前[5]。
刚才在天亮前黎明时分，
你体内之灵魂沉睡期间，
一女子来山谷花草之上，
‘我便是露琪亚。’开口吐言；
又说道：‘让吾携沉睡之人，
我可以协助他行进向前。’
索德罗和其他灵魂留下，
天已亮，她携你向上登攀，
我紧紧跟在她脚步后面。
她美丽之双眼指示入口，
又把你放置于此处地面，
随后她与睡梦一同走远[6]。”
就好似一个人充满疑虑，

[1] 大约早晨 8 点。
[2] 指维吉尔。他是但丁的向导，也是但丁的安慰者；每当但丁遇到困难或困惑时，他总能安慰但丁。
[3] 面朝着炼狱山的外面，即面朝着大海。
[4] 我们走了许多路，克服了许多困难，现在已经到了比较容易前行的地方。
[5] 炼狱的入口周围有一座平台，平台上有一道裂缝，越过裂缝便是炼狱大门。
[6] 她走了，而且带走了你的睡梦；因而，你醒过来了。

后来却闻真相，心中明辨，
将心中之恐惧换成安慰，
我的心也发生如此转变；
老师见我已经没有不安，
动身上那平台，我跟后面。

炼狱门前

读者呀，你已经看得分明，
我要把更高的主题[1]颂赞，
勿惊愕我把它培植一番[2]。
我二人靠近了那个地方，
刚才在远处看它似裂断，
就好像墙上的一道缝隙，
不同色三台阶出现眼前；
一层层直通向炼狱大门，
沉默的守门者不吐一言。
当继续把眼睛睁大之时，
见那人坐最高台阶上面，
明亮脸晃得我无法观看[3]；
他手中捧一把出鞘宝剑，
其光芒直射向我的双眼，
我多次直视他徒劳枉然。
他说道：“请你们站那（儿）回话，
欲何为？由何人护送、陪伴？

[1] 指歌颂炼狱的主题。《炼狱篇》直至此处，还只是在展示炼狱大门之外的情况，此时，但丁提醒读者，他现在要正式赞美炼狱了。

[2] 炼狱的主题高于地狱的主题，内容必须更加精彩，语言也必须更加优雅；因而，我用前面八九章的文字做铺垫，下面还要更加修饰我的诗句，对此你们不要太惊愕。

[3] 当我走近、眼睛睁得更大时，看见一个人坐在最高一级的台阶上，他的脸放射出耀眼的光芒，令我不敢直视。

要当心，勿受伤，上行路险[1]。”
我老师回答说：“上天之女[2]，
她知道这件事，曾对我言：
‘你们可向前行：门在那边。’”
守门者又重新和蔼开言：
“愿她引你们足迈向良善，
那好吧，就请来台阶上面。”
向前行，我们至第一台阶，
白云石洁净且光滑不凡，
我的影反射在光洁石面[3]。
第二阶石头呈紫黑颜色，
极粗糙，似被火烧过一般，
横一道，竖一道，裂纹明显[4]。
第三阶扎实地压在上面，
好像是喷火的一块斑岩，
红红的，如鲜血洒于地面[5]。
一天使双脚踏红石之上，
稳稳地安坐于一道门槛，

[1] 你们来干什么？是什么人护送和陪伴你们来的？你们应该知道，炼狱的上山之路是十分艰险的，要注意，不要受到伤害。这几句话表明了守门天使的担忧，因为所有炼狱灵魂必须由天使陪同才能到达炼狱门口，然而守门天使却发现但丁和维吉尔无天使陪同。在天使陪同下灵魂才能到达炼狱之门的概念是具有深刻寓意的，它隐喻了天主教教会的重要性，即没有教会的引导，人的灵魂是无法获救的。

[2] 指前文提到过的圣露琪亚。

[3] 炼狱门前第一级台阶是一块光洁如镜的白云石，它象征忏悔的第一阶段：内心悔悟。

[4] 炼狱门前的第二级台阶是一块紫黑色的、粗糙的石头，上面的裂纹横一道竖一道的，它象征忏悔的第二阶段：口头悔罪。罪恶之人内心悔悟后，开始向忏悔神父说出自己的罪过；紫黑色象征忏悔者讲述自己罪过时面现羞愧之色，石头上的裂纹象征内心的罪过冲破壁垒时造成的破裂。

[5] 炼狱门前第三级台阶是一块扎扎实实地重压在前两个台阶之上的红色的、好像在喷火的斑岩，它象征忏悔的最后一个阶段：实施补赎。只有内心悔悟和口头忏悔还不够，还须用实际行动改邪归正。喷火的红色象征怜爱的火焰，它促使人们去补赎自己的罪过。

门槛的材料是闪亮坚钻[1]。
好向导拉着我，吾亦情愿，
登上了三台阶，他对我言：
“你谦卑请天使打开门闩。”
我虔诚扑倒在圣足之下[2]，
请天使打开门，求他赐怜，
但我先在胸前捶打三拳[3]。
那天使把七个大写 P 字[4]，
用剑尖刻画在我的额面，
“炼狱内洗此伤。”随后吐言。
灰烬或干土色一件祭服，
覆盖在守门的天使背肩[5]，
那天使从中抽两把钥匙，
一把黄，一把白，金银齐全[6]，
先用白，后用黄，打开大门，
致使我满足了心中之愿[7]。
他说道：“若一把钥匙失灵，
不能在锁眼中正确运转，
此门便不能开，无法过关。

[1] 坐在坚硬的钻石门槛上的天使象征引导人忏悔罪过的神父。钻石是世界上最坚硬、最牢固的物质，它象征神父在引导人们忏悔罪过时的坚定不移的态度。

[2] 扑倒在守门天使的脚下。守门天使象征以罗马教宗为首的忏悔神父。

[3] “在胸前捶打三拳”表示忏悔罪过。按照中世纪忏悔仪式的要求，忏悔者边捶打胸脯，边高喊：“我的罪、我的罪、我的大罪。”这三拳分别象征击打思想罪、语言罪和行为罪。

[4] 字母 P 是意大利语 peccato（罪孽）一词的缩写，七个大写的 P 字分别象征七宗罪，即傲慢、嫉妒、愤怒、怠惰、贪财、贪食、贪色。天主教认为这七种罪孽是万罪之源，因而称其为“七宗罪”。

[5] 守门天使身上穿着一件灰色的衣服。灰色象征谦卑，按照天主教的教义，忏悔神父应该以谦卑的态度引导罪人忏悔罪过。

[6] 这是基督耶稣交给圣彼得的那两把开启天国之门的钥匙。金钥匙象征基督授予教会的帮助人们忏悔和补赎罪过的权力，银钥匙象征忏悔神父所应具备的审查和判定忏悔者罪过的审慎和智慧。

[7] 满足了进入炼狱的意愿。

炼狱之门

两把中有一把更加珍贵[1]，
另把却需高超技巧掌管，
因解节[2]需要它正常旋转[3]。
圣彼得传钥匙[4]，并对我说：
若有人匍匐于我的脚前，
宁错开此道门，切勿错关[5]。”
他推开神圣门，随后说道：
“进去吧！但请记警告之言：
谁后看，必退出此门外面[6]。”

进入炼狱

那圣门枢轴用金属制成，
转动时会发出巨响连连；
塔佩亚[7]失忠勇墨泰卢斯，
圣庙便瘦了身，十分悲惨[8]；
它之门也不如此户坚固，

[1] 指金钥匙。

[2] 指帮助人忏悔和解脱罪过。

[3] 银钥匙象征教士帮助人忏悔罪过，这需要高超的技巧。

[4] 圣彼得被罗马教廷视为第一任教宗，因而此处说象征教宗的守门天使手中的两把钥匙是圣彼得传下来的。

[5] 对所有忏悔罪过的人打开炼狱的大门，宁可错开，但绝不能错关。这体现了天主教对世人的宽容态度。

[6] 这行诗句的寓意是：忏悔了罪过，灵魂便踏上了获救的道路；此时，不可再犯罪，否则就无法得到宽恕，即重新被上帝赶出炼狱。

[7] 塔佩亚（Tarpea，另译：塔尔佩亚）是罗马卡比托利欧山的一座崖壁，上面建有萨图努斯神庙，神庙中藏着古罗马共和国的财宝。

[8] 墨泰卢斯（Metello）是古罗马共和国晚期的一位保民官。公元前 49 年，罗马爆发内战，恺撒率军占领罗马城，他试图动用萨图努斯神庙收藏的共和国的财宝，但遭到负责守卫财宝的保民官墨泰卢斯的奋力反抗；恺撒命人拖走墨泰卢斯，随后，神庙中的财宝被其掠走。因而，此处说“塔佩亚失忠勇墨泰卢斯，圣庙便瘦了身，十分悲惨”。

其吼声更难比圣门呐喊[1]。
我凝神注意听首传之声[2]，
似颂主之圣歌送入耳间，
还似有甜美乐将其陪伴。
一闻听此声音我便觉得，
教堂的唱诗班出现眼前，
管风琴伴奏下歌声悦耳，
歌词却时而清，时而难辨。

[1] 虽然萨图努斯神庙宝库的大门十分沉重、坚固，却不如炼狱之门沉重、坚固；开门时虽然会发出巨响，却不如炼狱之门开启时那么响亮。

[2] “首传之声”的意思为：首先传过来的声音。

第10章

炼狱门内一层一层地有七座平台，即炼狱的七级；炼狱的每一级惩戒一种罪孽倾向。除惩戒外，为了引起灵魂们的反思，每一级中还向人们提供正反两面的例子。

但丁和维吉尔穿过一道狭窄的岩缝，踏上炼狱的第一级，那里惩戒的是傲慢者的灵魂。在这一级中，白色的云石上雕刻着许多浮雕，讲述了一些谦卑者受到赞扬的故事，其中包括：大天使加百列宣告耶稣即将诞生时圣母的谦卑形象和语言，大卫运送圣约柜时的谦卑舞蹈，古罗马皇帝图拉真在寡妇面前所表现出的谦卑态度等。

随后，但丁看见傲慢者的灵魂身负重物，蜷缩成一团，艰难地缓慢行走。

沿小路爬出岩缝

邪爱令灵魂弃炼狱之门，
因它使扭曲路好似无弯[1]。
我们已进入到该门[2]之内，
轰隆隆，闻巨响，门扇已关；
假如我转双眸，回首观望，
何借口可解释我把错犯[3]？
我们沿一岩缝向上爬行，
那岩缝忽而左，忽而右转，
似退去又涌来浪潮一般[4]。

[1] “邪爱”指人的情欲、物欲、名誉之欲等尘世的欲望，它使人们误以为弯曲的邪路是正直之路，从而令他们远离炼狱的洗涤，无法进入天国。

[2] 指炼狱之门。

[3] 炼狱的守门天使曾告诫但丁和维吉尔，进入炼狱门时不可向后看，否则会被驱赶出炼狱（见《炼狱篇》第9章第132行）；但丁觉得自己不能犯这样的错误。

[4] 岩缝中的小路忽而转向左边，忽而转向右边，像浪潮一样，有时冲向前面，有时又退到后面。

我向导开言道："此处需要，
略使巧才能够继续登攀，
有时候靠这边，有时那边[1]。"
这便使我二人迈步缓慢，
然而那下弦月[2]却欲急返，
现已经倒卧在它的床上[3]，
这时候我们才爬出针眼[4]；
此时见山退缩，形成平台[5]，
我们至开阔地，周无遮拦[6]；
止步处并非是荒凉之路，
却是片更冷清、孤寂高原[7]，
我疲惫，二人均道路难辨。

栩栩如生的浮雕

从这片平地的外沿（儿）之处，
到继续向上的高山脚边，
大约有三个人相接长度，
我目光于是便展翅飞天，
忽而左，忽而右，反复观看，
这一圈平台均如此这般。

[1] 维吉尔告诉但丁，在这里行走，需要有技巧，有时要靠左边走，有时则要靠右边走。

[2] "下弦月"指满月之后的月亮。诗人在《地狱篇》第 20 章第 127 行中提到满月，此时又过去数日，天空中呈现的自然是下弦月。

[3] 指地平线。

[4] "针眼"指那道岩缝，其典故源自《新约·马太福音》第 19 章所载的耶稣的话："骆驼穿过针的眼儿，比财主进入上帝的国还容易呢。"根据天文学家的计算，月亮转至地平线时，炼狱处应该是日出后 4 个半小时，即上午 10 点半。但丁和维吉尔在上午 10 点半之后才走出那道岩缝。

[5] 山腰向里缩了进去，从而山腰处形成一座平台。

[6] 我们登上平台，来到一片开阔地，向山外四处望去，视线毫无阻拦。

[7] 虽然那里并不是一条荒凉的道路，却是一片比荒凉道路更加冷清、孤寂的高原。

我二人还没有移动脚步，
便发现在靠近山壁那边，
岩石坡并不是十分陡峭，
白云石上面有浮雕装点，
不仅使波留克[1]感到惭愧，
见此雕大自然亦觉无颜[2]。

圣母玛利亚的谦卑回话

那天使[3]曾降至尘世人间，
带来了许多年哭求宁安，
开长久被禁入天国之门[4]，
其形象[5]展示在我们面前，
他美妙之形态栩栩如生，
不像是一雕像，不能吐言[6]。
我发誓：他在说“贞女万福[7]！”
因圣洁童贞女[8]亦雕上边[9]，
崇高爱之钥匙是她扭转[10]；
她似说“我是主谦卑侍女[11]”，

[1] 波留克（Policleto，另译：波留克列特斯）是公元前 5 世纪的古希腊著名的艺术家。

[2] 见到这么精美的雕刻，不仅大艺术家波留克会因为技不如人而感到惭愧，就连有鬼斧神工之能力的大自然也自觉尽失颜面。

[3] 指降至人间向圣母玛利亚宣告耶稣即将诞生的大天使加百列。

[4] 大天使加百列的宣告为人类带来了祈求多年的安宁，又重新开启了关闭已久的天国之门。

[5] 指大天使加百列的形象。

[6] 并不像一座不能说话的雕像。

[7] “贞女万福！”是大天使加百列向圣母玛利亚预报耶稣即将诞生时对她说的问候语。

[8] 指圣母玛利亚。

[9] 显然，此处雕刻的是“圣母领报”的场面，画面上有问候圣母的大天使加百列，还有圣母玛利亚。

[10] 是圣母玛利亚转动了打开上天至爱大门的钥匙，致使上帝令其子基督耶稣道成人身，下至尘世，救万民于水火。

[11] 这是圣母玛利亚回答大天使加百列问候的话。

圣母领报

这句话雕在其神态上面，
就好像蜡上盖印章那般[1]。
我站在和蔼的老师左边[2]，
他对我温情地开口吐言：
“别再只向那里注目观看！”
闻老师吐此言我便抬脸，
向他站之方向转动双眼，
见到那玛利亚圣像身后，
岩石上雕刻着另一事件；
我越过维吉尔，靠近雕刻，
使故事清晰地展现眼前。

大卫在约柜车前舞蹈

那里的云石上雕着牛车，
圣约柜被载于牛车上面，
因为它人们都惧怕越权[3]。
牛车前有七个圣诗唱团，
它们使我感觉一分两边，
一说“非”，一说“是，歌唱不断[4]”。
那想象之香烟也是如此

[1] 圣母玛利亚的形象非常逼真，真实得就像印章盖在蜡上所留下的印记那样，毫无差异；她的神态清晰地表明她口中确实吐出了“我是主谦卑侍女”这句话。

[2] 我和老师面对面地站着。

[3] 约柜是古代以色列民族的圣物，“约”是指上帝跟以色列人所订立的契约，而约柜就是放置上帝与以色列人所立的契约的柜子。这份契约指的是由先知摩西在西奈山上从上帝耶和华那里得来的两块十诫石板。据《旧约·撒母耳记下》第 6 章记载，大卫命人把上帝的约柜从亚比那达家运往迦特城，约柜被放在牛车上，亚比那达的儿子阿希约和乌撒赶着牛车，阿希约走在牛车的前面，乌撒走在牛车的后面。突然，牛失前蹄，乌撒急忙用手去扶约柜，却惹怒了上帝，被击杀，死在约柜旁。上帝只允许祭司触摸神圣的约柜，乌撒扶约柜是越权和渎神的行为，因而受到惩罚。这次惩罚使人们再也不敢擅自去做上帝未曾允许的事。

[4] 使我的感觉器官出现了两种不同的看法，一个器官（听觉）说他们没有唱歌，另一个器官（视觉）却说他们在歌唱不断。

它亦令是与非难以分辨[1]，
使我的眼与鼻争论连连[2]。
《圣咏》诗之作者[3]束衣舞蹈，
欢跳于神圣的器皿前面[4]，
胜君王，又不似君王那般[5]。
对面雕一巍峨宫殿窗口，
米甲女[6]惊愕地凝聚双眼，
似悍妇充满了轻蔑、恨怨[7]。

图拉真皇帝感人的谦卑态度

我移步离开了所在之处，
靠近[8]把另一个故事观看，
那画面闪亮于米甲后面。
罗马帝[9]感动了格里高利，

[1] 指雕刻出来的十分逼真的香烟。那香烟是雕刻师想象出来的，并不是真的香烟，但是人们却难以分辨其真假。

[2] 我的眼睛看见的似乎是真的香烟，然而鼻子却闻不到香烟的味儿，致使我的眼睛和鼻子为其真假而争论不休。

[3] 指大卫。相传《圣经》中的许多圣咏诗是他所作。

[4] “神圣的器皿”指约柜。这句意思是：欢跳于运送约柜的牛车前面。

[5] 大卫的表现比君王还要辉煌，但又不像君王那么庄重。大卫在运送约柜时，执行的是祭司的使命，因而比君王更显高贵；然而他在约柜车前面不顾尊严地舞蹈，狂欢，却与祭司和君王的身份不符；因而，此处说“胜君王，又不似君王那般”。

[6] 指大卫的妻子米甲（Micòl）。

[7] 米甲站在宫殿的窗口，看见大卫不顾尊严地在约柜前跳舞，觉得他给王室丢了脸，因而，十分蔑视和怨恨他。

[8] 靠近另一幅画面。

[9] 指图拉真（Traiano，98—117年在位），他是罗马帝国鼎盛时期的皇帝；传说他十分贤明和富有怜悯之心。

致使他之胜利金光闪闪[1]；
我是说图拉真伟大皇帝，
其崇高之荣耀刻于石面：
一寡妇勒缰绳令马止步，
洒泪水，把痛苦向帝展现。
他周围簇拥着骑马军士，
绣雄鹰金色旗迎风招展，
飞舞在他们的头顶上面。
众人间悲惨女似乎在说：
“陛下啊，为我儿报仇雪冤，
他的死真令我痛碎心肝。”
帝答道：“请等待我的凯旋。”
女子道：“陛下呀，若你不返？”
她好像痛苦得迫不及待，
帝又答：“继位者为你雪冤。”
女子道：“若你忘应做之事，
其他人如果做，与你何干？”
闻此言皇帝又开口说道：
“出发前尽义务，你可心安，
义与怜挽留我，希望这般[2]。”
此图的创作者目睹万物，
因而他并不觉有何新鲜[3]，

[1] “格里高利”指教宗格里高利一世（Gregorio Ⅰ，590—604 年在位）。据中世纪的一个传说讲，一次，图拉真皇帝率军出征，一位寡妇拦马告状，希望皇帝为她死去的儿子雪冤；皇帝在寡妇的再三请求下，决定先为其子雪冤，然后再出征。这件事深深地感动了教宗格里高利一世，于是他向上帝祈祷，请求上帝允许这位非基督徒的皇帝的灵魂进入天国；最后，上帝接受了教宗的请求，允许图拉真进入天国，从而使格里高利一世的真诚获得了辉煌的胜利。

[2] 是正义与怜悯之心挽留我，希望我先为你儿雪冤，然后再出征。

[3] 此图的创作者是目睹万物的上帝，因而他对如此精美、寓意深刻的画面不会感到有什么新鲜。

我觉奇，是因为世间不见[1]。 96

负重物缓慢行走的傲慢者灵魂

我正在高兴地瞩目观看，
一幅幅谦卑图展现面前，
创作者使它们十分悦眼。 99
大诗人[2]低声说："在我这边，
许多人缓慢地行进向前，
他们将向我们指路上攀[3]。" 102
我双眼正愉快欣赏浮雕，
转过去，朝向他，毫不怠慢，
因更愿把新物收入眼帘。 105
读者呀，切莫要只为听见，
主如何令人们把债偿还，
懈怠了去实现良好意愿。 108
莫只是关注那受罚程度，
应想想之后有什么甘甜，
总审判之结果不会悲惨[4]。 111
我说道："老师呀，我看非人，
那些个朝我们走来物件，
不知道是不是我看走眼[5]。" 114

[1] 我却觉得十分新奇，因为，世间绝对见不到这样的画面。

[2] 指维吉尔。

[3] 他们将向我们指示向上攀登的路线。

[4] 这里，诗人提醒读者，不要只关注炼狱中的灵魂怎样受上帝的惩戒，努力去偿还所欠下的罪孽之债，而忘记了人们要进入天国的意愿；不要只关注受惩罚的严厉程度，而忘记受罚后进入天国的幸福；对炼狱的灵魂来说，最后审判的结果不会悲惨。

[5] 老师啊，不知道是不是我看走眼了，那些走过来的并不是人啊。

他答道：“是惩罚十分严厉，
令他们朝地面蜷缩一团，
使我眼刚才也难以分辨。
若瞩目瞧那里，你可看见，
人人在重石下脸朝地面，
用拳头捶胸脯连连不断。”
噢，傲慢的基督徒可怜、懒散，
你们心失光明，智已伤残，
对后退脚步竟信心满满 [1]；
未发现我们是蠕动之虫？
它将化天使蝶展翅飞天，
赤裸裸去接受主的审判 [2]。
你们的发育还尚未成熟，
仍是只幼小虫，身有缺陷，
为什么心却要游荡高天 [3]？
常见到支撑物雕成人形，
那人像之双膝曲向胸前，
肩扛起上面的楼板、屋顶，
它能使见雕像之人心颤 [4]；
当瞩目仔细地观察之时，
我见到那群魂也似这般。

[1] 你们这些可怜的、懒散的基督徒啊，心智都伤残了，竟然不愿意向前行走，却一心想后退。

[2] 你们不知道吗？我们现在虽然还只是会蠕动的幼虫，但必定会化作天使般的蝴蝶，飞向天空，然后毫无遮掩地接受上帝的审判。把人的灵魂升华比作幼虫化蝶，这是十分生动和形象的：幼虫只有蜕壳才能化蝶，灵魂只有摆脱沉重的肉体才能升天。

[3] 但丁继续指责傲慢的基督徒，说他们是还没有化蝶的幼虫，为什么狂妄地想现在就飞上天空。

[4] 在一些建筑物上，我们经常可以见到楼板或房顶的支架被雕成蜷跪着的人的形状，他们的膝盖蜷缩在胸前，背驮着重物，呈现出十分可怜的样子，叫人看了心都发颤。

灵魂的蜷曲度自然要看，
他们有多少重压在背肩[1]；
那忍耐最甚者好似哭道： 138
“我忍受此重压实在太难[2]。”

[1] 灵魂的蜷曲程度取决于他们所扛之物的重量。
[2] 我已经忍受不了这样的重压了。

第 11 章

此章的一开始便是一段诸灵魂所做的较长的集体祈祷。祈祷是炼狱中常见的内容，这说明，炼狱的灵魂具有获救的希望，因而迫不及待地请求上帝施救。

在炼狱的第一级中，受惩戒的是傲慢者的灵魂，他们身负重物，吃力前行，疲惫不堪，希望用这种办法赎罪，涤除灵魂中的污泥浊水，尽快轻身飞上天国。

封建主翁贝托为但丁和维吉尔指引上山的捷径，并讲述了自己的经历和进入炼狱的原因。随后，但丁又遇见了著名的微画艺术家欧德利西，并听他解释了人应避免傲慢的道理。欧德利西还向但丁讲述了锡耶纳吉伯林党首领萨瓦尼·普罗文赞的故事。

诸灵魂的祈祷

“噢，圣父啊，对上天最初造物[1]，
你心怀更大的至高爱怜，
身在天，却并不受其所限[2]；
愿造物[3]赞美你美名、神力，
你把那温情的神气[4]广传，
人们应向你示感激万千。
你王国安宁应降至我们，
它不降，我们的才智枉然，
再努力也难达它的身边[5]。

[1] 指天和天空中的最智慧的生物——天使。

[2] 天主啊，你虽然更喜爱天国和生活在那里的天使，且身处天国，然而你却不受天国所限，因为你无处不在。

[3] 指上帝所创造的宇宙万物。

[4] “神气”指天主的德能，《圣经》中称其为“智慧之气”。天主既无所不能，又对造物怀有温情和关怀，因而此处使用了“温情”一词。

[5] 炼狱的灵魂祈求天国的安宁。按照基督教神学理念，若没有上帝的关怀和帮助，人无论怎么努力都无法获得天国的安宁。

你天使高唱着‘和散那[1]’曲，
把他们之意愿捧你面前，
人类也学他们，如此这般[2]。
今天应赐我们日需‘吗哪[3]’，
没有它难过此艰险荒原，
奋全力前行者也必后返[4]。
我们已原谅了施害之人，
愿你也恕我们，显示慈善，
我等功不足道，不必去看[5]。
我们那易击倒微薄之德，
你切莫用古老仇敌[6]考验，
应使它离诱惑之敌身边[7]。
亲爱主，此祷告最后一点，
非为己，因无须如此这般，
为后人，他们尚活于世间[8]。”

[1] “和散那”是《圣经》用语，指对上帝的赞美歌。

[2] 人们都学着天使的样子把“和散那”赞美歌唱给上帝听。

[3] 据《圣经》记载，摩西带领希伯来人逃离埃及，经过荒原时断绝粮食，危急时刻天降神奇食物，解决了日常生活所需，挽救了他们的性命，该食物被称作“吗哪”。

[4] 此处，但丁用希伯来人出埃及后跨越荒原时所遇到的困难来比喻此时炼狱灵魂的艰辛。灵魂们呼吁上帝也赐予他们“吗哪”，以便他们能获得丰富的营养，勇往直前；如果没有上帝所赐的“吗哪”，再努力，灵魂们也难以像希伯来人那样走出荒原，他们都必定会半途而退，返回出发点。

[5] 我们已经原谅了所有曾经伤害过我们的人，主啊，也请你原谅我们；我们的功劳微不足道，请你不要去管它，不要因为它而原谅我们，显示你的慈善才是原谅我们的唯一理由。

[6] “古老仇敌”指魔鬼的诱惑。魔鬼的诱惑始终是人弃善从恶的根本原因，因而，此处称其为“古老仇敌”。

[7] 这几行诗的意思是：我们人类的德能十分脆弱，一击便倒，不要用魔鬼的诱惑来考验它，而要让它远离魔鬼。

[8] 亲爱的主啊，这份祷告词所说的最后一点，即有关魔鬼诱惑的那一点，不是用来解脱我们自己的，而是用来帮助尘世之人的；因为我们已经是炼狱的灵魂，魔鬼的诱惑不能再伤害我们，而尘世之人却仍然会受其诱惑。上面这 24 行诗句是背负重物的灵魂口中吐出的祷告词。

惩戒傲慢者的炼狱第一级

疲惫不堪的负重灵魂

那些魂为自己，亦为我们[1]，
边祈福边负重行进向前；
人梦中常如此重物压肩[2]；
一个个忍痛苦，或多或少，
绕首座平台[3]行，疲惫不堪，
涤除着尘世的瘴气乌烟[4]。
若他们在那（儿）为我们祈福，
有善根之人在尘世人间，
为他们不能吐良言、行善[5]？
应帮助他们洗尘世污点，
使他们洁净且轻快不凡，
出炼狱升入到星辰诸天。

维吉尔请求指路

“噢，义与怜快卸下你们负担，
使你们能按照心中意愿，
抖动起双羽翼腾空飞天[6]；
请指引何处有上行捷径，
如若可沿多条道路登攀，
告诉我哪条路相对平缓；
随我来这个人肉体沉重，

[1] 指尘世的人。

[2] 人做噩梦时也经常会感觉有重物压在身上。

[3] 指炼狱的第一级。

[4] 炼狱第一级中的灵魂身负重物，缓步行走，疲惫不堪；他们用这种惩罚涤除自己在尘世乌烟瘴气熏染下所犯的罪过。

[5] 这些炼狱之魂在重物压迫下还在为我们说话，难道我们有善根的世人就不能行行善，也为他们祈祷，使他们能更快地升入天国？

[6] 上天的正义与怜悯啊，快卸下你们身上的沉重负担，使你们获得解放，能够按照自己的意愿，快速爬到炼狱山顶，抖动羽翼飞向天国。

那肉体是亚当祖先遗传，
欲快行，却向上攀爬缓慢[1]。”

封建主翁贝托

随后我闻听到有人回答，
却不晓是何人开口吐言，
谁张嘴我确实无法看见[2]；
只听到：“请你等跟随我们，
沿右侧陡峭壁向上攀援，
走活人唯一的可过之关。
若不是这重石将我控制，
阻止我之脖颈继续傲慢[3]，
致使我不得不垂首面地，
此无名之活人我必要看，
看一看我是否认识此人，
并使他怜悯我重物压肩。
我出生之地是托斯卡纳，
古列莫[4]父亲他伟大不凡，
其英名是否传你等耳边？
我祖先古血统，创立伟业，
这使得我非常狂妄、傲慢，
全不顾众人本同母所生[5]，

[1] 这是一段维吉尔向诸负重灵魂说的话。

[2] 压在重物下的灵魂都脸朝地面，抬不起头来，因而，但丁看不见他们的嘴。

[3] 若不是这块压在我身上的重石使我不能随意动弹，我必然和以往那样十分傲慢地高昂着头。

[4] 说话的灵魂是 13 世纪意大利托斯卡纳地区贵族古列莫·阿尔多勃兰戴斯科（Guiglielmo Aldobrandesco，另译：圭利埃尔莫·阿尔多勃兰戴斯科）伯爵的次子，名叫翁贝托（Umberto），他是坎帕尼城堡的主人。阿尔多勃兰戴斯科家族属圭尔费党（教宗党），与锡耶纳人有世仇。

[5] 指所有的人都是由人类之母夏娃所生。

因蔑视，对他人从不和善，
锡耶纳全知道我咋死去，
坎帕尼[1]孩童都知此事件[2]。
我名叫翁贝托，十分狂傲，
它[3]害我，亦拖累亲属、家眷，
陷入到此处的悲惨苦难。
我必须在这里承受重压，
炼狱中受罚至上帝意满，
因未曾补过于尘世人间[4]。”

微画家欧德利西

低垂脸我聆听他的话语；
另一魂重物下行动艰难，
然而却朝着我扭过头来，
看见且认出我，开口呼唤，
两只眼吃力地盯着我看，
我弯腰伴他们行走向前。
我说道：“噢，你可是欧德利西[5]？
巴黎称微画艺，你技精湛[6]，
因为你古比奥荣耀璀璨。”

[1] 坎帕尼（Campagnatico，另译：坎帕尼亚蒂科）是意大利托斯卡纳地区的一个地方，翁贝托是那个地方的封建主。

[2] 翁贝托死于非命，被锡耶纳人雇用的杀手溺死于卧床上。当时，这件事在锡耶纳和坎帕尼地区无人不晓。

[3] 指傲慢。

[4] 因为在尘世我犯下了罪过，而且没有采取补救措施，所以现在必须在此处忍受这样的惩罚，一直到天主感觉满意为止。

[5] 欧德利西（Oderisi）是但丁时代意大利著名的微画艺人，文件记载，他是古比奥人，曾居住在波伦亚（另译：博洛尼亚），但丁可能在该城认识了他；后来欧德利西又移居罗马。

[6] 在巴黎人称作“微画”的艺术中，你的技术十分精湛。

灵魂[1]道：“兄弟啊，弗兰克·波伦亚斯[2]，
他的画之笑颜更加灿烂[3]；
荣耀已全归他，我沾一点[4]。
在尘世我绝不如此客气，
那时候极希望超群不凡，
我一心只有此迫切期盼。
因傲慢我在此自食其果，
若不是我向主及时转面，
至今也不可能到达此间[5]。
噢，如若是不突现粗俗时代，
人力的光荣便虚无、徒然[6]。
枝头上绿叶是何等短暂[7]！
自以为占枝头契马布埃[8]，
乔托[9]的绘画却此时高喊，
以至于前者的美名暗淡；

[1] 指欧德利西的灵魂。

[2] 弗兰克·波伦亚斯（Franco Bolognese，另译：波伦亚人弗兰克）和欧德利西都是当时波伦亚微画艺术的代表性人物。

[3] 他的画更加精彩。

[4] 此处，欧德利西表现得十分谦虚，这与他生前的傲慢形成了鲜明的对比。

[5] 意思为：如果我不及时在死前向主忏悔罪过，至今还不能进入炼狱接受改造。

[6] 但丁所生活的时代，杰出人物辈出，比如著名诗人圭多·圭尼泽利、圭多·卡瓦尔坎迪，著名画家契马布埃、乔托等。但丁认为，如果不突然出现庸庸碌碌的粗俗时代，那么，人们通过世俗努力所获得的荣耀都必定是虚无的，它们会过时，因为后来的杰出人物总会超越他们的前辈。

[7] 你们看，枝头上的绿色树叶的生命是多么短暂啊！人的荣耀也和它们一样转瞬即逝。

[8] 13 世纪意大利最杰出的画家之一。

[9] 13 世纪意大利最杰出的画家之一，契马布埃的学生，但他的绘画造诣远远超过老师；文艺复兴时期意大利著名的艺术史家瓦萨里认为他是新绘画的开启者。

一圭多夺另个语言荣耀[1]，
或许有新诗人诞生世间，
把二人均逐至誉巢外面[2]。
尘世的喧闹声如风吹过，
它来自这一边或者那边，
方位移其名也随之改变[3]。
即便你年迈时才弃肉躯，
如若是过去了千年时间，
比牙牙学语前闭目死去，
你美名难道会更加灿烂[4]？
永恒前，千年短，远远不及，
瞬间比慢天环旋转一圈[5]。

锡耶纳人萨瓦尼 · 普罗文赞

缓慢地走在我前面之人[6]，
如今在锡耶纳[7]闻名已难，
想当初他声震托斯卡纳；

[1] 一个圭多（指圭多 · 卡瓦尔坎迪）夺走了另一个圭多（指圭多 · 圭尼泽利）在诗歌创作方面的荣耀。圭多 · 圭尼泽利是 13 世纪意大利中部的优秀诗人，但丁把他视为“温柔新体”诗派之父；圭多 · 卡瓦尔坎迪也是 13 世纪意大利中部的优秀诗人，他是但丁的朋友，圭尼泽利的晚辈，“温柔新体”诗派的成员，然而但丁却认为他的诗比圭尼泽利的诗更加优美；但丁年轻时也是“温柔新体”诗派的重要成员。

[2] 或许某位新的伟大诗人诞生于世时，他二人都会被驱赶出诗歌创作的荣誉巢穴。

[3] 风来自不同的方位，其名也会随之改变，比如被称作北风、南风、东风、西风等。

[4] 尘世的名声都是虚无的，即便你活到老才离开尘世，一千年之后，你比牙牙学语时便死去的婴儿又好在那儿？与一千年相比，你不还是死得很早吗？你的名声难道会更好吗？

[5] “慢天环”指恒星天。据但丁在《飨宴》第 2 篇第 14 章讲，恒星天从西向东转动得很慢，几乎感觉不到，每一个世纪才转动一度，因而需要 360 个世纪才能转完一圈。此处的诗句意思为：在永恒面前，一千年也显得很短，转瞬即逝。

[6] 指后面所说的萨瓦尼 · 普罗文赞。

[7] 意大利中部著名的古城，位于托斯卡纳地区，距佛罗伦萨不远。

是锡城之首领，曾熄烈焰[1]；
那时候佛城[2]燃傲慢之火，
如今它已沦为娼妓一般[3]。
你们[4]的名声如草叶绿色，
来匆匆，去匆匆，快速转变，
去色者也助草冒出地面[5]。”
我答道：“你真言使我心谦卑、向善，
革除我体中的肿瘤一团；
但何人引你吐如此之言[6]？”
他答道：“萨瓦尼 · 普罗文赞；
这位爷[7]来此处，因为傲慢，
他欲把锡耶纳全控掌间。
死后他便如此不断行走，
因必须还欠债，付出金钱[8]，
满足被冒犯者[9]心中意愿。”

---

[1] 萨瓦尼 · 普罗文赞（Provenzan Salvani，另译：普罗文赞 · 萨瓦尼）曾经是锡耶纳吉伯林党（皇帝党）的首领，威震托斯卡纳地区；但丁认为，随着时间的流逝，已经没有什么人再提他的名字了。1260 年，在锡耶纳附近的蒙塔佩尔蒂，托斯卡纳吉伯林党联军打败了佛罗伦萨圭尔费党的军队，取得了伟大的胜利；此处“曾熄烈焰”指的就是在那次战役中萨瓦尼曾经熄灭了佛罗伦萨人的傲慢气焰。

[2] 指佛罗伦萨。

[3] 那时候，佛罗伦萨十分狂妄，试图凌驾于托斯卡纳地区的所有其他城市，因而此处说“那时候佛城燃傲慢之火”；在但丁眼中，将他流放的佛罗伦萨后来已经堕落成一个娼妓，那里的人只认识金钱。此处，但丁清晰地表示了他对尘世辉煌转瞬即逝的看法：曾几何时，身为托斯卡纳地区霸主的佛罗伦萨是何等的傲慢，而今天它却沦为卑贱的娼妓。

[4] 你们人类。

[5] “去色者”指太阳。太阳既能把草叶晒干，使其退去绿色，又能帮助草从土地中冒出芽来。

[6] 你的话是真理，它使我的心变得谦卑、向善，革除了我身体中傲慢的毒瘤。但是，这个引出你此番言论的人到底是谁呀？

[7] 指萨瓦尼 · 普罗文赞。

[8] 比喻付出这样的代价

[9] 指上帝。傲慢是对上帝的不敬和冒犯。

但丁的疑惑

我说道："若此魂悔罪之时，
已经到他生命临终边缘，
如无人为了他真诚祈福，
他不能至此处，须留下面，
滞留的时间与生命相同，
但为何被允许上到此间？"
他说道："在其最辉煌时期，
曾丝毫不顾及丧失颜面，
自愿坐锡耶纳广场上面；
为了从查理狱救出朋友，
使该友能免除死亡苦难，
他根根血管都瑟瑟抖颤。
此举解他进入炼狱之限[1]。
不多说，我知道此言晦涩，
但不久你同乡邻居表现，
可助你解析此难懂之言[2]。"

[1] 在一场战争中，那不勒斯国王安茹查理捉获了一位萨瓦尼·普罗文赞的朋友，将其关入牢狱，并向他索要重金赎身；那位朋友无力支付，便写信给萨瓦尼·普罗文赞求救；当时萨瓦尼·普罗文赞正处于得势之时，但他也付不起这笔赎金，于是便不顾自己的尊严，在锡耶纳的广场上摆摊乞讨、募捐；此善举使他获得上帝的谅解，于是上帝便解除了对他进入炼狱的限制。萨瓦尼·普罗文赞本来是十分傲慢的人，在广场上摆摊乞讨、募捐使他感到万分羞愧，因而，第 138 行诗句中说"他根根血管都瑟瑟抖颤"。

[2] 讲述者欧德利西认为，但丁此时还没有亲身体验，因而觉得萨瓦尼·普罗文赞募捐时羞愧得血管抖颤无法理解；他预言，当但丁被佛罗伦萨人（"你同乡邻居"）流放、不得不到处祈求别人收留时，就会明白乞讨意味着什么，就能体会和理解耻辱对人心灵的冲击有多么大。

第12章

在《炼狱篇》第10章中，诗人展示了谦卑的榜样，在此章中，又展示了受惩罚的傲慢者的形象，二者形成鲜明对比，更加显示出谦卑的伟大和傲慢的卑劣。

在维吉尔的邀请下，但丁低头观看了雕刻在山路上的十三个典型的傲慢者的形象，这些形象栩栩如生，给人以深刻启示。

维吉尔催促但丁加快脚步。此时，见一位天使迎面而来，他把但丁和维吉尔引至一座通向炼狱第二级的岩壁旁，并向他们指示了夹在岩壁缝隙中的一条上行的狭窄小路。但丁感觉身体轻便了许多，于是向维吉尔询问原因；通过维吉尔的解释，但丁明白了其中的道理。

离开负重的灵魂

在和蔼老师的允许之下，
我与那负重魂并肩向前，
就好似两头牛重轭压肩[1]。
一直到他[2]说道："离开他们！
因此处谁若是驾驶小船，
最好是挥动桨、扬起风帆[3]。"
我思想仍然是垂首、谦卑，
然而我身体已挺直立站，
就如同平时我走路那般[4]。

[1] 但丁陪伴着负重的灵魂行走，他们就像肩上扛着牛轭，吃力地前进。

[2] 指上文提到的"老师"，即维吉尔。

[3] 以航海比喻行路，意思为：此处应该快步向前。

[4] 看到受重物压肩惩罚的傲慢者的灵魂，但丁心中产生了谦卑的感觉；因而，此时，他虽然直起身来，但思想仍保持着垂首、谦卑的姿态。

维吉尔请但丁观看地上的雕刻

我于是迈开步向前行走，
高兴地跟随在老师后面，
他与我均显得十分轻便；
老师道：“你最好眼睛朝下，
看着你脚下的踩踏地面，
这样可减轻你行路困难。”
为保留对故人那份怀念，
葬其尸坟墓的石碑上面，
铭刻着死者的生前形象，
经常见人哭于他的墓前；
因回忆会刺痛人的心灵，
似马刺可扎痛马腹一般；
我看见山腰的外凸部分[1]，
道路上各形象刻得满满，
比人类之雕刻更加美观。

十三个最典型的傲慢例子

一侧见比其他高贵造物[2]，
飞速地坠落于高高云天，
其迅猛就好似雷霆闪电。
另侧见布亚雷巨大无比[3]，

[1] 指山腰处形成的环形平台。炼狱的各级是山腰上所形成的环形平台，这些平台也是环绕山腰的上行道路。

[2] 指地狱魔王路西法，即撒旦；他是直接冒犯上帝的最典型的傲慢者。据中世纪十分流行的基督教传说讲，路西法本来是上帝创造的最光辉耀眼的天使，也是天上最明亮的星，深受上帝宠爱；但他十分骄傲，后来因反叛上帝坠入地狱，成为魔王。

[3] 布亚雷（Briareo，另译：布里亚柔斯）是希腊神话中乌拉诺斯和该亚生的一个长有 100 只手、50 个头的巨怪。传说，他反对宙斯，进攻过奥林匹斯诸神，战败后被埋在意大利西西里岛的埃特纳火山下。

路西法的坠落

身体被上天的神箭射穿，
重摔卧冰冷的大地表面。
阿波罗[1]、雅典娜[2]，还有战神[3]，
武装着围绕在父亲[4]身边，
观巨人[5]碎肢体四处弃散。
见宁录在巨大工程脚下，
望众人，好像是失措茫然，
示拿人也全都随他傲慢[6]。
噢，尼俄柏，我见你被雕路上，
七女儿、七儿子围在身边，
你痛苦之双眼多么悲惨[7]！
噢，扫罗[8]呀，你竟然在此出现，
基利波[9]你卧死自己宝剑，
从此后那地方雨露不见[10]！

[1] 希腊神话中的太阳神。

[2] 希腊神话中的智慧女神。

[3] 指希腊神话中的战神阿瑞斯。

[4] 指希腊神话中的主神宙斯。

[5] 指希腊神话中狂妄地攻打奥林匹斯山的巨人。

[6] 宁录是传说中的率众建筑巴别塔之人，“巨大工程”指建筑巴别塔的工程，示拿是建筑巴别塔之地。据《旧约 · 创世记》第 11 章记载，当时人类联合起来兴建希望能通往天堂的高塔；为了阻止人类的狂妄计划，上帝让人类说不同的语言，使人类相互间不能沟通，计划因此失败，人类各散东西。

[7] 希腊神话中的人物尼俄柏（Niobè）是受到严厉惩罚的傲慢女人的象征。据希腊神话讲，傲慢女人尼俄柏不仅美丽动人，还统治着一个强大的王国；她蔑视太阳神阿波罗和月亮女神阿尔忒弥斯的母亲勒托，说她只生了一儿一女，而自己却生了七个儿子和七个女儿，因此惹怒了太阳神和月亮女神；他们便当着尼俄柏的面杀死了她的所有儿女。

[8] 扫罗（Saùl）是《旧约》中的人物，以色列王政时期的第一位王；他曾经发奋图强，使以色列名声大振；后来却成为昏君，迫害英雄大卫；最后在与非利士人的战争中失败，在基利波战场上卧剑自尽。

[9] 基利波（Gelbè）是以色列北部的山脉，从东南向西北延伸。据《旧约》讲，这一地区曾发生过一场激烈的战斗，该战斗被称为“基利波战役”，战败的扫罗王自尽于此。

[10] 据《旧约》记载，大卫悲痛地为扫罗王之死而哭泣，他诅咒基利波地区永远不降雨露。

噢，阿拉涅，我见你疯狂至极[1]，
半蜘蛛卧己织破布上面[2]，
你自己害自己，着实悲惨。
噢，罗波安，你形象不再吓人，
但恐怖却填满你的心田，
一车载你离去，无人追赶[3]。
硬石地展示出阿尔迈翁[4]，
怎令母觉首饰贵胜心肝[5]：
那是条不吉利害人项链。
还展示辛那赫里布[6]之子，
在神庙怎把父扑倒地面，

[1] 阿拉涅（Aragne，另译：阿拉喀涅）是希腊神话中的人物。据希腊神话讲，雅典娜不仅是智慧女神，也是艺术的保护者，她尤其重视妇女的手工艺，教会妇女们纺织和制衣。阿拉涅是一名心灵手巧的女工，好胜心极强，一心想超越雅典娜的艺术。雅典娜变作一位老婆婆，劝说阿拉涅不要太狂妄，阿拉涅却听不进去。雅典娜便露出真实面目，并与她比赛织壁毯。失败的阿拉涅羞愧难当，自缢于一根绳索。为了惩罚她的虚荣心，雅典娜把她变成了一只蜘蛛。

[2] 此行诗句展示出阿拉涅忙碌着织壁毯的形象，意思为：阿拉涅已经变成一半人一半蜘蛛的样子，仍然还在她织出的破布（壁毯）上忙碌着。

[3] 罗波安（Roboam）是《旧约》中的人物，他的父亲是以智慧著称的所罗门王，祖父是大卫王。据说，他做王时，以色列人请求减轻赋税，他却威胁说，将用加重赋税的手段惩罚他们，从而引起民众暴乱，迫使他乘车逃往耶路撒冷。

[4] 阿尔迈翁（Almeon，另译：阿尔克迈翁）是希腊神话中的人物。据希腊神话讲，阿尔迈翁是国王安菲阿（Anfiarao，另译：安菲阿拉俄斯）的儿子。安菲阿的妻子被人用一串珍珠项链收买，便蛊惑丈夫参加七将攻忒拜的战役。安菲阿是一位先知，已预知此去凶多吉少，便嘱咐阿尔迈翁和其他儿子为他报仇。阿尔迈翁率领诸兄弟为父报仇，摧毁了忒拜城，并遵照父亲的遗嘱杀死了自己的母亲；为此，复仇女神大怒，令其发疯，并不断地迫害他。普索菲斯国王菲盖厄斯帮阿尔迈翁洗涤罪恶，并将女儿嫁给他。然而，他却杀死了妻子。遵照神谕，阿尔迈翁逃到一座岛上定居，在那里再婚。后来，为给女儿报仇，菲盖厄斯国王将阿尔迈翁杀死。

[5] 阿尔迈翁令他的母亲为一件首饰付出了比心肝更昂贵的代价，即儿子的仇恨和被儿子杀死的悲惨结局。

[6] 辛那赫里布（Sennacherìb）是新亚述帝国的皇帝（前 704—前 681 年在位），古代著名的政治家和军事家，曾多次发起征服战争，不断扩大帝国版图；他具有高超的政治手腕和军事才能，是新亚述黄金时代的一位著名君主。然而，当他进攻犹大王国时，却嘲笑别人信奉上帝，致使一位天使趁夜深人静之际屠戮他的军队，杀尽他的将士。回到国内后，辛那赫里布在神庙祈祷神灵时，被自己的儿子杀死。

杀死他，并将其弃于血潭。
还可见托米利如何凶残，
她对那居鲁士口吐恶言：
“你嗜血，我用血把你填满[1]。”
还展示奥洛费[2]被杀之后，
亚述人怎溃散、四处逃难，
被杀者尸体也刻在上面。
我看见特洛伊灰烬、残垣，
噢，伊利昂，你模样既卑又惨，
此处的形象我一眼可辨[3]！
是哪位大师用软硬画笔，
勾勒出诸画面曲直之线，
使天才艺术家亦发惊叹？
死者死，活者活，十分生动[4]，
真情景也难比我眼所见；
躬身行，我双足将其踏践[5]。

[1] 托米利（Tamiri，另译：托米利斯）是古代马萨格泰女王，公元前 6 世纪在位。马萨格泰人是位于今里海东岸哈萨克斯坦境内的游牧民族。公元前 530 年，波斯皇帝居鲁士入侵马萨格泰，杀死托米利之子，托米利倾全国之力予以还击，在一场惨烈的激战中击败波斯军队，杀死居鲁士，并将他的头颅浸在盛血的革囊里。托米利是唯一击败居鲁士大帝的人，她的胜利延缓了波斯帝国征服中东的进程。

[2] 据《旧约・犹滴传》讲，奥洛费（Oloferne，另译：奥洛费尔内）是亚述王的一位将军，十分彪悍，他率领亚述军队攻打贝图利亚城。为救百姓，寡妇犹滴只身入敌营，用美色诱惑奥洛费，趁机将其杀死，并将首级挂于城头。敌军见统帅头颅悬于城头，胆战心惊，完全丧失斗志，被贝图利亚人击溃后仓皇逃遁，小城因此安然获救。

[3] 被毁的伊利昂（即特洛伊）城再也没有往日的傲慢。此处残垣断壁的悲惨景象使我一眼便可以看出它已经是一个极其卑微的地方。

[4] 死人雕得就像是死人，活人雕得就像是活人，非常生动。

[5] 此时但丁也像负重的灵魂一样，躬身行走，双脚踩踏着雕刻在地面上的图像。

维吉尔催促但丁快行

傲慢者，夏娃的诸位子孙[1]，
莫低头，此时应昂首向前！
不必看所踏的邪恶路面[2]！
我们已绕山路走出很远，
太阳也快速地向前飞转，
然而我太专注，却未发现；
那个人[3]边行走边向前看，
此时刻他张口开始吐言：
“抬起头，沉思行没有时间[4]。
你快看一天使朝这（儿）走来，
太阳的六侍女正回家园，
她已经服侍主[5]许久时间[6]。
你表情与行动应显敬意，
使天使允我们向上登攀[7]；
你想想，今天可永不重返[8]。”
他警示我切莫浪费时间，
我对此早已经非常习惯，

[1] 指世人。

[2] 傲慢的人类呀，不要低头，你们应该昂首前进，不必这样负着重物、弓着身子、看着刻有邪恶形象的地面向前行走。这几行诗明显具有挖苦和讥讽之意。

[3] 指维吉尔。

[4] 此时，但丁正像负重的灵魂一样，弓身看着地面的雕刻，沉思着自己的罪过慢慢地向前行走。维吉尔提醒他，时间已经不早了，应该加快脚步了。

[5] 指太阳。

[6] 太阳的侍女指的是随着太阳的运转所过去的小时，六侍女指的是第六个小时；日出时为大约早晨 6 点，诗人视其为第一个侍女，“六侍女正回家园”意思为第六个侍女已经完成她的工作，就要离去了，即第六个小时就要过去了，也就是说正午 12 点就要过去了。

[7] 你应该对走过来的天使显示谦恭，请他允许我们尽快地向上攀登。

[8] 我们是不能浪费时间的，你想想：今天如果过去了，就永远过去了，不会再回返了。

因而便不难解此类语言[1]。

天使指引的登山小路

那一位美造物[2]走向我们，
身上披纯洁的白色衣衫，
面似有晨星光抖抖颤颤[3]。
张双臂，或者说羽翼伸展，
他说道："快过来，梯在这边，
从此后向上行不再困难。"
少有人会回应这一邀请，
噢，人类啊，你生来本为升天，
却为何因微风跌落地面[4]？
他引导我们至岩裂之处[5]，
用翅膀扑打我额头上面[6]，
随后他保证我一路平安。
卢巴孔[7]上面有一座教堂，
把山下清明的城市[8]俯瞰，

[1] 在旅途中维吉尔不止一次地提醒但丁不要浪费时间，因而，但丁已经很习惯这类提醒，不难理解维吉尔的话。

[2] 指前面提到的天使。天使也是上帝的造物，而且是最美丽的造物。

[3] 脸上好像闪烁着晨星放射出的光芒。

[4] 但丁感叹很少有人会回应天使催人上进的邀请，并发出这样的疑问：上帝创造了人类，本来是要让他们升入天国的，为什么一有风吹草动他们便跌落到地上呢?

[5] "他"指前面提到的天使。那位天使把我们引导到一座山岩的缝隙处，那缝隙中夹着向上攀登的阶梯。

[6] 为了擦掉但丁额头上七个P字中的第一个。

[7] 指卢巴孔桥（Rubaconte，另译：卢巴康提桥）。该桥架在流经佛罗伦萨的阿尔诺河上，附近有一座小山丘，上面建有一座教堂，教堂俯瞰着佛罗伦萨城。1237年，这座桥由行政长官卢巴孔奠基修建，因而被称作卢巴孔桥。

[8] 指佛罗伦萨城。显然这行诗具有极强的讽刺意味，因为但丁认为流放他的佛罗伦萨是一座腐败堕落的城市。

在文件与规矩可靠时代 [1]，
人们把登山的阶梯修建，
那阶梯挫败了狂妄陡坡 [2]，
此处的右手梯也似这般 [3]；
上一级垂下的险峻崖壁，
因阶梯，虽陡峭，程度减缓；
行者却剐蹭于两侧高岩 [4]。

但丁领悟身体变轻的道理

我们正朝那里转动身体，
“有福了，神贫者 [5]！”音传耳边，
欲表述此歌美，难寻语言 [6]。
啊，这通道与地狱何等不同！
走过时闻歌声响于耳边，
地狱却只听到凄惨抱怨 [7]。
我们沿圣台阶向上登攀，
此时我觉身体轻如飞燕，
平地行也难以如此这般。
于是道：“老师呀，请你解释，

[1] 指在政府官员公正廉洁的时代。当时，官员们尚未腐败，因而还没有丧心病狂地随意篡改公文、行政记录和法令。

[2] 阶梯使登山之路变得好像不再那么险不可攀、令人畏惧。

[3] 炼狱中这座修建在我们右面的阶梯也是这样。

[4] 由于有了这座阶梯，通往炼狱第二级的崖壁缝隙中的小路虽然险峻，但陡峭的程度减缓了；然而，夹在岩缝中的阶梯小路太狭窄，致使两侧的岩石剐蹭登山人的身体。

[5] “神贫者”指精神上安于贫困和卑微的虔诚的基督教信徒。这是《马太福音》第 5 章真福八端中基督训导民众的一句话。此时，但丁听到了对天主的赞美歌，歌词中有“有福了，神贫者”这一句。

[6] 那歌声太悦耳了，真难以找到形容其美妙的适当语言。

[7] 在地狱和炼狱中，灵魂虽然都忍受着痛苦，但是这两类痛苦却有本质上的区别：地狱中的痛苦是令人绝望的，因而那里听到的只是哭声和抱怨；而炼狱中的痛苦是令人充满希望的，因而那里听到的是对天主的赞美歌声。

我身体去何重，如此轻便[1]？
难道说向前行不再疲倦？”
他答道：“你面上还留有 P 字印记[2]，
但它们之痕迹已经很浅，
若如同这一个[3]彻底刮掉，
你双足将受益美好意愿[4]，
不仅不感觉到任何疲劳，
被推行令它们快乐无限[5]。”
就如同行走在路上之人，
并不觉有物落头顶上面，
见某人示意时心有困惑，
于是便伸手摸，欲解疑团，
他的手要承担视觉任务[6]，
摸过来，摸过去，左右后前；
我也用右手指摸索额头，
最终有六 P 字触碰指尖[7]，
是那持钥匙人[8]为我刻画；
我向导见此景笑容满面。

[1] 我身体去掉了什么重量，竟然如此之轻？
[2] 入炼狱山门时，守门天使用宝剑在但丁额头上刻了七个 P 字，象征七宗罪。见《炼狱篇》第 9 章。
[3] 指但丁额头上的第一个 P 字。
[4] 指登上炼狱山顶，然后升入天国的意愿。这种意愿可以使你的双足觉得更加轻快。
[5] 你的双脚被升天的美好意愿推动着向上行走，会感到非常快乐。
[6] 手试图承担起眼睛所应承担的任务，即了解头上有什么东西。
[7] 炼狱的守门天使在但丁的额头上刻下了七个 P 字，象征七宗罪；每走完一级炼狱，就会被擦掉一个 P 字；此时，但丁已经走完炼狱的第一级，因而只剩下六个 P 字。
[8] 指炼狱门前的守门天使。见《炼狱篇》第 9 章。

第13章

炼狱的第二级与第一级有所不同，在这里，但丁和维吉尔看不到任何具有教育寓意的雕刻，只有青黑色的岩石地面和岩壁。

走过一段路后，他们见到了受惩戒的嫉妒者灵魂，这些灵魂靠着岩壁坐在那里，相互依偎，眼皮被铁丝缝合在一起，就像一群坐在教堂门前乞讨的瞎子。这时，空中传来邀请人们赴仁爱精神盛宴的呼声。

但丁停下脚步与一个灵魂对话。这个灵魂叫萨比亚，是锡耶纳人，她怨恨自己的亲属和同乡。

炼狱第二级的环境

我们已到达那阶梯[1]顶端，
这座人攀登的除恶之山[2]，
腰[3]再次被削成平平台面[4]。
此平台亦围绕挺拔山峰，
其模样与一级似乎一般；
差别是环山弯此急彼缓[5]。
这里既无魂影，亦无雕刻，
只见到秃秃的陡壁、路面，
青黑的岩石色呈现眼前。

[1] 指从炼狱第一级通往第二级的阶梯。

[2] 指炼狱山。在炼狱艰苦赎罪后，人的灵魂便可以摆脱罪恶，获得解放，从而轻松地升入天国；因而，此处称其为“除恶之山”。

[3] 指山腰。

[4] 山腰再一次向内收缩，好像被削掉了一块，从而形成了第二座平台，即形成了炼狱的第二级。

[5] 第二座平台与第一座平台相比，似乎一模一样，但因为第二座平台比第一座小了一大圈，因而转弯处角度较小，显得更急；而第一座平台的转弯处角度较大，显得更平缓。

维吉尔请求阳光引路

诗人[1]道："若等待有人路过，
询问后再选择如何向前，
恐怕是要滞留太久时间。"
随后他举双目注视太阳，
以右侧为轴心把身移转，
左侧体便随之扭向右面。
开言道："噢，温和光，因信你才踏新路，
请求你引我们继续向前，
就如同领我们到达此间。
你温暖世界且赐其光明，
若无人令行走另一路面，
指前程应永远是你光线[2]。"

邀请赴仁爱盛宴的呼声

我们行尘世的一哩之遥，
在那里[3]仅仅用很短时间，
因心情太急切，岂肯怠慢；
此时闻灵[4]飞来却不见影，
他们的口中吐殷切之言，

[1] 指维吉尔。

[2] "温和光"指太阳光。古时的评注者都认为"温和光"象征上帝的恩赐，而现代评注者则认为它象征人的理性，否则，就无法解释第 20 和 21 行诗句。按照现代评注者的解释，与第 20 和 21 行诗句相结合，我们可以这样理解这几行诗：人的理性啊，因为我们相信你，才在你的指引下进入炼狱，请你继续引导我们前行；你温暖了世界并赐予它光明，也应该永远指引我们前进，除非是上帝的恩赐要引导我们走向另一个方向。

[3] 指炼狱的第二级中。

[4] 一群幽灵。

欲邀请人们赴仁爱盛宴[1]。
先听见飞来了一个声音，
高叫道："酒已被他们喝完[2]！"
音飞过，随后又重复一遍。
那声音还没有消逝之前，
"我才是俄瑞斯[3]" 传至耳边[4]，
此高呼之声音也未停站。
我说道："噢，师父啊，此为何音？"
问话时，我又闻第三音言，
"爱害你之人吧[5]！" 入我耳间。

悲惨的嫉妒者灵魂

好老师开言道："这一级里[6]，
嫉妒罪受罚于酷刑皮鞭，
鞭皮条来自爱理所当然[7]。

---

[1] 此时，听到空中飞来一群幽灵，他们用殷切的语言邀请炼狱第二级中的灵魂赴精神盛宴，即听他们讲述几个体现爱的美德的范例。在炼狱第二级中受惩戒的是嫉妒者的灵魂，他们的眼睛被铁丝缝住，无法睁开，看不见东西，因而，需要用声音教育他们。

[2] 这是一句圣母玛利亚说的话。据《新约・约翰福音》第 2 章讲，耶稣和门徒们受邀赴婚宴，圣母玛利亚也在；参加宴会的人太多，酒很快被喝尽了，玛利亚发现酒缸空了，便低声对耶稣说"酒已被他们喝完"，于是，耶稣行神迹，命人把水倒入酒缸，水随即变成了酒，挽回了婚礼举办者的面子。玛利亚的这句话体现了她对婚礼举办者的关怀和爱，因而，这里以此作为爱的第一个典范。

[3] 据希腊神话讲，俄瑞斯（Oreste，另译：俄瑞斯忒斯）是希腊联军远征特洛伊的统帅阿伽门农的儿子。特洛伊战争结束后，阿伽门农返回自己的王国，却被妻子克吕泰涅斯特拉及其奸夫埃吉斯托斯杀害。俄瑞斯长大后，在挚友庇拉底斯的帮助下替父报仇，杀死了奸夫埃吉斯托斯，却不幸被捕；当时，庇拉底斯尚未被发现，但是，为保护朋友，他挺身而出，高叫"我才是俄瑞斯"。这种朋友之间的爱十分动人，因而，但丁将这段故事作为第二个爱的典范。

[4] "酒已被他们喝完"的声音还没有消逝，"我才是俄瑞斯"的声音便传了过来。

[5] 这是耶稣对门徒说的一句话，体现了耶稣的行为准则。见《新约・马太福音》第 5 章。

[6] 指炼狱第二级。

[7] 这一级里惩罚的是嫉妒者的灵魂，鞭挞嫉妒者的皮鞭是爱的典范。

惩戒嫉妒者的炼狱第二级

止罪行需依赖反衬之音[1]，
我想你到赦罪关口之前[2]，
这音[3]会入你耳，连连不断。
请透过此空间凝目望去，
你将见有人在我们前面，
每个人都坐于崖壁旁边。
于是我把眼睛睁得更大，
向前望，见诸魂斗篷披肩，
斗篷的颜色与岩石一般。
又向前行不远，听人叫喊：
“玛利亚，请你为我们祈天，
噢，米迦勒、彼得与所有圣贤……[4]”
我不信今日的尘世人间，
有冷漠之徒会如此这般，
遇我见这惨景心不抖颤；
当我近那些魂身边之时，
其举止清晰地入我眼帘，
悲痛便致使我泪流满面。
他们似身上披粗糙苦衣[5]，
你挺我，我撑你，相互依肩[6]，
靠岩壁支持才坐在地面[7]。

---

[1] 制止罪过需要讲述能够反衬出罪过的美德范例。

[2] 指到达抹掉嫉妒罪过的关口之前，即走出炼狱第二级之前。

[3] 指讲述爱的典范的声音。

[4] 这是祈祷众圣人的连祷文的头几句。信徒祈祷众圣人保佑他们，首先是祈祷圣母玛利亚，然后是大天使圣米迦勒，接着是圣彼得等诸位最重要的圣人。

[5] 指苦行衣，它是中世纪欧洲某些人为表示自己对天主的虔诚所穿的一种折磨身体的衣服，这种衣服质地极其粗糙，有些衣服上面还缝着铁丝刺；穿苦行衣者经常被扎得鲜血淋漓。

[6] 与尘世的情况形成反衬：尘世的嫉妒者相互争斗，恨不得把对手摔倒在地，而此处，他们却相互支撑。

[7] 他们不仅相互支撑，而且要依靠在岩壁上才能坐于地面。

就像是盲人们丧失生计，
赦罪节[1]乞讨于教堂门前，
一个个首垂靠同伴身上，
为的是不仅用乞讨语言，
而且用苦苦的哀求神态，
在他人心中把怜悯呼唤[2]。
太阳光不靠近失明之人，
也自然不愿至诸魂身边：
我说的是此处那些灵魂，
因铁丝缝合了他们双眼；
就像对未驯化一只雀鹰，
因为它难安静，躁动不断[3]。
我能见，他们却看不到我，
如此行，我自觉是种冒犯[4]，
因而向智参谋[5]转过双眼。
他明白沉默者[6]有话要说，
于是便不待问先行吐言：
“你说吧，但是要扼要简短。”
维吉尔行走于平台一边，
那一边并没有遮挡栏杆，

[1] 中世纪，教会经常利用各种节日宣布赦免人们的某些罪过。

[2] 此处用中世纪教堂门前成群结队的乞讨者来比喻嫉妒者灵魂的状态，其形象十分生动。

[3] 在驯化雀鹰时，人们经常先缝合它们的眼睛，使它们看不见东西，从而稳定它们的情绪；这里，嫉妒的灵魂也和雀鹰一样，眼睛被铁丝缝合；盲人看不见太阳的光线，被缝合双眼的人也自然不见光明。

[4] 但丁能看见诸灵魂，然而，他们的眼睛被铁丝缝合，看不见但丁；但丁从诸灵魂面前走过并观察他们，于是他觉得这是在冒犯他们。

[5] 指维吉尔。但丁始终把维吉尔看作为他解惑的智者，因而此处称他为“智参谋”。

[6] 指但丁。但丁转向维吉尔，看着他，却没有马上说话，因而此处称他为“沉默者”。

行走者因而有坠崖危险[1]；
另一边[2]是诸位虔诚灵魂，
他们从可怖的眼缝之间[3]，
挤压出泪珠珠，打湿颜面。

但丁问灵魂中是否有意大利人

我转身朝他们，开口说道：
“噢，诸位呀，至高光你们必见，
你们只向往着它的灿烂[4]；
愿神恩清尔等良知浮渣，
使记忆之河水清澈、甘甜，
随良知潺潺地流动向前[5]；
你们中是否有拉丁魂影[6]，
知此事，我高兴，心中喜欢；
或许这也对他[7]裨益万千。”
“噢，兄弟啊，每魂都居住真城，
你却问在我们诸魂里面，
谁曾住意大利，游荡世间[8]。”

[1] 维吉尔行走在平台的外沿，那里没有防止人跌落的栏杆，因而在那里行走的人有跌下去的危险。

[2] 指平台的内沿。

[3] 眼睛被铁丝缝合，样子十分恐怖。

[4] “至高光”指上帝的光辉。你们一定能见到上帝的光辉，这是你们唯一的愿望。

[5] 但丁认为，上帝的恩泽能够撇清人灵魂良知中的浮渣，使人们忘记尘世的罪过，良知不再受其搅扰，从而轻装登上炼狱山顶。

[6] 指来自意大利的灵魂。因为意大利是古代拉丁人居住的地方，所以此处称来自意大利的灵魂为“拉丁魂影”。

[7] 指前面提到的“拉丁魂影”。

[8] “真城”指上帝之城。基督教教义认为，得到上帝救助的灵魂，都将是上帝之城的居民，没有国籍之分；基督教教义还认为，人在尘世时，都游荡在上帝居住的天国之外，只有死后灵魂升入天国，才能说回归了家园。这几行诗的意思为：我们都是上帝之城的居民，本不应该分国籍，然而你却问我们在尘世游荡期间谁曾经居住在意大利。

音来自距我处略远之地，
似闻那（儿）有某人如此回言，
我为让他听清迈步向前。

但丁与萨比亚的对话

见一魂扬下巴如同盲人，
“说什么？”好像在问话一般[1]，
她在那（儿）等待我继续吐言。
我说道：“灵魂呀，你受苦为了升天，
如若是你刚才回答我言，
告诉我你姓名还有籍贯[2]。”
她答道：“我本是锡耶纳人，
为洗罪与他人同在此间，
对上帝痛哭泣，求其接见。
我名叫萨比亚，并不智慧[3]，
最高兴见别人遭受灾难，
比自己运气好心更喜欢[4]。
我那时命处于弓背下弯[5]，
你听听我当时多么狂癫，
如此说为使你信我非骗[6]。

[1] 但丁并没有听到是什么人在说话，只看见一个灵魂扬起下巴，好像在问：“说什么？”

[2] 如果是你刚才回答我的话，那就告诉我你的姓名和籍贯吧。

[3] 萨比亚（Sapia）生前为意大利托斯卡纳地区锡耶纳城人，约生于1210年，是封建主吉尼巴尔多・萨拉齐诺的妻子。其名意大利语为Sapia，与智慧一词savia同根，因而可以理解为“智慧”之意；此处说“我名叫萨比亚，并不智慧”，使其名与她自认为的表现形成鲜明的对比，从而更加突出了人物的形象特征。

[4] 看到别人受难比自己有好运更令我高兴。

[5] 我当时正处于命运不济之时，就好像到达弓背之后顺着其弧线向下面滑落一样。

[6] 我这么说，为的是让你相信我并非在骗人。

我同乡[1]来到了科勒[2]附近，
摆开阵，欲与敌[3]展开激战，
我祈求主实现他的意愿[4]。
同乡都溃败逃，狼狈不堪；
见他们被追击，吾心狂欢，
此快乐远超过其他喜悦，
以至于我扬起狂妄之脸，
对上帝高喊道：‘不再惧你！’
就好像乌鸫见短暂晴天[5]。
我生命终结时与主和解[6]，
因彼尔卖梳者[7]祈祷一番，
若无他惦记我，出手帮助，
对于我施仁慈，显示爱怜，
我至今仍忍受剧烈痛苦，
忏悔难减轻我债务负担[8]。
你是谁？来询问我们情况，
我相信你并未被缝双眼，
而且还边说话边把气喘[9]。”
我说道：“吾亦将被缝双眼，

[1] 指锡耶纳人。

[2] 科勒（Colle）是意大利托斯卡纳地区的一座城镇，位于锡耶纳西北，当时是锡耶纳吉伯林党（皇帝党）的盟友，与锡耶纳一同对抗佛罗伦萨。

[3] 指佛罗伦萨的圭尔费党（教宗党）人。

[4] 萨比亚祈求上帝令锡耶纳和科勒联军战败，她认为这也是上帝的意愿。为何她痛恨同乡，希望同乡战败，直至今日无法考证。

[5] 乌鸫惧怕寒冷和坏天气，天气不好时，它总是躲藏起来；天一好起来，便重新现身，狂妄地鸣叫。据寓言描写，它好像在说：“老天爷呀，我不再怕你，严冬已过去。”其实，好天气只是暂时的，很快也会过去。

[6] 我临终前忏悔了罪过，得到了上帝的宽恕。

[7] 彼尔（Pier）是 13 世纪意大利锡耶纳一位以卖梳子为生的人，他为人忠厚，童叟无欺，是一位虔诚的基督教信徒，后来加入方济会，成为修士，据说经常显神迹。

[8] 只靠我自己的忏悔无法减轻我十分严重的罪过。

[9] 萨比亚已经觉察到但丁并不和她一样是一位眼睛被缝合的嫉妒者的灵魂，还发现他是一个能呼吸的活人。

虽嫉妒，却对人少有冒犯，
因而将在此留很短时间。
我太怕承受那下方之苦，
恐惧令我灵魂悬于空间，
这使我已觉压下层重担[1]。”
她说道：“谁引你来到此间？
你是否还认为能够回返？”
我答道：“是这位陪我者[2]，他不吐言。
被神选灵魂[3]啊，我是活人，
若愿我能为你奔忙世间，
你请求我帮助理所当然[4]。”
她答道：“噢，听起来如此新奇，
这可是主爱你明显表现；
应常用你祈祷助我升天[5]。
如若你还能回托斯卡纳，
请恢复我名于亲属之间，
此举可帮助你实现大愿[6]。

[1] 但丁说，他死后也将来到这里，眼睛也将被缝合，但时间不会太长，因为他虽然嫉妒他人，却很少冒犯他人；他非常害怕去炼狱第一级承受重物压肩的惩罚，一想到那种痛苦，他的灵魂就会被吓得出窍，飘浮在空中，就会觉得身上已经压上了重物。

[2] 指维吉尔。

[3] 指受到上帝宽恕的灵魂，他们被上帝选中，经过改造后可以升入天国。此处指萨比亚。

[4] 如果你希望我在尘世努力祈祷上帝允许你尽快进入天国，请求我帮助也是理所当然的。

[5] 萨比亚听到但丁说他是活人，而且能够返回人间，感到十分神奇，认为这是天主爱但丁的表现，但丁的祈祷一定十分有效，所以请但丁常为她祈祷，使她能尽快地升入天国。

[6] 萨比亚请求但丁，返回尘世时告诉她的亲属，她的灵魂已经得救，并没有被打入地狱，这样可以为她恢复名誉，以便亲属们为她祈祷，使她的灵魂能够尽快升入天国。但丁如此助人，可以积累功德，从而有助于他实现获得天国永生的大愿。

自负人寄希望塔拉莫奈[1]，
它比寻‘狄安娜’[2]更难实现，
最失望之人是船队指挥[3]；
你将见吾亲属在其中间[4]。”

[1] “自负人”指锡耶纳人。塔拉莫奈是意大利托斯卡纳地区的一片近海沼泽地，锡耶纳政府用重金购买了这块地，希望在那里修建商港；但因为淤泥太多，又常发疟疾，不宜居住，最后失败，成为政敌佛罗伦萨人的笑柄。

[2] “狄安娜”（Diana）是传说中流经锡耶纳地区的一条暗河。锡耶纳缺水，人们看见山脚下有一眼清泉，便认为地下一定有一条暗河，找到它便可以解决城市的饮水问题。于是，锡耶纳政府投巨资寻找“狄安娜”，结果大失所望，受到他人耻笑。

[3] 最失望的人是那些希望通过修建塔拉莫奈（Talamone）港口，成为贸易船队指挥的人。

[4] 在锡耶纳那些自负人中间你将见到我的亲属。

第14章

但丁和维吉尔在惩戒嫉妒者灵魂的炼狱第二级里行走，途中遇见了圭多·杜卡和黎涅里的灵魂。得知但丁来自阿尔诺河畔，圭多便讲述了位于该河流域的罗马涅和托斯卡纳地区的悲惨境况。通过圭多的讲述，但丁道明了一个惊世骇俗的观点：各家族的子孙都一代不如一代，他们必定使家族堕落；避免毁坏家族名声的唯一方法是断子绝孙。随后，但丁与维吉尔继续前行。

关于但丁身份的对话

“此何人？未死前便欲升天，
竟围绕我们山[1]向上登攀，
还随意张与合他的双眼[2]。”
“我不知他是谁，但非独来[3]，
你问他，因你更靠其身边，
要温和，以便他开口吐言[4]。”
两灵魂弓着腰身体前探，
在右面议论我，相互交谈，
为了与我说话他们仰面[5]。
一个说：“噢，你魂仍锁于躯壳，
却此时踏上路意欲升天[6]；
快以爱之名义安慰我们，

[1] 指炼狱山。因为这个说话的灵魂目前居住在炼狱之中，所以称其为“我们山”。

[2] 这是一个灵魂的话，他说：这是什么人啊？还没有死就围绕着炼狱山向上攀登，意欲升天；他还能随意地眨眼。

[3] 他不是一个人来的。

[4] 这是但丁和维吉尔遇见的两个灵魂的对话。前者说，他是谁呀，怎么没死就来到炼狱了？后者答，我也不知道；还是你问问他吧，因为你更靠近他；随后又嘱咐前者说话要和气，以便这个还喘气的人能告诉他们他的情况。

[5] 说话的灵魂都坐着，因而与但丁谈话时必须仰头。

[6] 你还是个活人，灵魂还隐藏在肉体躯壳之中，竟然踏上了登天的道路。

告诉我你是谁，来自哪边。
你真让我们都惊叹不已，
因你获之恩典从未曾见[1]。”
我答道：“有一河[2]水流经托斯卡纳，
它生于法尔特罗纳山间[3]，
滚滚行百余哩仍不停站。
我生于那一条河流之畔[4]，
告诉你我是谁也是枉然，
因吾名并非已四处传遍[5]。”
于是那先言者[6]回答我道：
“若我脑已理解你吐之言，
你在说阿尔诺潺潺漪涟。”
另一魂对他说：“为何此人，
对那河之名字闭口不言，
就好像对恐怖之事一般。”

阿尔诺流域与托斯卡纳的昏暗形象

那被问之灵魂开口答道：
“我不知，但其[7]名活该不见，
那河谷名声死理所当然[8]；

[1] 活人攀登炼狱山，这是从未见过的上帝赐予的特殊待遇；你能获得此待遇，真令我们惊叹不已。

[2] 指阿尔诺河。

[3] 阿尔诺河发源于法尔特罗纳（Falterona）山中。

[4] 指位于阿尔诺河畔的佛罗伦萨。

[5] 告诉你我的名字又有什么用呢？你仍然无法知道我是谁，因为我并不很著名。

[6] 指先说话的那个灵魂。

[7] 指前面提到的那条河，即阿尔诺河。

[8] 但丁利用灵魂之口，说佛罗伦萨母亲之河的名声已死，并强调活该如此；这说明但丁十分痛恨将其流放的佛罗伦萨政府。

大山脉被海水一分两段[1]，
它处雄，却难比河源之山[2]，
那河流发源于崇山峻岭，
从那里又流回大海波澜：
天吸吮海中水，滋养河流，
水随河流向海，把债偿还[3]。
因不幸或者是恶习使然，
该地的众人[4]把美德驱赶，
视它如邪恶的毒蛇一般，
因而说悲惨的河谷[5]居民，
就这样把他们本性改变[6]，
似被那喀耳刻放牧草原[7]。
贫水的可怜河[8]潺潺流过，
那一群肮脏的猪猡[9]之间，
他们配食橡实而非人餐。
向下流，又来到恶犬[10]身边，
它们均狺狺地狂吠不断，
河厌恶，于是便鄙弃转脸[11]。

---

[1] “大山脉”指纵贯意大利半岛的亚平宁山脉。亚平宁与西西里的群山本属于同一山脉，墨西拿海峡将其分割开。

[2] 指法尔特罗纳山。阿尔诺河发源于法尔特罗纳山中，该山是意大利亚平宁山脉托斯卡纳－罗马涅段第二高峰，因而此处说“它处雄，却难比河源之山”。

[3] 天蒸发大海中的水，降下雨，补充了河中的水；河又流向大海，把水还给大海。

[4] 指生活在阿尔诺河流域的人。

[5] 指阿尔诺河流域。

[6] 就这样改变了他们的善良本性。

[7] 喀耳刻（Circe）是希腊神话中的一个女巫，她擅长用魔咒和神奇的药草将人变成猪羊等动物。“似被那喀耳刻放牧草原”的意思是：阿尔诺河谷的居民似乎已经变成喀耳刻在草原放牧的畜生。

[8] 指阿尔诺河。

[9] 隐喻生活在阿尔诺河畔的丑陋的人。

[10] 隐喻阿雷佐人。但丁认为，阿雷佐人并非真有实力，只是爱虚张声势，像一群喜欢狂吠的恶犬。

[11] 阿尔诺河厌恶像恶犬一样的阿雷佐人，于是便鄙弃他们，转弯向别处流去。

再向下，受诅咒不幸之河，
水量增，河面也逐渐加宽，
见更多狗变狼，加倍凶残[1]。
又穿过一片片深水池塘，
见狐狸[2]一个个诡计多端，
全不怕陷阱与捕猎套圈。
不因为有人[3]听我便不讲，
若记住真精神[4]所吐之言，
定能令聆听者受益匪浅[5]。
你孙子[6]在河畔捕杀恶狼，
这可是我自己亲眼所见，
狼个个均吓得瑟瑟抖颤。
他兜售被捉狼鲜活之肉，
然后再宰其于买者面前；
就这样夺人命，己名亦残[7]。
血淋淋走出了凄惨森林[8]，
将其弃身后面，荒凉一片，
一千年都无法令其复原[9]。”

[1] 再往下游流去，阿尔诺河水量增多，河面加宽，它见到河畔的居民中越来越多的人变得更加凶残，他们已经不再是狗，全都变成了凶恶的狼。此处，但丁用恶狼隐喻凶残的佛罗伦萨人。

[2] 隐喻比萨人。在但丁眼里，比萨人是一群狡猾的狐狸，从而能够摆脱周围其他强大的城邦对他们的控制。

[3] 圭多的灵魂对黎涅里的灵魂讲：不会因为你在听，我就不讲了。

[4] 指上帝。

[5] 此时，圭多要预言黎涅里的孙子弗尔齐埃里（Fulcieri）将犯的罪过，黎涅里听到后一定会不愉快；但圭多认为，这是上帝将要向人预示的事情（以弗尔齐埃里为代表的黑派对白派的残酷迫害），听一听是对人有益处的，因而他坚持要讲。

[6] 指黎涅里的孙子弗尔齐埃里，他是佛罗伦萨圭尔费党黑派的重要人物，于 1303 年掌握了佛罗伦萨的统治权。

[7] 他如此伤害人的生命，自己的名声也受到了损坏。

[8] 隐喻血流成河的佛罗伦萨。

[9] 佛罗伦萨已经成为荒凉、凄惨的森林，一千年都不足以恢复其原貌。

圭多向但丁介绍自己

就如同听人说大祸将至，
并不知从何方降临灾难，
但闻者必定会面现恐惧，
听讲述之灵魂[1]也似这般；
我见他面改色，十分悲伤，
因为他已领悟说者之言。
这个魂[2]之言语、那魂[3]神情，
使我生知他们姓名欲念[4]，
于是我提问题，请求回话；
先对我说话者[5]开口吐言：
“你不肯为我做所求之事，
却引我去实现你的意愿[6]。
但主在你身上尽显恩泽，
吾岂能太缺少慷慨情感[7]；
我名字叫圭多[8]，请记心间。
嫉妒曾令我血滚滚沸腾，
如若逢某个人情悦心欢，
你必见青黑色遮盖吾面[9]。
播麦种我却收无果秸秆[10]；

[1] 指黎涅里。

[2] 指圭多 。

[3] 指黎涅里。

[4] 圭多的话和黎涅里的表情促使我想知道他们的姓名。

[5] 指圭多。

[6] 你不肯告诉我我想知道的事情（即你的姓名），却引导我说出你想知道的事（即我的姓名）。

[7] 天主在你身上显示了巨大的恩典，使你活在尘世时便携肉体游历地狱、炼狱和天国；我也不能不显示出一点慷慨呀；因而，我告诉你我的姓名。

[8] 说话的人叫圭多·杜卡（Guido del Duca），是 13 世纪意大利中部地区的政治活动家，曾在多个城市担任过高级官员。

[9] 你必定会见到我嫉妒得脸变成青黑色。

[10] 播下了嫉妒的种子，自然只能收获一些无用的秸秆，即收获炼狱的苦难。

炼狱第二级的两个灵魂

噢，人啊人，怎植心于此地面？
分享者被禁止进入此间[1]。

黎涅里和罗马涅其他人后代的堕落

此人叫黎涅里[2]，卡尔波[3]族，
为家族曾赢得荣誉万千，
家中却无一人继其光灿[4]。
山与海、雷诺与波河之间[5]，
并非只他一族丧失仁善，
德本是生活与快乐之泉；
这片地到处见荆棘丛生，
毒刺在乱枝上长得满满，
铲毒枝欲种田为时已晚[6]。

[1] 这两行诗的意思是：人啊，你怎么一心要踏上尘世这片地面呀？在尘世，人们是不允许其他人分享自己的财富和享乐的。“分享者被禁止进入此间”是当时城邦国的一种法律规定，“分享者”指掌握某种重要权力的从政者的亲属，按照当时的法律规定，这些亲属不能分享权力所带来的利益。诗人用这句政治和法律用语来比喻人们不愿意与其他人分享财富和快乐。说话人叫圭多・杜卡，是13世纪意大利中部地区的政治活动家，这句政治和法律用语十分符合他的身份；然而，但丁当时却未理解这句隐晦的话语，听了维吉尔的解答后才明白其意。见《炼狱篇》第15章第43–57行。

[2] 黎涅里（Rinieri，另译：黎尼埃里）是13世纪意大利中部罗马涅地区人，属卡尔波家族，因而，全名为黎涅里・卡尔波。他是罗马涅地区圭尔费党首领之一，曾担任过法恩扎、帕尔马、拉文纳等地的行政长官。

[3] 卡尔波（Calboli，另译：卡尔波里）本来是意大利罗马涅地区弗利城附近的一座城堡的名称，后来成为居住在城堡中的贵族的姓氏。

[4] 黎涅里・卡尔波虽然做出很大的成绩，为家族赢得了荣耀，但后代都堕落了，没有一个人继承他的光荣。

[5] 指罗马涅地区。该地区北面是波河，南面是亚平宁山脉，东面是亚得里亚海，西面是雷诺河。

[6] 这片土地上已经到处是邪恶，就像一片长满荆棘的荒地；现在想清除毒荆棘重新使荒地变成田园为时已晚。

黎齐奥[1]、阿利格[2]仁善何在？
彼埃尔[3]与圭多[4]又在哪边？
噢，罗马涅已变得杂种一般！
波伦亚[5]法勃罗[6]何时再生？
法恩扎[7]伯纳丁[8]何时重见？
狗牙根[9]何时成高贵枝干[10]？
普拉塔之圭多[11]、乌格里诺[12]，
提纽索和他的那群伙伴[13]，

---

[1] 指黎齐奥·瓦尔伯纳（Lizio da Valbona），他是 13 世纪意大利罗马涅地区人士，曾服务于佛罗伦萨执政长官圭多·诺维罗（Guido Novello），属圭尔费党，支持过黎涅里对抗吉伯林党。传说他为人慷慨大度，十分聪慧。

[2] 指阿利格·麦纳尔迪（Arrigo Mainardi），他是 13 世纪初意大利罗马涅地区人士；传说他是一位好交友之人，十分慷慨大度且聪明智慧。

[3] 指彼埃尔·特拉维萨罗（Pier Traversaro），他是意大利拉文纳城贵族，1218—1225 年为该城城主；据说此人十分慷慨大度。

[4] 指圭多·卡尔庇涅（Guido di Carpigna），他是 13 世纪意大利中部蒙泰菲特（Montefeltro，另译：蒙泰菲尔特罗）地区的贵族，属圭尔费党，曾任拉文纳执政长官；据说此人慷慨大度。

[5] 波伦亚（Bologna，另译：博洛尼亚）是意大利中部地区的重要城市，现在是罗马涅地区的首府。

[6] 指法勃罗·兰勃尔塔齐（Fabbro dei Lambertazzi），他是 13 世纪上半叶意大利罗马涅地区吉伯林党首领之一，波伦亚人士，曾担任过比萨、法恩扎、皮托亚（另译：皮斯托亚）、维泰尔博等地的行政长官；据说此人既慷慨大度，又十分勇敢。

[7] 意大利中部罗马涅地区的城市。

[8] 指 13 世纪上半叶的意大利法恩扎人士伯纳丁·浮斯科（Bernardin di Fosco，另译：伯尔纳尔丁·迪·浮斯科）。据说，此人出身卑微，但品格高尚，因而在法恩扎享有崇高的威望。他曾担任过比萨、锡耶纳等城的行政长官。

[9] 狗牙根是一种禾本科低矮草本植物，秆细而坚韧，下部匍匐地面蔓延甚长，因而人们常用它比喻扎根底层、品格高尚的人。

[10] 何时能再见到卑贱的伯纳丁成长为高贵的人，就像狗牙根长成高贵的树干和枝条那样？

[11] 指来自普拉塔小镇的圭多（Guido da Prata，另译：圭多·达·普拉塔）。此人是 12 世纪末 13 世纪初人士，出身高贵，据说十分慷慨大度。

[12] 指乌格里诺·阿佐（Ugolino d'Azzo，另译：乌格林·迪·阿佐）。此人为 13 世纪意大利托斯卡纳地区的贵族，但在罗马涅地区度过一生。据说他具有高贵的品格。

[13] 提纽索指腓特烈·提纽索（Federico Tignoso，另译：斐得利哥·提纽索）。此人可能是意大利中东部城市里米尼人，据说他品格高贵。“那群伙伴”指与他经常来往的朋友，据说他们的品行都很好。

特拉维萨里族、纳斯塔吉[1]
（此两家无子嗣，血脉中断）。
美女子、骑士爷、痛苦、快乐，
曾把我爱与恭欲望点燃[2]；
现如今人心已变得邪恶，
如若是我为此泪水潸然，
托斯卡纳人[3]啊，你勿惊叹[4]。
布雷蒂诺罗[5]啊，怎不消失？
你家族许多人不愿恶变，
一个个都已经离弃人间[6]。
巴尼亚卡瓦罗不生儿好[7]，
卡斯特、科尼奥自寻灾难：
生下了众伯爵，不厌其烦[8]。
那恶魔离去后，帕格尼善，
但清白并不能留其身边，

[1] 特拉维萨里（Traversari，另译：特拉维尔萨里）和纳斯塔吉（Anastagi，另译：阿纳斯塔吉）都是意大利拉文纳城的贵族，曾经十分兴旺，属吉伯林党；但丁时代，两个家族均因没有子嗣而消亡。

[2] 中世纪的骑士生活、对美女彬彬有礼的追求、人们所感受到的苦难和快乐，这一切都曾激起说话者追求爱和恭的欲望。

[3] 指但丁。

[4] 此处，但丁通过说话者圭多之口，列举了一系列品格高贵的人和家族，叹息社会堕落了，为他们已不复存在而悲伤。

[5] 布雷蒂诺罗（Brettinoro）是位于意大利罗马涅地区的一座小镇，那里的贵族以慷慨大度闻名于世。说话的灵魂叫圭多・杜卡，他曾在那里生活很长时间。

[6] 诗人叹道，布雷蒂诺罗小镇啊，你怎么还不消失？出生在那里的许多善良的人，为了不追随堕落的社会潮流，一个个都已经离弃人世。

[7] 巴尼亚卡瓦罗（Bagnacavalo）是意大利东北部城市拉文纳附近的小镇。但丁时代，该镇的封建主马尔维奇尼（Malvicini）家族没有男丁，血脉断绝。但丁认为这样更好，省得儿子们长大后随着社会的堕落而变得邪恶。

[8] 卡斯特（Castrocaro，另译：卡斯特罗卡罗）是意大利罗马涅地区的一座城堡，科尼奥（Conio）也是意大利罗马涅地区的一座城堡；这两个城堡的城堡主都是伯爵，也都不厌其烦地生下了许多不肖子孙，因而此处说他们“自寻灾难”。

证实其家族善着实困难[1]。
噢，乌格林·范托林确保美名，
因无人再堕落，发生蜕变，
使家族之名声毁于世间[2]。
托斯卡纳人[3]啊，你可走了，
我现在更想哭，无意再言，
此交谈把我头压成两半。”

但丁与维吉尔离去

可敬魂能听见我们离去，
其沉默令我们信心满满，
深信已踏上了正确路面[4]。
我二人随后又孤独前行，
闻听到有声音来自迎面，
就如同一霹雳划破空间；
那音道：“遇我者必然杀我[5]。”
似乌云炸裂开，十分突然，
随后闻轰鸣雷[6]消散天边。

[1] 帕格尼（Pagani）家族是法恩扎的封建主。“那恶魔”指该家族的马基纳尔多·帕格尼（Maghinardo Pagani），据说他十分狡猾和邪恶。马基纳尔多死后，该家族血脉断绝；但丁认为这样很好，该家族就不会有人再作恶了，从而也就“变善”了，因而，此处说“帕格尼善”；然而，这个家族的人并不会因此而享有清白的名声，他们之前做过太多的坏事，实在难以证实他们的清白。

[2] 乌格林·范托林（Ugolin de'Fantolin）是意大利罗马涅地区法恩扎城的封建主，属圭尔费党。他留下两个儿子，但两个儿子均无子嗣。但丁认为，这样便不会有人辱没该家族的名声了。圭多的这一番话的核心意思是：断子绝孙是避免家族蜕化变质的唯一方法。这是但丁依据罗马涅地区实情总结出来的骇人听闻的结论。

[3] 指但丁。

[4] 这个令人尊敬的灵魂听见我们已经离去，却没有多说话，这使我们深信踏上了登上山巅的正确道路。

[5]《旧约》中说，该隐因嫉妒杀死了兄弟亚伯，因而受到上帝的诅咒；他对上帝说出了这句话。

[6] 比喻高喊“遇我者必然杀我”的那个声音。

那声音刚停止震荡吾耳，
另一音便生成，传至身边，
巨响声就如同雷霆一般：
“吾便是变石的阿格劳洛[1]”，
我向右迈一步，而非向前，
为的是能紧靠诗人[2]身边。
此时刻周围已一片寂静，
诗人道：“硬嚼子能令马即刻停站，
亦可使人难越他的界限[3]。
你们却吞下了钓鱼诱饵，
老对手[4]拉你们于他身边；
因此说：不济事嚼子、呼唤[5]。
天围绕你们转，呼唤尔等，
把它的永恒美示你面前，
但你们却把眼低垂地面；
因而被明察者[6]赐以皮鞭[7]。”

[1] 阿格劳洛（Aglauro，另译：阿格劳洛斯）是希腊神话中的人物。据希腊神话讲，她是雅典王的女儿，因嫉妒而极力反对天神墨丘利爱恋自己的妹妹，被墨丘利变成了一块岩石。见古罗马诗人奥维德的《变形记》。

[2] 指维吉尔。

[3] 坚硬的马嚼子能够令马立刻停站，给人戴上也可以限制他逾越上帝所规定的界限。

[4] 指引诱人作恶的魔鬼。

[5] 你们吞食了邪恶的诱饵，被魔鬼拉走，马嚼子的限制和请求你们返回正路的呼唤都已经无济于事。

[6] 指上帝。

[7] 天围绕着你们，不断地呼唤你们，向你们展示天国之美，希望你们回归正路；你们却垂首不见，不听从召唤，因而上帝只好用皮鞭惩罚你们。

第 15 章

离开嫉妒者的灵魂，但丁和维吉尔从炼狱第二级走向第三级，路遇一位天使，天使为他们指引前行的道路。途中，维吉尔向但丁讲解了天国财富与尘世财富的区别。说话间，他们二人不知不觉地登上炼狱的第三级，那里惩戒的是愤怒者的灵魂。昏昏沉沉的但丁如入梦境，似乎见到圣母玛利亚、古希腊英明的雅典僭主庇西特拉图及被乱石砸死的圣司提反等人的形象出现在眼前，他们是温和与宽容的光辉榜样。随后，从梦幻状态醒觉的但丁和维吉尔继续前行，此时，炼狱已至黄昏时分。

讲解光线折射的道理

距天黑还剩下那段时间[1]，
与晨至三时末一样长短[2]，
那太阳如孩童戏谑玩耍，
它似乎向黑夜方向移转，
所剩余之行程已然如此：
那（儿）晚祷[3]，家乡处[4]却是夜半。
太阳光向我们迎面刺来，
因我们已绕到山的背面，
正朝着日没处行走向前；
此时我比先前感觉光芒，
更压额[5]，实难以睁开双眼，

[1] 但丁身处炼狱，此时，炼狱山上，已经是下午 3 点，至天黑还有 3 个小时。

[2] “三时末”指尘世的将近上午 9 点钟。按照当时的计时方法，我们现在的 6 点钟为晨的开始，即当时的一时，三时指的便是现在的 8 点钟，“三时末”指的是现在快要到 9 点钟的时候。

[3] “那儿”指炼狱。炼狱处进入了晚祷时刻。

[4] 指意大利。

[5] 落日之辉更令人抬不起眼睛。

这令我极惊讶，心难明辨；
于是便把双手遮于眉上，
为自己搭凉棚护住双眼，
以减弱射来的强烈光线。
正如同科学与试验证明，
当光线投射于镜或水面，
必定会向相反方向折射，
坠落石形成的垂直之线，
把入射与反射两光分开，
二者的角度则不会有变[1]；
面前的似乎是折射之光，
它狠狠击中了我的双眼，
吾视线即刻便逃向一边[2]。

天使指路

我问道："好师父，那是何光？
为何我用手遮亦难护眼？
好像它朝我们移动向前。"
老师道："你切莫惊愕不已，
是上天之使者[3]耀你双眼；
他来此邀请人向上登攀。
过一会（儿）见此景你不觉苦，
反而会感觉到心中喜欢，
这可是你本能最大快感[4]。"

[1] 按照光学理论，当垂直线从中间把光的入射线和反射线分开时，两道光线的角度是相等的，不会有变化。

[2] 光的反射线与入射线同样强烈，它刺伤了但丁的眼睛，使他不由自主地躲避光线。

[3] 指天使。

[4] "过一会儿"指但丁净化灵魂之后，那时他不再被罪恶之感所纠缠，因而也不再惧怕天使的万丈光芒；见到上天的光芒将成为他最大的满足和快乐。

炼狱第二级的天使

当我们至天使面前之时，
那天使愉快说：“请走这边[1]，
此梯无其他处陡峭、艰险。”
向前行，我们便开始攀登，
“怜悯者有福了[2]！胜者尽欢[3]！”
此刻闻身后面有人唱赞。

天国与尘世财富的区别

好老师陪我行，别无他伴[4]，
边行走我边想与他交谈，
希望能获利于他吐之言；
转向他，我开始提出疑问：
“‘被禁止’‘分享者’，其意怎断?
为什么罗马涅魂吐此言[5]？”
老师道：“他知己大罪之恶，
谴责它，并警示我们勿犯，
因而便不必为此事惊叹。
你们的贪婪欲聚集之处[6]，
因分享，独占财必定缩减，
嫉妒便拉风箱，叹息不断[7]。
如若是至高处那份大爱，
将你们之欲望引向上天，

[1] 请走这边的阶梯。
[2] 此语出自《圣经·马太福音》第5章，是对怜悯者升入天国的祝福。怜悯是对抗嫉妒的一种美德。
[3] 用怜悯战胜嫉妒的人可以尽享天国之欢乐。
[4] 此时只有维吉尔陪着但丁行走，不再有其他人陪伴。
[5] “罗马涅魂”指圭多·杜卡。此人的灵魂曾经在上一章第87行诗句中说：“分享者被禁止进入此间”，但丁不解其意，因而提问。
[6] 指尘世。
[7] 在尘世，当一个人与别人分享财富时，他的财产便会减少，因而他会不断地叹息，就像被拉动的风箱发出“呼哧，呼哧”的声音一样。

那恐惧[1]便不占你们心田；
因为说‘我们的’人数越多，
你拥有之财富越是广泛，
永福者之间越燃烧爱焰[2]。”
我说道：“如若我未曾发问，
现可能会觉得意足心满，
此时却脑中聚更多疑团[3]。
更多人分享用一份财富，
如若与少数人比较一番，
前者怎比后者每人多占[4]？”
他答道：“你头脑实在固执，
一心就想着那尘世财产，
真理中不见光，只见黑暗[5]。
无限的上天财难以言喻，
此至善奔涌向爱魂身边，
就如同光照在亮物上面[6]。
它把己之热量全部奉献，
越扩散越产生浓烈仁善，
仁善的永恒值增长不断。
越多人把其爱投向上天，
上天的仁爱便越加增添，

[1] 指被人分享财富的恐惧。

[2] 因为，在天国中，享受永福的人不会感觉财富被别人分享就会减少；越多的人说财富是“我们的”，被分享财富的灵魂就越富有，灵魂之间互爱的火焰也就燃烧得越旺。

[3] 听完维吉尔的解释，但丁更感觉不解，因而说：如若我没有发问，现在还不会这么糊涂。

[4] 许多人享用一份财富，和少数人享用同样一份财富相比，怎么能说前者比后者每个人占有更多的财富呢？

[5] 你脑中有的只是尘世财富的概念，这与天国财富的概念是有天壤之别的；因而你看不到真理的光辉，见到的只是愚昧的黑暗。

[6] 天国的财富是至善，它是难以用语言表达清楚的。它奔涌向爱心之中，就像光照在明亮的物体上一样，投射的光和反射的光合在一起，亮度会成倍增长。

就好似明镜间互投光线[1]。
你还将见天上贝特丽奇，
如若我之解释难如你愿，
她将为你解惑，令汝意满。

三个温和、宽容的例子

你仍须努力除五道伤痕，
就如同已消逝两痕那般，
令它们愈合需忍受苦难[2]。”
我正要回言说“吾已满意”，
却见我又登上另级[3]地面，
眼欲看新鲜事，于是止言。
我在那（儿）突然间神情恍惚，
似入梦，感觉到飘飘然然，
好像见许多人身处圣殿；
一女子踏门槛，开口吐言，
“我的儿，”她温情好似母亲，
“你为何对我们如此这般？
父与我痛苦地将你寻找[4]。”
话至此，她止语，沉默不言，

[1] 越多的人把爱投向上帝，就会得到越多的上帝之爱；人与上帝之间的这种互动，就如同两面明镜相互间投射的光线。

[2] 但丁踏入炼狱门槛之前，守门天使曾用手中的宝剑在其额头上划出七道剑痕，象征分别在炼狱七级中受惩戒的七宗罪；但丁已通过了炼狱的前两级，因而额头上已经消逝了两道剑痕，此时还有五道剑痕，还需要许多艰苦的努力才能消除。

[3] 指另一级炼狱，即炼狱的第三级。

[4] 但丁和维吉尔登上了炼狱的第三级，那里受惩戒的是愤怒者的灵魂。与愤怒相对立的是温和美德。这里，但丁为教育愤怒者的灵魂列举了一系列温和的例子。在第一个例子中，但丁如入梦乡，飘飘然然地走进一座圣殿，随后见一位面似母亲的女子踏入门槛，温和地说道：“我的儿，你为何对我们如此这般？父与我痛苦地将你寻找。”这句话源自《圣经》：耶稣十二岁时在耶路撒冷与父母走散，父母到处寻找他，后来见他在一座圣殿中听人讲道，并不断地提问，表现得十分聪颖；于是圣母玛利亚对他说了上面的话。

先前的情景便消逝不见。
随后见另一女[1]两颊挂泪，
那泪水生成于悲愤之泉，
她曾经对一人产生恨怨；
于是说："庇西特拉图[2]啊，
众神曾为一城名称争辩[3]，
学术光从那里传遍世间[4]；
若你是该城主，便应复仇，
惩罚那抱我女狂野粗汉。"
我感觉那城主善良、温和，
平缓地回答她，开口吐言：
"如若因爱我们受到惩罚，
对仇恨我们者又该咋办[5]？"
随后我见众人燃烧怒焰，

[1] 指古希腊雅典的僭主庇西特拉图的妻子。

[2] 庇西特拉图（Peisistratus，约前 600—前 527）是古希腊雅典的僭主，雅典政治、经济、宗教和文化生活中的重要人物。曾制定过一系列奖励农工商的政策，鼓励海外贸易，大规模建设雅典，支持文化发展。

[3] "一城"指古希腊的雅典城。据希腊神话讲，谁能成为雅典城的保护神，就可以用他的名字为该城命名。智慧女神雅典娜和海神波塞冬为此争得面红耳赤，互不相让。他们来到众神之王宙斯面前请求裁决。宙斯面对自己的兄弟和女儿的争执，难以做出裁决，于是他要求他们各自送给雅典市民一件礼物，然后由雅典人自己来决定由谁来做他们城市的保护神。波塞冬高举起手中的武器——威力无比的三叉戟，用力往地上叉去，一股清泉汩汩涌出；望着久旱逢甘露的雅典人，海神波塞冬不由得沾沾自喜。智慧女神雅典娜不露声色，她纤手一挥，在土地上播下一粒橄榄的种子；随后一颗绿色的橄榄树芽破土而出，顷刻间便长成了一棵美丽的橄榄树。在古希腊人的心目中，橄榄枝是和平的象征。在战火纷飞的年代里，还有什么比和平更重要呢？爱好和平的雅典人毫不犹豫地选择了雅典娜作为自己城市的保护神，并以她的名字为城市命名。

[4] 雅典产生了许多哲学大师，被称为古希腊的学术之城，因而此处说"学术光从那里传遍世间"。

[5] 据古罗马历史学家瓦莱里乌斯·马克西姆斯（Valerio Massimo，约前 1 世纪—公元 31）记载，一位青年由于爱亲吻了庇西特拉图的女儿，庇西特拉图的妻子十分恼怒，认为该青年玷污了女儿的贞洁，鼓动丈夫严厉惩罚他。庇西特拉图却回答说："如若因爱我们受到惩罚，对仇恨我们者又该咋办？"庇西特拉图的回答充分体现了他的温和态度和宽容精神。

用乱石欲砸死一位青年，
“打死他！打死他！”相互叫喊。
我看见他已经死亡压身[1]，
其躯体弯弓着倒向地面，
眼之门却始终朝天敞开[2]，
仍然在挣扎着祈祷上天，
求主恕迫害他那一群人，
怜悯情在他的脸上展现[3]。

醒悟的但丁随维吉尔继续前行

吾魂又辨外部世界之时，
真实的事与物再现眼前，
方晓得我那是错觉之感[4]。
向导也发现了我的变化，
见我似初醒的人儿一般，
开言道：“你咋了，竟难站稳？
走过来，却好像有何羁绊，
似双眼被蒙住，两腿受缚，
是喝醉，还是仍睡意未散？”
我说道：“噢，好师傅，你若想听，
我便说是何物出现眼前，
致使我两条腿不听使唤。”
他说道：“即便你戴上了百张面具，
思想若仅仅有细微表现，

[1] 即将死去。

[2] 始终睁大眼睛望着天空。

[3] 上面所说的青年指的是《新约》中所记载的圣司提反。据《圣经·使徒行传》记载，因传播基督教，司提反被犹太人捉拿。他当众谴责犹太教的祭司和信徒的罪行，被激怒的犹太人把他推到城外，用乱石将其砸死。临死前司提反祈祷天主宽恕迫害他的人。

[4] 当我从梦中醒来又能领悟外部世界时，才知道这只是一种错觉。

你意欲遮掩它也极困难[1]。
有静水[2]来自于永恒之泉[3]，
你不拒它流入敞开心田，
因而见梦中景展现眼前[4]。
‘你咋了’，提此问并非因为，
我见到失魂者欲跌地面，
却不晓其昏厥产生根源；
而因为要给你双足力量：
需用此方法激初醒懒汉，
使他们切勿要行动迟缓[5]。”
黄昏中[6]向前行，注目观看，
迎着那夕阳的明亮光线，
我们把一双眼努力前探[7]。
见烟雾一步步逼向我们，
就好似深夜里一片黑暗；
周围已寻不到躲避空间。
视觉失，洁气也全然不见[8]。

[1] 维吉尔洞察但丁的心理状态，无论他如何掩盖，只要思想有任何细微变化，他都可以看透。

[2] 指能够熄灭愤恨之火使人心平静下来的圣水。

[3] 指来自于上帝。

[4] 你不拒绝来自于上帝之泉的能够熄灭愤恨之火的圣水流入你的心田，所以你见到了梦中的景况。

[5] 我问“你咋了”，并不是因为我见你昏昏沉沉的，好像要跌倒，却不知道为什么会这样；而是想激励你快速前行，因为像你这样刚刚醒来的懒洋洋的人，需要这样的刺激才能精神振奋，加快脚步。

[6] 但丁于晚祷开始时（下午 3 点）到达炼狱第二级守护天使面前（见本章第 6 行），现在时间已至黄昏，约下午 6 时，他在炼狱第三级中已经行走了 3 个小时。

[7] 我们努力地向前方望去。

[8] 此时，但丁眼前出现了一片黑烟，好像夜幕降临了，任何人都无法躲避；但丁不仅丧失了视觉，而且也丧失了清洁的空气。

第16章

惩戒愤怒者灵魂的炼狱第三级笼罩在漆黑的浓烟中，但丁像瞎子一样，紧紧跟随维吉尔摸索前行；他看不见灵魂，只能听见他们在祈求天主的怜悯。路上，但丁遇见了“伦巴第的马可”，向他问路，并与他进行了深入的交谈。马可论述了人的自由意志问题，指责人类总是推卸堕落的责任；他严厉地批判了教宗的权力欲望，认为神权插足于政权是尘世混乱的根源；并提出极具创造性的“两个太阳”的理论。此时，明亮的光线射入黑暗，马可的灵魂告别但丁和维吉尔后离去。

黑暗的浓烟大幕

那里有好一道浓烟大幕，
严实地遮在了我的面前，
就好像粗糙的一层皮毛，
刺激得我难以睁开双眼；
远胜过乌云遮狭小苍穹，
见不到星辰的漆黑夜晚，
还有那幽幽的地狱深渊[1]；
可信任智向导[2]靠我身边，
并且让我身体依靠其肩。
随后我似瞎子，跟其身后，
为的是不迷路、勿撞伤残，
或许还存在着丧命危险[3]；
在呛人、污秽的环境行走，
耳听到我向导口吐之言：

[1] 诗人在读者面前展示出一道浓浓的烟幕，它比乌云密布、没有星辰的夜晚和地狱还要黑暗。

[2] 指维吉尔。

[3] 如果摸黑乱撞，有可能丧命。

"你小心，勿离我，千万千万！"

愤怒者的灵魂

此时我闻听到祈祷之音，
似声声求上帝赎罪一般，
请天主赐他们怜悯、宁安。
每一句起始词"上帝羔羊[1]"，
语与调皆相同，并不变换，
听起来极和谐，动人心弦。
我问道："老师呀，所闻何魂[2]？"
老师道："你已晓真实答案，
他们正解怒结不停忙乱[3]。"

但丁向马可问路

此时闻一声音传至耳边：
"你是谁？竟劈开我们浓烟，
当谈论我们时如此表现，
似仍用朔日来划分时间[4]。"
老师便对我说："你来回答，
问问他是否可从此登攀。"
我说道："欲回归造你之人，
灵魂呀，你净身为现美面，

[1] "上帝羔羊"指耶稣，此语源自《新约·约翰福音》第 1 章。耶稣为救赎人类，牺牲了自己，因此被看作是上帝的羔羊。

[2] 但丁问维吉尔：老师呀，是什么灵魂在说话呀？

[3] 其实，你已经猜到了正确的答案：他们是愤怒者的灵魂，正在为解开愤怒之结而忙碌。

[4] 此处，"朔日"指古罗马日历的每月第一天。这句话的表面意思为：你还在用尘世的计时方法计时。居住在炼狱中的是离弃尘世的灵魂，实际上他们已经感觉不到时间的流逝，因而这句话的实际意思是：你竟然还是个尘世的活人。

惩戒愤怒者的炼狱第三级

随我行可闻听奇事一件[1]。”
他答道：“我尽量随你而行，
若浓烟遮蔽住人的双眼，
听觉却将我们紧密相连[2]。”
我说道：“唯死能摆脱躯壳，
携它经地狱苦我来此间，
现在我还需要向上登攀[3]。
主希望我可以不同方式，
去见他空中的美丽庭院，
既然他置我于恩泽之中，
你生前是何人不该隐瞒，
告诉我你是谁[4]，我路对否，
你的话将指引我们向前[5]。”
他答道：“我本是伦巴第人，
叫马可[6]，明世事，德驻心田，
现如今众人却对它[7]拉弓[8]；
若上行，你应该一直向前。”
随后他补充道：“诚恳请求，

[1] 灵魂啊，为了回归造物主，在造物主面前表现出你美好的一面，你在这里洗心革面，接受改造；如果你陪伴我行走一段，便可以听到一件奇事。

[2] 如果浓烟使我看不见你，我却能听见你的声音；这足以使我跟随着你，与你并肩前行。

[3] 唯有死亡能够使人的灵魂摆脱肉体，然而，我却携带它走过了痛苦的地狱，来到这里，而且现在还要攀登炼狱山。

[4] 天主希望我以与众不同的方式去游历天国，这可是对我的巨大恩泽呀；那么你就不要对我隐瞒姓名了，告诉我你生前是什么人。

[5] 告诉我，我们走的路是否正确，我们将按照你指引的路前行。

[6] 此人叫马可（Marco），姓氏和生平事迹无法考证。古时，人们常用伦巴第来表示意大利北方，因而此处的“伦巴第人”泛指意大利北方人。据说，此人处事经验丰富，有很高的才智，珍惜自由，重义轻财，藐视权贵，所以此处但丁说他“明世事，德驻心田”。

[7] 指上一句提到的“德”。

[8] 但丁认为，如今人心不古，都恶毒地拉开弓，向“德”射出利箭。

你为我在上面祈祷一番[1]。”

但丁的疑惑倍增

我说道：“定满足你的要求，
但吾心有疑虑，必须释然，
否则它一定会炸裂两半。
那疑虑本单一，现在翻番，
你的话证实了他[2]非虚言，
我可把两番话合为一谈[3]。
尘世的美德已荡然无存，
孕育恶，并使其充满人间，
如你说，它[4]已经变成荒原；
但请你告诉我理由何在，
使我晓，并示人，令其明辨：
因有人说人为，有人怨天[5]。”

马可讲解人类堕落的原因

他[6]之苦先凝成深深一叹，
“唉！兄弟啊，”随后他开口吐言，
“尘世瞎，你的确来自那边[7]。

[1] 当你到了天上，一定要为我祈祷一番，以便我也能尽快地进入天国。

[2] 指前面提到的圭多·杜卡。见《炼狱篇》第14章。

[3] 把你说的话和圭多·杜卡说的话合在一起，更证明了尘世的腐败；这令我疑虑重重。

[4] 指尘世。

[5] 有人说人类的堕落是人为的，还有人抱怨是天定的，请你告诉我堕落的理由到底是什么，这样不仅我可以了解人类堕落的原因，还可以将其讲给别人听，使人人都能明辨堕落的原因。

[6] 指与但丁交谈的灵魂马可。

[7] 灵魂说：看得出，你的的确确来自尘世，因为你和尘世的其他人一样，都是瞎子，不明事理。

世人总把责任推给上天[1]，
好像是它推动万物运转，
所有事因它起理所当然[2]。
若如此，便毁灭自由意志，
公正就不存在尘世人间，
恶受罚、善获福便很困难[3]。
天影响心活动，并非全部，
即便是全影响，光驻心田，
它可以助我们辨别恶善[4]；
除此外还存在自由意志，
它与天初斗时十分艰难，
但若有好给养必定凯旋[5]。
你们是自由的，同时受制，
更强大之力量，更佳自然[6]；
它造的高贵魂独立于天[7]。
若当今之尘世走上邪路，
应自问，因你们便是根源[8]；

[1] 此处的“上天”指运行的宇宙天体，即自然的天体。

[2] 尘世的活人总爱把责任推给天体的运行，认为天体的运行造就了万物，推动了万物的变化，所以，不好的结果都是由天造成的；他们以为这种认识是理所当然的。

[3] 如果是这样的话，只能说人类不存在自由意志；若人类不存在自由意志，就谈不上人间还存在公正，因而，邪恶得不到惩罚，善良也没有回报。但丁这段关于人的自由意志的议论是十分精彩的。

[4] 天体的运行可以影响人的心（如情感、冲动等），但并不能影响人心的全部活动；即便说它能够触动人心的全部活动，还有理性之光深扎于心中，该光可帮助我们辨别善与恶。

[5] 最初与天体运行的影响和人邪恶的自然倾向斗争时，人心会遇到极大的困难；但是，如果人心有美德的滋养，那么最终一定会全胜而归。

[6] “更强大之力量”指比人本身更强大的力量，即上帝；“更佳自然”指比天体更好的自然，也指上帝。人是自由的，同时也受制于上帝。

[7] 此处的“天”指大自然。上帝所创造的人的高贵灵魂（包括人的智慧和意志）在某种程度上不受天（即大自然）的控制。

[8] 如果说今天的尘世堕落了，不要抱怨天体的运行，人类应该自问原因，因为人类本身就是堕落的根源。

现在我就对你解释一番。
人灵魂本出自造物主手，
诞生前便身负他的期盼，
如女孩（儿）[1] 哭与笑、不断撒娇，
既幼稚又无知，降于世间，
快乐的造物主将它驱使，
寻令人欢娱物是其[2] 意愿。
最初它品尝到微小美味，
无向导止其好它必受骗，
没嚼子马定会狂奔向前[3]。
因而须定法律勒住奔马，
还需要有君主[4] 善于识辨，
能认出真理城塔楼顶尖[5]。
有法律，但须知谁来执行？
并无人[6]！大牧师[7] 走在前面，
虽反刍，蹄子甲分开则难[8]；
他本应是一位引路之人，
却只求尘世财，十分贪婪，

[1] 此处，诗人用“女孩儿”来比喻人的灵魂，是因为在意大利语中“灵魂”是阴性名词。

[2] 指上面所提到的人类的灵魂。

[3] 人的灵魂诞生后就像一个幼稚的撒娇女孩儿，寻找令人快乐的事物自然是它的愿望，因而它品尝到了一些微不足道的尘世快乐；若此时无人引导，灵魂一定会受到尘世微小快乐的诱惑和欺骗，就好比不给马戴上制约它的嚼子，马一定会沿着错误的道路狂奔向前。

[4] 指神圣罗马帝国的皇帝。但丁认为，皇帝肩负引导人类走向尘世安宁和幸福的职责。

[5] 至少能从远处识别出真理之城的最高点——塔楼的顶尖，从而引导人类奔向真理之城。

[6] 现在虽然有制约人类行为的《查士丁尼法典》等法律条文，却没人很好地执行。

[7] 指教宗卜尼法斯八世。

[8] 摩西法规定，犹太人只能食用反刍和分蹄的牲畜。基督教神学认为，“反刍”隐喻不断阅读《圣经》，从而深刻理解其寓意；“分蹄”隐喻具有辨别善恶的能力。但丁认为教宗卜尼法斯八世虽然能反复阅读《圣经》，却善恶不分。

并用它养其身，别无他愿[1]。
你可见尘世的堕落理由，
是那位引导者[2]行为不端，
而并非你们的天性腐烂[3]。
造福于世界的光辉罗马，
有二日[4]照耀着两条路面，
一条是尘世路，另条通天[5]。
一日熄另一日，牧师持剑，
两权力已合体，绞成一团，
其结果必然是专权作恶，
因合并此权便不惧彼权[6]；
若不信就请你观察麦穗，
看果实其种类便可明辨[7]。
阿迪杰与波河浇灌区域[8]，
腓特烈被卷入倾轧之前，

[1] 这几句诗具有深刻的隐喻意义：虽然教宗掌握神学理论，却不能用其规范自己的行为，因而不辨是非；他追随的不是上帝的旨意，而是人类的尘世欲望。

[2] 指教宗。

[3] 并非是由于受到天体运转的影响，人的本性腐败堕落。

[4] 隐喻神圣罗马帝国皇帝和罗马教廷的教宗。

[5] “尘世路”指由皇帝所维护和引导的实现尘世幸福的道路，“另条通天”的意思为“另一条是通天的路”，指应该由教宗指引的灵魂赎罪后进入天国的道路。

[6] 现在的情况却是，教宗拿起了本该皇帝所持的保卫尘世安宁的宝剑，即神权插足于政权，从而熄灭了皇帝那轮太阳，致使两权搅在一起，混乱不堪；其结果一定是教宗专权，作恶多端，因为两权合并后，相互监督的体制被打破，独大的教宗权力便肆无忌惮。

[7] 看看麦穗儿上结出的果实，就能晓得此植物是小麦。意思为，看看教宗专权的恶果，就会明白这种神权与政权混淆的体制是否正确。

[8] 阿迪杰（Adige）是意大利第二大河流，波河（Po）是意大利第一大河流，它们均是意大利北方的河流，因而，“阿迪杰与波河浇灌区域”指的是意大利的北方。

勇武与彬彬礼随处可见[1]；
现邪恶可安然路过那里，
不必羞见善人、与其交谈，
因如今见他们着实太难[2]。
确实还存在着三位老人，
他们用旧时代谴责今天，
觉主召他们赴善生[3]太晚；
库拉多[4]、盖拉多[5]，还有圭多[6]，
后者在法兰西绰号广传：
伦巴第[7]老实人，忠厚良善。
你现在可以说[8]：罗马教廷，
由于把两权力绞作一团，
坠泥潭，脏自身，玷污重担[9]。”

---

[1] 在日耳曼神圣罗马帝国皇帝腓特烈二世与罗马教廷发生激烈冲突之前，意大利北方是一片追求骑士勇武和讲究礼仪的祥和乐土。腓特烈二世生于西西里，母亲是西西里王国的公主，父亲是日耳曼神圣罗马帝国皇帝亨利六世。在母亲的辅佐下，他幼年便被加冕为西西里国王。然而他十分不幸，童年丧失父母，母亲临终前，把他托付给当时的教宗英诺森三世，请英诺森三世做他的教父。在英诺森三世的庇护下，腓特烈二世长大成人，他发誓效忠教宗，永远不向意大利半岛扩张势力。英诺森三世去世后，腓特烈二世顺利登基，又成为德意志国王和日耳曼神圣罗马帝国的皇帝。此时，羽翼丰满的腓特烈二世与一心想控制他的教宗之间的激烈冲突不可避免。分成吉伯林党（皇帝党）和圭尔费党（教宗党）的意大利北方，党派斗争愈演愈烈，严重地危害了意大利的安宁。

[2] 如今邪恶可毫无顾忌地经过意大利北方，不必怕见到善良之人而感觉害羞，因为善良的人已经十分罕见。

[3] 指天国的幸福生活。

[4] 库拉多・帕拉佐（Currado da Palazzo），13 世纪意大利重要的政治人物，生于布雷西亚贵族家庭，曾担任过多座城市的执政长官，圭尔费党（教宗党）的领袖；据说，此人慷慨大度，具备骑士美德。

[5] 指盖拉多・卡米诺（Gherardo da Camino），13 世纪末意大利政治人物和军队统帅，曾经是特雷维索城主。但丁认为他也具备骑士精神。

[6] 圭多・卡斯泰尔（Guido da Castel），雷焦－艾米莉亚人，出身贵族，13 世纪末意大利政治人物。但丁认为他也是骑士贵族的典范。

[7] 此处泛指意大利北方。

[8] 听了我的话，你可以得出这样的结论。

[9] 指教廷的重要职责。

我说道："噢，马可呀，言之有理，
现在我心中已清晰明辨，
利未子为何不继承遗产[1]。
盖拉多是何人？据你所说，
为谴责如今的尘世野蛮，
先人们留下了这位圣贤。"
他答道："你口吐托地方言[2]，
我觉得，如若未错误判断，
你好似从未闻盖拉多善[3]。
随其女，可称其盖娅之父，
其他的称呼我从未曾见[4]。
有主[5]在，我不再继续陪伴。
透浓雾我见到发白光线，
那天使距这里已没多远，
见他前我必须离开此间。"
他转身，不再想听我吐言。

[1] 据《旧约》记载，利未是雅各的儿子，他的子孙以祭司为业，被称作"利未族"；他们不能有自己的财产，因为上帝把以色列人生产的物品的十分之一赐予了他们，他们可以以此为生。上帝如此安排是为了防止祭司因追求尘世财富而忽视自己的职责。

[2] 指托斯卡纳地区的方言。

[3] 你讲托斯卡纳（佛罗伦萨所在的大区）方言，如果我判断无误的话，你好像从来没有听说过盖拉多这个意大利东北部人有多么善良。

[4] 盖拉多（Gherardo）的女儿叫盖娅（Gaia），可以称其为"盖娅的父亲"；除此外，我没有听说过对他的其他称呼。据说，盖娅是一个伤风败俗的放荡女人，她的行为与其父形成鲜明的对比；此处，但丁将盖娅与其充满美德的父亲相对比，更清晰地体现出他所要表达的今不如昔的思想。

[5] 指天主。

第 17 章

黄昏时分，但丁随维吉尔走出裹卷着愤恨者灵魂的浓黑的迷雾，却陷入迷茫的状态；在恍恍惚惚中，他似乎看见了普鲁克涅、哈曼和拉维娜，想起了与他们相关的发泄愤恨的神话传说或历史故事。随后，两位不寻常的行者继续前行，见到了光芒四射的和平天使，并遵照他的指引，开始攀登通往炼狱第四级的石梯。当他们进入炼狱第四级时，夜幕已经降临，但丁无力继续行走，于是，维吉尔便利用停顿休息的时间，向但丁讲解了爱的道理和炼狱的整体布局。

走出迷雾

读者呀，请记住，你若入山，
被雾困，只能似鼹鼠那般，
靠皮肤之感觉方能看见[1]；
太阳公必定将进入水气，
气本是潮湿的浓雾一团，
此时它便开始渐渐消散；
想到此你脑中必会显示，
重见日我会有怎样表现[2]；
随后它[3]便睡于卧榻上面[4]。
我紧随老师的坚定步伐，
出迷雾，走入了太阳光线，
那余晖低处歿，只照山巅[5]。

[1] 人们通常认为，鼹鼠深藏在皮毛中的小眼睛被一层膜遮盖，完全没有视力，只能靠皮肤的感觉识别物体。

[2] 诗人用这段比喻，使读者清晰地感觉到他在迷雾开始散去时的状况。

[3] 指太阳。

[4] 比喻太阳缓缓落山。

[5] 太阳已经落山，向上反射的余辉，照不到山的低处，只能照亮山巅。

第 17 章

三个有关愤恨者的故事

噢，想象啊，常使人魂飞神迁，
纵然有千把号响于耳边，
神迁者也不能听见半点[1]；
若感官不助你，谁使你行？
是光辉促你足，它成于天，
光自身或天意引行世间[2]。
那女人[3]变成鸟，欢唱不断，
她模样入我的想象空间，
其形象实在是十分凶残；
狭窄心全集中她的身上，
已无法迎他物进入心田[4]，
因而将它们都关在外面。
随后我至高的想象[5]之中，
一被钉十字架之人出现，

[1] 但丁的思想已转移，因而，他感叹道：噢，人的想象常令人魂飞神迁，此时，即使有一千把号角在他耳边吹响，他也听不见。

[2] 想象力是大脑的一种功能，当大脑接收到外部信息时，它便将其储存，并通过加工创造出新的形象；因而，大脑的想象力应被看作是一个加工厂，外部信息则是原材料，如果没有原材料，加工厂便无法工作。但是，但丁处于魂飞神迁的状态，大脑接收外部信息的功能已经关闭，不可能为加工厂提供任何原材料；因而，但丁认为，此时只有上天之光，或者说是天意，能引导他大脑的想象力运行，给予他启示。这充分体现了中世纪晚期天主教经院哲学的观点。

[3] 指希腊神话中的人物普罗克涅（Progne）。

[4] 我的心十分狭窄，现在已完全集中在普罗克涅的身上，无法再想别的事情。

[5] 指超越感觉的想象，即不依赖感觉器官所接收的外部信息而产生的想象。见本章第16-18行诗句的注释。

他面现恼与怒，死亦这般[1]；
周围有以斯帖、亚哈随鲁，
正直的末底改亦站身边，
其言语与行为正直、良善。
因缺水气泡就势必破碎，
我上述想象如气泡一般，
渐渐地也自行破碎、消散[2]；
此时我脑海中现一少女，
“噢，母后啊，”痛哭着开口吐言，
“你为何因愤怒毁灭自己，
为不失拉维纳自行命断？
妈妈呀，现在你弃我而去，
先令我为你泣，着实悲惨[3]。”

---

[1] “一被钉十字架之人”指古波斯王亚哈随鲁手下的权臣哈曼（Aman），他一直到死都面带怒容。据《旧约·以斯帖记》讲，亚哈随鲁王宠幸权臣哈曼，对他言听计从，致使他傲慢无比，气焰万丈；所有人都惧怕他的权势，向他跪拜，唯犹太人末底改见他不跪，为此他怀恨在心。末底改的养女以斯帖被选入宫，她貌美如花，深受国王喜爱，被册立为王后。记恨末底改的权臣哈曼向亚哈随鲁王进谗言，说犹太人的律法与王国律法不同，他们只遵守自己的律法，而不遵守王国的律法，留他们将对王国有大害；于是，亚哈随鲁王下诏灭绝国内犹太人。末底改闻听噩讯，急告以斯帖，请她向国王乞恩。以斯帖请国王和哈曼赴宴，当面控诉哈曼的罪行，太监们也向国王揭发哈曼令人造巨大的木十字架，准备用它迫害末底改。于是，国王命人把哈曼钉在十字架上，并废除灭绝犹太人的旨意。

[2] 一旦缺少水，水中的气泡就势必破碎。我的想象也与缺水的气泡一样，渐渐地破碎消失了。

[3] 拉维娜（Lavina，另译：拉维尼亚）是拉丁姆王拉提努斯和王后阿玛塔的女儿。据古罗马史诗《埃涅阿斯纪》讲，拉维娜已被许给图尔努斯为妻，但神意注定她应嫁给特洛伊英雄埃涅阿斯。当埃涅阿斯逃离特洛伊城来到拉丁姆时，拉提努斯答应把女儿嫁给他，但王后阿玛塔反对。图尔努斯得知埃涅阿斯要夺走他的未婚妻，怒火中烧，与其兵戎相见。战争中特洛伊人占了上风，在兵临城下之际，王后阿玛塔不见图尔努斯来救，以为他战死，大声哀号，精神错乱，随后自尽。拉维娜得知母亲的死讯后，哭喊道：你怕我嫁给外来之人埃涅阿斯，认为这样会永远失掉我，因而自杀身亡；现在你弃我而去，真的失掉了我，令我先为你哭泣，这也太悲惨了。

第 17 章

光芒四射的天使

当新光[1]猛击在闭目之时，
睡梦便被打碎，十分突然，
然而它消失前还会一闪[2]；
一束光也同样击中吾面，
其力度极强大，远超一般，
我脑中幻象便消逝不见。
我转身欲知晓身在何处，
一声音传过来：“在此登攀！”
它吸引我摆脱其他意念；
并令我产生了迫切愿望，
想看看是何人开口吐言，
若不能面对他心静则难[3]。
望日时我们会眼花缭乱，
强烈光必遮住太阳颜面，
此时我也难以瞩目观看[4]。
“这是位神使者，来自上天，
不需求便引导我们登攀[5]，
用己光遮蔽住他的身体[6]，
对我们就如同待己一般[7]：
等别人请求时才肯出手，

[1] 指黎明之光。

[2] 当黎明之光打在仍在梦乡中的人的脸上时，睡梦就会被击碎；但睡梦在消失之前，梦之光还会在人脑中一闪而过。

[3] 从幻梦中醒来的但丁突然听到一个声音，他迫切想看看谁在说话，否则心就难以安静下来。

[4] 此时，但丁的眼睛就像望向了太阳一样，眼花缭乱，无法看清。

[5] 不需要我们请求，他便主动地指引我们向上攀登的道路。

[6] 他发出的光太亮，致使我们无法看清他的形象。

[7] 此语源自《新约 · 马可福音》第 12 章。圣马可训诫说：“要爱人如己。”

炼狱第三级的天使

其实已恶意地拒人在先[1]。
现我们用脚步接受邀请[2]，
应争取天黑前到达上面，
天不亮人们便无法攀援[3]。”

在日落的余晖下登上第四级

就这样导师说上述话语，
我随他移脚步沿梯登攀；
刚踏上第一个梯阶之时，
便感觉有羽翼抖动身边，
扇我脸，随后闻：“我无戾气，
能使人和睦者洪福齐天[4]！”
余晖已照射在我们上面[5]，
黑夜便接踵至，紧随后边，
见群星从西方显露于天。
“噢，我的力，你为何如此消散？”
我感觉两条腿支撑已难[6]，
于是乎便这样自语自言。
我们已到达了石梯顶端，
便止步，停在那（儿），不再向前，
就如同到岸的航船一般。

[1] 天使十分了解我们心中的愿望，于是主动地为我们指引方向；如果一个人等别人请求才肯出手帮忙，其实他心中已经存在拒绝他人请求的恶意了。

[2] “现我们用脚步接受邀请”的意思为：现在我们就跟着他走，以表示我们接受了他的邀请。

[3] 我们应该在天黑前就到达上面一级，否则天一黑就无法攀登了，需要耐心地等到天亮才可以行动。

[4] 这是天使说的话。此语源自《新约·马太福音》第 5 章中耶稣登山训诫信徒时所说的话：“使人和睦的人有福了。”

[5] 此时，落日的余晖只能照在山的较高处，较低处已隐于阴影。

[6] 日出而作，日落而息，这是自然规律；因而，当夜幕降临时，但丁便感觉无力登山了。

新级中[1]我凝神静听一阵，
欲知晓有何音传至耳边，
随后便朝吾师开口吐言：
“和蔼的老师呀，请告诉我，
何罪恶净化于此级台面？
若止步，你话语切勿停站[2]。”

维吉尔讲解爱的道理

他答道：“善之爱未尽义务，
就必须在此处弥补缺陷；
重挥桨，因以往划得太慢[3]。
你希望心中能更加明辨，
那就请细听我讲述一番，
你将获丰硕果，不枉停站[4]。”
他又说：“孩子呀，不可无爱，
造物主及造物均似这般，
或自然[5]，或心灵[6]，你自明辨[7]。
自然爱永远都不会有错[8]，
目标错心爱却容易走偏，

[1] 指但丁刚刚进入的炼狱第四级。
[2] 现在天黑了，我们虽然不继续走了，但你不能停止说话呀。
[3] 人们过于懒散，没有尽到爱善良的义务，因而必须在此受惩戒，以便努力上进，加快行善的脚步。
[4] 你要想明白这里的道理，就请听我的解释，这样也不枉我们在此停顿浪费时间了。
[5] 指自然的爱。它是万物固有的、本能的爱，即自然规律。
[6] 指产生于人类心灵中的爱，它是人的心智所选择的爱，即人的理性爱，为人的心智所特有。这是中世纪晚期天主教经院哲学的重要思想。
[7] 造物主和造物都不能缺少爱，它包括万物固有的、本能之爱和人类心中的理性之爱；维吉尔认为，这一点但丁是明白的，因为但丁非常了解中世纪晚期著名的经院神学家托马斯·阿奎那的哲学思想。
[8] 自然爱，即自然规律，它是永远不会错的。

或因为爱太深，或因太浅[1]。
当心爱奔向那首善[2]之时，
就能够有分寸控制次善，
便不会成邪恶享乐根源[3]；
若趋恶，它只寻尘世利益，
而忽视去追求另一种善[4]，
造物主便会被造物背叛[5]。
说到此你已经能够明白，
爱便是你们的诸德之泉，
它也是应受罚罪恶根源[6]。
爱不能不关心拯救自己，
绝不会对主体背转其面，
万物均避自恨，不受其残[7]；
不可能有事物自行存在，
与‘太一[8]’背道行，一分两边，
因而便无造物仇恨上天[9]。

[1] 而心爱却会因为选错目标走偏道路，即错爱上不该爱的对象；或者应该深爱的没有深爱，应该浅爱的却爱得过深。

[2] 指上帝。

[3] 当心爱指向首善即上帝时，人就能够把控自己，不会去追求邪恶的享乐。

[4] 指前面提到过的首善，即上帝。

[5] 如果人误入歧途，过多地追求尘世的利益和快乐，那么就可以认为造物背叛了造物主。

[6] 说到这儿，你就该明白了，爱是美德的源泉，同时也是罪恶的根源；关键在于爱什么和怎么爱。

[7] 爱不可能不注意保护产生爱的主体，它不会背叛自己的主体，因为宇宙万物都不会自己恨自己，自己残害自己。

[8] “太一”指宇宙万物的本原，此处指上帝。

[9] 此处但丁认为，因为爱，上帝创造了万物，不可能有任何造物脱离上帝而独自存在，因此造物是不会仇恨上帝的。然而，这种看法与《地狱篇》中的某种观点是矛盾的，比如，地狱魔王路西法也是上帝的造物，他就仇恨上帝。

下面三级惩戒的三种错爱

如若我之分析合乎情理，
人只能乐他人所遇灾难[1]；
这种爱生你土，方式有三[2]：
有的人一心要追求卓越，
只为了此目的迫切期盼，
邻近者[3]从高位跌入深渊；
有的人担心失权、宠、荣、名，
生怕有其他人登高在先，
因而便极忧心，盼人相反[4]；
还有人因受辱怒火中烧，
一心只希望能报复一番，
于是便脑中生害人之念。
这三爱[5]受罚于此处下面，
我现在希望你心中明辨，
另几条求善的错误路线[6]。

上面四级惩戒的错误追求

至善可使人心获得宁安，
人于是努力地近其身边，
虽关注且期盼，却不明辨[7]。
如若你奔至善行动太缓，

[1] 如果我分析得有理，人不会乐见自己的不幸；如果他乐见不幸，也只能乐见他人的不幸。

[2] 这种对别人幸灾乐祸的情况产生于你们尘世，而且有三种表现。

[3] 指身边的其他人。

[4] 因而他们每天忧心忡忡，一心期盼其他人走向荣华富贵的反面。

[5] 指上面所提到的三种邪恶的“爱”，即傲慢、嫉妒、愤恨。

[6] 指炼狱上面四级所惩戒的人在追求善的过程中所犯的错误。

[7] 人人都关注和期盼至善，但并不明白至善是什么。

适当地悔过后，就在此间，
你们将被惩戒、蒙受苦难[1]。
其他善不可能令人快乐，
它并非善之果实质体现，
也不是幸福和善的本源[2]。
谁过分沉溺于其他之善，
在我们上三层哭泣不断[3]；
但上面咋分级，我先不说，
以便你能自行探索一番。”

[1] 如果你们追求上帝的至善过于迟缓，悔过之后，将在这里接受惩戒，忍受苦难。

[2] 至善之外的其他次善都不能真正令人快乐，因为它们不是善果的实质，也不是善和幸福的根源。

[3] 此时，但丁在炼狱的第四级，下面三级中分别惩戒的是傲慢、嫉妒、愤恨者的灵魂，第四级中惩戒的是懒散者的灵魂，上面三级中分别惩戒的是挥霍者、贪食者、淫邪者的灵魂。但丁认为，挥霍者、贪食者和淫邪者都是追求尘世次善（即尘世快乐）的人。

第 18 章

在但丁的请求下，维吉尔讲解了爱的哲学和爱与自由意志的关系。听完维吉尔的深奥讲解，但丁感觉大脑十分疲惫，昏昏欲睡。此时，一群急于出炼狱第四级的生前懒散的灵魂奔跑而来，跑在最前面的两个灵魂宣扬着勤快的范例；但丁被他们吵醒，维吉尔向他们询问上行的道路。随后，但丁和维吉尔遇见了日耳曼神圣罗马帝国皇帝腓特烈一世时代的维罗纳圣泽诺修道院院长，并听他控诉了城主阿尔贝尔托滥用职权的罪行。最后，但丁见到了两个谴责懒散者的灵魂，他们说，只有不畏艰险，努力奋进，才能创建辉煌的业绩。疲倦的但丁在胡思和浮想中进入梦乡。

维吉尔讲解爱的哲学

高学识之老师[1]结束言谈，
他全神贯注地盯看吾眼，
要知晓我是否意足心满；
有一种新渴望促我心灵，
外沉默，心却吐如下之言：
“恐怕我问太多他会厌烦。”
他真是我慈父，立刻发觉，
我胆怯，不敢把意愿展现，
先开口鼓励我勇于吐言[2]。
我说道：“老师呀，在你光下，
吾之心变强健，善于识辨，
能理解你陈述道理之谈[3]。

[1] 指维吉尔。

[2] 胆怯的但丁不敢向维吉尔问他所渴望知道的事情，然而，维吉尔却像知子莫如父的慈父一样，立刻就看透了但丁的心思，并鼓励他吐出心中欲说之言。

[3] 老师啊，在你的智慧之光的启迪下，我的心变得更具有辨别能力，能够理解你陈述道理的那番话。

亲爱的前辈啊，我请求你，
请再把那种爱解释一番，
你说它是善恶唯一根源[1]。”
“请你把心智光投向我身，”
他又道，“这样你自然明辨，
众瞎子做向导多么荒诞[2]。
人之心生来便倾向爱怜，
一旦有可爱物将其召唤，
它便会急奔至该物身边[3]。
感知力从存在提取印象，
它又被展现在你们心田，
心便会聚拢在印象身边[4]；
心若是趋向于怀中印象，
那趋向便是爱，它属自然，
可爱物能使爱深扎心间[5]。
这就像火向着高处运动，
呈所现之形状，天性使然，
直升至它能够长存空间[6]；
被捉魂[7]也这样陷入欲念，
欲念使魂行动，不会停站，

[1] 你说爱是善与恶行为的唯一源泉，那么，你就再进一步向我解释一下那种爱的理念吧。

[2] 维吉尔对但丁说：请你一心只听从我的指引，这样你便会明白，那些认为一切爱都是善的人是瞎子；瞎子为别人引路是多么荒诞的事呀。

[3] 人天生是有恻隐之心的，因而人心中总会有爱怜；一旦有某种可爱的东西召唤人心，人心就自然会迅速地奔向它。

[4] 人的感知力从客观存在中提取对某一事物的印象，然后将其存入（展示）心中，人的心便会不断地围绕这种印象活动。

[5] 如果心喜欢（趋向）那个存储在心中的印象，就会对印象中的事物产生爱，这种爱就是自然之爱。那个可爱的事物会使这种自然的爱深深地扎入心中。

[6] 古代的欧洲人认为，大气层的上方，月亮天的下方，有一道火层；火苗向上燃烧是为了回归自己的本源，它的趋向和燃烧的形状都是由火的天性决定的。

[7] 指被令人喜欢的事物捉住的灵魂，即爱上某事物的灵魂。

一直到所爱物令其喜欢[1]。
有人说爱均应获得颂赞，
现在你似乎已清晰可见，
真理咋被遮于他们眼前[2]；
或因爱材料好，才有此说[3]，
材料好也未必结果良善，
蜡虽佳，并非印全能封严[4]。”

爱与自由意志的关系

我答道：“你之言与我智慧，
已向我揭示了爱的真面，
却同时令我生更多疑团；
如若爱是外界赐予我们，
魂随行，并没有其他可选，
行得直，行得弯，与它无干[5]。”
老师道：“越过此，你须等贝特丽奇，
我所言仅仅以理性为限，
信仰的范畴将更加深远[6]。
每一个实质[7]与物体[8]合一，

[1] 一旦灵魂被所喜爱的事物控制（捉住），心里就会产生一种欲望，这种欲望不断地促使人心波动，一直到心喜欢上这种事物。

[2] 你现在一定已经看明白了，那些认为所有爱都应该受到赞颂的人总是一叶障目，看不清事物的本质。

[3] 或许因为爱是一种好的材料，才会有一切爱都应该受到赞颂的说法。

[4] 但材料好也不一定有好的结果，这就如同，蜡虽好，用蜡所做的封印也不一定严实。

[5] 你的讲解和我的理解力使我懂得了爱的实质，但我还有另一个问题：既然引起爱的原因来自于外界，我们的灵魂只能追随着它，那么它走直路还是走弯路，与人的灵魂是没有关系的。

[6] 更深刻的道理需要等待贝特丽奇给你讲解，我讲的仅仅是理性分析的结果，它是十分有限的；而信仰是无限的，其道理更加深奥。

[7] 指物体的内在实质。

[8] 指物体的外部表现。

却与它又不能混作一谈[1]，
它们都内含着特殊能力，
无结果那能力难以体现，
不工作人们便无法察觉，
似植物无绿叶生命不见[2]。
因此说人心中并不晓得，
那最初之认识来自哪边，
也不知初欲爱所出何源；
但初欲却存在你们心中，
如蜂有酿蜜的本能那般，
不应对人初欲指责、颂赞[3]。
为了使所有欲趋同于它[4]，
忠告的能力生你们心间，
你们须看守住人心门槛[5]。
这便是你们应遵守原则，
它使人之理性生于心田，
遵循它，善恶爱你可筛选[6]。

---

[1] 一个物体的内在实质和外部表现是在同一个物体之上的，但二者又不是同一回事。比如，人的实质是他的内在的具有理性的灵魂，外部表现是他的肉体，二者同为一体，但又不是同一回事。

[2] 每一个物体的实质都具有一种特殊的能力，这是区分物种的基础；比如，人类的心中潜藏着认识能力和爱的能力，这是区分人类和其他造物的基础。这种能力，只有在发挥作用时，即从潜能变成现实时，才能被人的心灵所感知；只有产生效果时，这种能力才能显现出来；正如，见不到植物的绿叶，我们就无法感受到植物具有生命。

[3] 人心的潜在能力，只有通过自己的行动发挥作用时，才能被人心感受到；因此，人并不知晓他们最初的认识和对最初欲望的喜爱源自何处，然而它们却确确实实地存在于人心之中；蜜蜂采蜜是蜜蜂的自然本能，最初的认识和对最初欲望的喜爱出自人的本能；这些源于自然本能的欲望无过也无功，不应该受到指责或赞颂。

[4] 指初欲。

[5] 人天生的志趣是善良的，而后天的意愿却有好有坏；为了使人的所有意愿都与最初的志趣相符合，即趋向于善，忠告人为善的能力便产生在人心之中；因而，人应该牢牢地守住心的大门，避免恶的意愿进入。

[6] 这是人心必须遵守的原则，它使人心产生了理性；遵守这一原则，人便可以分辨出什么是善爱，什么是恶爱。

那些能深入地推理之人，
发现了此天生自由判断[1]，
因而把伦理说留于世间。
如果说你们心燃起爱火，
那团火必然生，无法避免，
你们却有能力控制蔓延[2]。
圣女[3]称能力为自由意志，
如若是她对你将此议谈，
你应该牢记住她吐之言[4]。”

但丁昏昏欲睡

天已晚，那黑夜过去近半，
月亮像燃烧的圆桶一般，
使星辰更显得稀疏、罕见[5]；
它沿着太阳路逆向而行[6]，
罗马人眼中见日落西山，
坠向了科西嘉、撒丁之间[7]。
曼托瓦名不及皮埃托拉[8]，

[1] 指人的自由意志，即人自由判断事物的能力。
[2] 如果说，爱火烧心是必不可免的，人却有能力选择接受它或拒绝它，也有能力控制它的蔓延。
[3] 此处指贝特丽奇。
[4] 维吉尔对爱只在哲学的层面上做了理性分析，因而，他嘱咐但丁，如果贝特丽奇与他谈论爱的问题时，他应该牢记住贝特丽奇的话，因为那将是神学层面的、闪烁着信仰光辉的阐述。
[5] 此时是望月后的第五天，已近半夜，下弦的月亮有一小半被遮住，余下的部分像一只横卧着的闪亮的铜质圆桶，其光线遮掩了天空中亮度较微弱的星辰。
[6] 自西向东而行。
[7] 此时，位于北半球的罗马已是日落西山之时，罗马人眼前的太阳正向西方的撒丁岛和科西嘉岛处落去。
[8] 皮埃托拉（Pietola）是意大利曼托瓦城附近的小镇，古罗马著名诗人维吉尔出生在那里。

是那位高贵魂[1]令其名传，
该魂已卸下了我肩重担[2]；
他论述明确且深入浅出，
解答了诸问题，使我明辨，
随后我又胡思，昏睡一般[3]。

生前懒散者的灵魂

但突然一群魂令我醒觉，
他们都出现在我们后边，
急忙忙朝我们奔跑向前。
古时候忒拜人需要酒神[4]，
伊美诺、阿索坡[5]便会看见，
沿河岸人拥挤、疯狂夜欢[6]；
此处的人群亦兜圈腾跃，
依我看这些魂来到此间，
促其行是正爱、良好意愿[7]。
转瞬间诸魂至我们身边，
因他们全都是跑步向前；
前面的两个魂哭着喊道：

[1] 指维吉尔。

[2] 那位使皮埃托拉的名声超过曼托瓦的高贵灵魂为我解开了疑团，卸下了心中沉重的包袱。

[3] 随后我又开始胡思乱想，头脑累得昏昏沉沉的，就像睡着了一样。

[4] 酒神是古希腊忒拜人的保护神。

[5] 伊美诺（Ismeno，另译：伊斯梅努斯）和阿索坡（Asopo，另译：阿索浦斯）是希腊的两条小河，流经古城忒拜。

[6] 当忒拜人需要酒神狄奥尼索斯（Dionisio）帮助时，便聚集在伊美诺河和阿索坡河的河岸上狂欢，在月光下兜着圈儿奔跑，以此向酒神乞援。

[7] 积极进取的良好意愿和正直的爱是促使他们快速奔跑的动力。这两种美德更加鲜明地反衬出这些灵魂生前的懒散。

“玛利亚奔跑着急速入山[1]；
恺撒也为征服伊莱尔达，
攻马赛、西班牙随后激战[2]。”
其他魂也高叫：“快点（儿），快点（儿）！
切勿因爱太少浪费时间，
寻求善才能使天恩再现[3]。”
“噢，热情的灵魂啊，你们此时，
似乎是在弥补疏忽、拖延，
因缺少热情便难以行善[4]；
这个人[5]还活着，我不说谎，
日重出，他就想向上登攀；
请你们告诉我路在哪边。”
我向导说完了上述话语，
诸魂中有一人开口吐言：
“随我来，寻找到出口不难。
我们都充满了行动欲望，
惩罚是不在此驻足停站，
请原谅，你若觉我们怠慢[6]。

[1] 据《新约 · 路加福音》讲，大天使加百列向圣母玛利亚宣告她将怀孕生下耶稣，并说她的亲戚伊莉萨白也怀孕了，也将生下一个男婴；听到这个消息后，玛利亚急忙跑到伊莉萨白家中去问候她。

[2] 据古罗马著名诗人卢卡诺（Lucano，另译：卢卡努斯）的《法尔萨利亚》记述，在恺撒与庞培的战争中，恺撒曾先包围反叛他的马赛城，然后分兵给布鲁图（Bruto，另译：布鲁图斯），命令他继续完成攻陷该城的任务，自己则率军急奔西班牙，在伊莱尔达成功地截击了庞培部将阿弗拉尼乌斯和皮特里乌斯率领的军队，经过激战，大获全胜。这两个勤快美德的例子鲜明地反衬出懒散的罪过，说明了努力快速做事的重要性。

[3] 不要因为寻求善的积极性太少而浪费时间，只有积极地寻求善才能再一次获得上帝的恩赐。

[4] 人在做善事时拖拖拉拉，那是因为他们缺少行善的热情。

[5] 指但丁。

[6] 说话的灵魂一边回答维吉尔的话，一边不停地奔走，他怕但丁和维吉尔觉得他这么做是一种不礼貌和有意怠慢的行为，于是说，不停地奔走是上天对他们的惩罚，因而请他们原谅。

圣泽诺修道院院长的控诉

我本是维罗纳泽诺院长[1]，
生活在腓特烈一世期间，
米兰人谈此皇痛仍不减[2]。
有个人一只脚已入墓穴[3]，
不久后他将哭我的修院，
后悔曾对于它滥用职权[4]；
他一位私生子成为牧师，
被其置神圣的职位上面，
身畸形，灵魂则更加伤残[5]。”
不知他还在说或是沉默，
此时已远离开我们身边；
前面话我听见，愿记心间[6]。

两位谴责懒散者

需要时助我者[7]开口吐言：

[1] 说话者名字叫盖拉多·斯卡拉二世（Gherardo Ⅱ della Scala），曾担任著名的维罗纳圣泽诺修道院院长和维罗纳主教等职。

[2] 腓特烈一世（Federico Ⅰ，1122—1190）是日耳曼神圣罗马帝国皇帝，人称“红胡子”，按其音译，为“巴巴罗萨”。为了征服米兰等意大利北方城市，他曾 6 次军事入侵意大利，致使意大利北方城市结成伦巴第联盟，抵抗其侵略；腓特烈一世曾攻破米兰城，并下令将其彻底摧毁，因而米兰人一谈及他，就会悲痛地想起米兰城所遭受的破坏。

[3] “有个人”指但丁时代的维罗纳城主阿尔贝尔托·斯卡拉（Alberto della Scala）。他死于 1301 年 9 月，因而但丁说他“一只脚已入墓穴”。

[4] 阿尔贝尔托·斯卡拉不久后就将死去，他将因对我们修道院滥用职权在地狱或炼狱中受苦，因而此处说“不久后他将哭我的修院，后悔曾对于它滥用职权”。

[5] “私生子”指阿尔贝尔托·斯卡拉的私生子朱塞佩（Giuseppe），他在父亲的帮助下，于 1292—1313 年担任圣泽诺修道院的院长。据说，此人是个跛脚，品行也不好，根本不配担任高级教职。

[6] 他飞跑着离去了，致使我无法听到他是否还在继续讲话；可是，他先前说的话我全听清了，我愿意把这些有教育意义的话记在心里。

[7] 指维吉尔。

惩戒懒散者的炼狱第四级

"你转身瞧这里，便可看见，
俩责怪懒散者来到此间。"
在众人身后面他们[1]说话：
"海为之开裂者[2]死亡在先，
继承者约旦河并未曾见[3]。
曾追随安奇塞儿子[4]之人，
若未能忍痛苦直至终点，
其生活便不会光辉灿烂[5]。"

但丁在浮想中入睡

当诸魂已经离我们很远，
其身影双眸再无法看见，
新想法又出现脑海之中，
一生二，二生三，连连不断；
于是我从一念游入二念，
胡思着，浮想着，合闭双眼，
那冥想一点点转成梦幻。

[1] 指上一行诗句提到的两位谴责懒散者。

[2] 指希伯来人。据《旧约·出埃及记》讲，希伯来人随摩西逃离埃及，法老率大军追赶，上帝命红海的水分开，使希伯来人安全通过，逃离危难。

[3] 此处"约旦河"泛指巴勒斯坦地区，据《旧约》讲，它是上帝赐给希伯来人定居的地方。"继承者"指从上帝处继承了巴勒斯坦地区的希伯来人。这两行诗的意思是：约旦河并未见到继承巴勒斯坦地区的希伯来人，因为他们在到达该地区之前就都已经死去了。《旧约·申命记》讲，希伯来人越过红海后，害怕路途遥远、艰险，牢骚满腹，不愿意随摩西继续前行，因而受到上帝的惩罚，在到达巴勒斯坦之前，除了迦勒和约书亚外，都死于荒野。

[4] 指埃涅阿斯。安奇塞（Anchise，另译：安喀塞斯）是维吉尔的史诗《埃涅阿斯纪》中的人物，特洛伊英雄埃涅阿斯的父亲。

[5] 那些曾经追随埃涅阿斯的人，如果害怕海上的风暴，没能坚持到底，未到达意大利的台伯河口，便无法参与为罗马奠基的伟大事业，也不会有灿烂辉煌的生活。

第19章

拂晓前，但丁入梦，梦中似乎见到一位丑陋、伤残的巫女，那巫女是隐喻尘世诱惑的塞壬；此时，梦中又出现了一位隐喻理性和哲学的圣洁女子，在她的促使下，维吉尔撕开塞壬的衣衫，使她散发出臭气，熏醒了但丁。

但丁醒来，天已大亮。他与维吉尔继续前行，路遇热情的天使；天使不仅用羽翼擦掉但丁额头上的第四个P字，而且还为他们指路。

沿着岩壁之间的石梯，但丁和维吉尔登上炼狱的第五级，那里惩戒的是贪财者和挥霍者的灵魂，他们手脚被捆缚着趴卧在地面。在匍匐者中，但丁看见了阿德里亚诺五世，并听这位教宗讲述了有关他的故事。

但丁梦见女巫

大地已吸尽了白昼热量，
有时候土星也助撒冰寒，
再难把冰冷的月儿温暖[1]；
土占者[2]见东方大吉之象，
黎明在即将要出现之前，
沿暂时昏暗[3]路上行天边[4]；

[1] 夜晚时，大地已经吸尽了白昼所产生的热量，不仅如此，有时候土星（古时欧洲人称土星为“寒星”）也帮助大地吸尽白昼的热量，把寒冷播撒在世间；此时，再也没有任何热量能够温暖冰冷的月亮。诗人用此来形容黎明前的寒冷。

[2] 指通过观察星辰的位置，推论机运的术士。

[3] “暂时昏暗”的意思为即将明亮起来。

[4] 古时欧洲占星术士经常在沙土上点出一些点，然后用线条连成图形，通过观察图形预示人的机运如何。“大吉象”是与宝瓶座和双鱼座相对应的图形。此处，但丁以这种方法间接地表示出他要表示的天象。但丁身在炼狱时，正值太阳位于白羊宫，宝瓶和双鱼座出现后，随即出现的便是白羊座；白羊座出现，太阳也就升起了。

此时我见一女出现梦中，
她口吃，腿脚瘸，斜楞双眼，
面苍白，而且还两手伤残[1]。
那夜晚冻得她手脚冰凉，
我目光似太阳将其温暖，
解开了她那条打结之舌，
随即又使其身挺直立站，
茫然脸又恢复粉红颜色，
那艳色能唤醒人心爱怜。
舌结开，具有了说话能力，
于是她便开始歌唱不断，
致使我不得不瞩目观看。
她唱道：“我是那温情塞壬[2]
使水手大海中方向不辨，
谁听到我歌声必定心欢！
那喜爱旅行的尤利西斯[3]，
闻我歌把远航亦弃一边，
伴我者均满意，离去极难[4]！”
那女子还没有合闭其口，
另一位圣洁女[5]旋即出现，

[1] 此丑陋的残疾女子隐喻尘世的诱惑。人们对尘世事物过分的、错误的爱被称作贪婪，它包括贪财、贪食和贪色等。这种过分的尘世爱使人们远离了至善，即远离了对上帝的爱。

[2] 塞壬（Serena）是希腊神话中的美人鱼。据希腊神话讲，她是海仙，上身是女人，下身是鱼。她用优美悦耳的歌声迷惑水手，使他们无法扬帆行船，从而葬身于海底。

[3] 尤利西斯（Ulisse）是希腊－罗马神话中的人物，在希腊神话中叫奥德修斯，在罗马神话中叫尤利西斯。据荷马史诗讲，他是特洛伊木马计的设计者，喜欢航海和探险。

[4] 陪伴我的人都会被我吸引，感觉十分满意，均不愿意离开我。

[5] 关于此女隐喻什么有种种说法，她可能隐喻圣母玛利亚、贝特丽奇、仁爱、真理、理性、哲学等，始终没有定论。但从后面对维吉尔的提问来看，她最可能隐喻的是维吉尔所象征的理性和古典哲学。

紧靠我，令前者狼狈不堪。
“噢，维吉尔，维吉尔，此为何妖？”
她如此怫然问，似在抱怨；
维吉尔盯圣女移步向前。
他抓住那妖女，撕破衣衫，
把其腹显露在我的面前；
腹散发之恶臭令我醒转。

擦掉但丁额头的第四个 P 字

贤师见我目转[1]，开口吐言：
“我至少呼唤你足足三遍！
快起来，随我寻入口[2]地点。”
我站起，见圣山[3]所有层级，
高升日[4]之光辉已经洒满，
我们便背旭日行走向前[5]。
跟随着贤老师，我垂额头，
似一人脑中有疑虑万千，
被压得身子如半个拱券；
此时闻一声音：“从此上行[6]。”
那声音极甜美，暖人心田，
在我们尘世间无法听见[7]。
说话者生一对天鹅翅膀，
他指引我二人向上登攀，
行两座陡峭的岩壁之间。

[1] 维吉尔见我已经醒了。
[2] 指进入炼狱上一级的入口。
[3] 指炼狱山。
[4] 指高高升起的太阳。
[5] 指朝西方走去。
[6] 从此处可以上行至炼狱的第五级。
[7] 在尘世听不到这么优美的声音。

随后他用羽翼扇打我们[1]，
“哀恸者有福了”，出此断言[2]，
因他们得安慰，魂将宁安。

维吉尔催促但丁加快脚步

我们至比天使略高之处，
贤向导便开始对我吐言：
“你眼睛为何总盯看地面？”
我答道：“有一个新的幻觉，
迫我行，心中却疑虑万千，
它牵引我无法离其身边[3]。”
他说道：“你所见古老女巫[4]，
现独自哭泣于我们上面[5]；
你亦见人怎脱她的纠缠。
此足矣，你应该加快脚步，
把眼睛转向那天主身边[6]，
他推动永恒国[7]巨轮旋转。”

登上炼狱的第五级

猎鹰总先双足站立观看，

[1] 用翅膀扇打但丁和维吉尔，擦掉但丁额头上的第四个 P 字。

[2] 这位天使断言说：哀恸者有福了。此言出自《新约圣经 · 马太福音》第 5 章：“哀恸的人有福了，因为他们必得安慰。”意思为：能够为自己的罪过而痛哭、知道改过自新的人是有福的，他们的心灵必定会得到安慰。此语对意志薄弱、不愿忍受忏悔痛苦从而获得自新的懒散者灵魂是具有教育意义的。

[3] 我产生了一种新的幻觉，这种幻觉迫使我跟随着它，无法脱身，但心中却充满了疑虑。

[4] 指刚才但丁在梦幻中所见到的女巫。

[5] 指但丁和维吉尔尚未到达的炼狱最上面的三级。

[6] 你已经在梦幻中看到了贪婪巫女的哭泣和人们怎么摆脱了她，这就够了，不要再滞留了，要面向上帝，加快脚步奔向他。

[7] 指天国。

随后便伸脖颈，把身扭转，
探向那吸引它美食一边；
我也似猎鹰般，沿着那条，
人可以上行的劈裂石岩，
向前走，一直到上级圆环[1]。

趴卧地面的贪婪者和挥霍者

我进入炼狱的第五级时，
见人群在那里哭泣不断，
他们都脸朝下趴在地面。
听他们深叹息、嘟嘟囔囔：
“我灵魂把黄土深深眷恋[2]。”
吐出的含糊语将将可辨。
“噢，上天主选定的诸位善民，
义与望可减轻尔等苦难，
请你们指道路，以便登攀。”
“若你们来此处不必匍匐，
欲尽快寻道路行走向前，
右手就必须朝环路外沿[3]。”
古诗人[4]如此请他们指路，
随后闻不远处有人回言，
听声音我辨出谁在说话[5]，
于是便转眼望老师那边；

[1] 指炼狱的第五级。

[2] 贪婪者的灵魂都趴卧在地上，就像他们十分眷恋黄土；这种惩戒与他们的罪过紧密相连，因为他们与尘世的财富难舍难分。

[3] 说话的灵魂已经察觉但丁和维吉尔与在炼狱第五级受罚的灵魂不同，他们不需要趴卧在那里，因而说：如果你们不必在此趴卧，而且想尽快前行的话，就请右手朝向环山路的外侧，即逆时针方向行走。

[4] 指维吉尔。

[5] 灵魂都趴卧在地面上，看不出谁在说话，但能够辨别出声音发自何人。

惩戒贪婪者的炼狱第五级

他传递欢乐意，愿我实现，
目光中流露的那份意愿[1]。
因为我可以随己意行事，
于是便朝那魂行走向前，
引起我注意是他吐之言[2]。
我说道："灵魂啊，你泪水浇熟果实[3]，
无此果便不能回主身边，
请为我把要务略微推延[4]。
你是谁，为什么脊背朝上？
是否要我在那（儿）[5]为你祈天？
我活着便动身来到此间[6]。"

教宗阿德里亚诺五世

他说道："恰维里、谢斯特两地之间，
有一条美丽河流水潺潺，
此河是我族的姓氏来源[7]。
若想知我为何脊背朝天，
须先晓我曾经法衣披肩，

[1] 听到灵魂的回话后，但丁转身望着维吉尔；维吉尔则向但丁示意他可以按照灵魂的指示去寻找上行之路，以实现自己的意愿。

[2] 但丁不是在此级中受惩罚的灵魂，不必趴卧在地上，可以随意行走；因而，他便走向了那位引起他注意的说话的灵魂。

[3] 你忏悔罪过，哭泣不止，你的泪水浇熟了上帝谅解的果实。

[4] 请你为了回答我的话，略微放放忏悔罪过这件重要的事情吧。

[5] 指尘世。人在尘世为炼狱的某灵魂虔诚地祈祷，可以缩短该灵魂在炼狱受苦的时间。

[6] 我虽然来到了炼狱，却是一个活在尘世的人，因而可以在尘世为你祈祷。

[7] 恰维里（Chiaveri，另译：契亚维里）和谢斯特（Siestri，另译：谢斯特里）是意大利北部利古里亚地区的两座城镇，拉瓦涅河（Lavagna）从两城之间流过。说话者是教宗阿德里亚诺五世（Adriano V），他出身于利古里亚地区的拉瓦涅伯爵家族，该家族的姓氏来自于拉瓦涅河。

登上了彼得的神圣宝座 [1]，
有一个多月的亲身体验，
防污染大披风 [2] 实在沉重，
与它比其他都鸿毛一般 [3]。
哎呀呀，我转变实在太晚，
做罗马牧师 [4] 的那段时间，
才发现生活是虚妄欺骗 [5]。
我看到在那里 [6] 心不平静，
灵魂难超脱于尘世人间；
因而便爱此生 [7] 火燃心田 [8]。
之前我悲惨魂远离上帝，
一心想尘世事，十分贪婪，
现在此受惩罚，如你所见 [9]。
忏悔后魂忍受净身苦难，
贪婪罪之后果在此显现；
此山无其他罚比这更惨，
只因为我们眼紧盯尘世，
它不能向上望、远瞩高瞻：

[1] 你将来会知道为什么上天使我们脊背朝天，但现在必须先知道我生前是什么人；我曾经是圣彼得的继承人，即罗马教宗。天主教认为圣彼得是罗马教廷的第一代教宗，因而，教宗都自认为是圣彼得的继承人。

[2] 指教宗身上所披的象征神权的披风，即前面所说的法衣。

[3] 阿德里亚诺五世教宗 1276 年 7 月 11 日当选，尚未加冕，就于 8 月 18 日去世，在位仅一月有余，因而此处说“有一个多月的亲身体验”。阿德里亚诺五世虽然担任教宗职务仅一个多月，但已经体会到，要想做一位正直的教宗，肩上的担子十分沉重。

[4] 指教宗。

[5] 阿德里亚诺五世教宗后悔自己明白得太晚，担任教宗后，他才知道尘世的财富和权力都是虚妄的欺骗。

[6] 指尘世。

[7] 指人离弃人世后的永生。

[8] 我发现在尘世欲望的诱惑下，人的心情无法平静，精神世界无法提升，因而心中便燃起了热爱永生的火焰。

[9] 由于我太贪恋尘世的生活，所以此时在这里受苦，正像你所见到的这样。

是正义命令它低垂地面[1]。
贪婪熄我们的爱善之火，
使我们无作为、不能行善，
正义便牢牢缚我们双臂，
手与脚被捆绑，无法动弹，
主愿意捆多久就捆多久，
我们将长时间趴卧地面。”
我跪下，欲说话，刚要开口，
他仅凭其听觉便已发现，
我举动表示出对他尊敬，
于是问：“你下跪为了哪般？”
我答道：“是良心怨我直立，
如此做全因为你的尊严。”
他说道：“兄弟啊，请你立站！
别弄错，我是你侍主同伴，
主面前所有人都是这般[2]。
福音书圣人说‘人们不娶[3]’，
若你能对此语意思明辨，
便可晓我为何口吐此言[4]。
你走吧，我不愿你再停留，

[1] 炼狱山中，这里的惩罚最严厉，正义令我们趴卧在地。在人间，我们的眼睛只盯着尘世的利益，因而，来到此处后，它不能向上观望，更谈不上高瞻远瞩。

[2] 我们都是侍奉主的奴仆，不要因为我曾是教宗，你就跪下向我表示敬意；在主面前，所有人都是一样的。

[3] 此语源自《新约圣经・马太福音》。有人与耶稣讨论人死后肉体是否可以复活，他说：从前有兄弟七人，长兄娶了妻，却始终无子，死时将妻子留给二弟；二弟死时把妻子又留给了三弟，其他兄弟皆如此，最后所有兄弟都死去，妻子也死了。与耶稣对话者不知道复活时妻子应该属于谁。耶稣回答说：你不懂《圣经》，更不懂上帝的能力和旨意。复活时，人不娶也不嫁，他们就像天使一样。

[4] 阿德里亚诺五世的灵魂用《圣经》中的“人们不娶”之说解释来世与今生的不同，即不能用尘世的思维理解来世之事；进入来世，人间的等级已不存在，灵魂皆平等；现在他已经不再是教宗，但丁没有必要对他如此崇敬。如果但丁能够明白《圣经》中这句话的含义，也就能够理解他这么说的道理。

你逗留使我泣多有不便。
哭使你所说果成熟、香甜[1]。
我侄女阿拉嘉[2]还在那边[3]，
若家族不作她邪恶典范，
其本人自然会十分良善[4]；
她可是我存世唯一亲眷。”

[1] 你现在可以走了，我不愿意你在此滞留，那样会影响我哭泣；哭泣是我接受惩罚的表现，它有利于我净化灵魂。关于“哭使你所说果成熟、香甜”，请参看本章第91-92行。

[2] 阿拉嘉（Alagia）是意大利北部卢尼加纳城的城主摩罗埃罗·马拉斯皮纳（Moroello Malaspina）的妻子。据说，但丁被流放时曾在卢尼加纳避难，见过阿拉嘉，知道她不断行善事，为已故的叔父阿德里亚诺五世祈祷上帝，因而把她写入了《炼狱篇》。

[3] 指尘世。

[4] 如果阿拉嘉不受我家族不正之风的影响，就会保持她的善良的本性。

第20章

贪婪者的灵魂卧满山路，但丁和维吉尔紧靠着岩壁行走，以避免踩踏到他们。看着泪水涟涟的灵魂，但丁迫切希望上天尽快把贪婪的母狼驱离人间。两位诗人继续前行，听见有人在呼唤圣母玛利亚和其他安贫的典范，于是便寻着声音走过去。那个呼喊的人是法兰西卡佩王朝的创始人休·卡佩，他向但丁讲述了卡佩王朝不光彩的贪婪历史，随后又讲述了其他许多令人刻骨铭心的贪婪的典型例子。与休·卡佩对话后，但丁和维吉尔离去。此时，大地颤抖，摇摇欲坠；所有灵魂都高呼："至高处之荣耀归于上天！"但丁心中充满疑虑，但为了加快赶路的脚步，他不敢向维吉尔提问。

沿岩壁行走于贪婪者灵魂之间

愿望难战胜那更佳期盼[1]，
为能使他高兴，我违己愿：
水中捞未浸透一块海绵[2]。
我紧贴岩石壁移动脚步，
贤向导也如此迈步向前，
就好似依城垛行走墙上，
因我见许多人太靠外沿[3]；
他们因尘世被邪恶全占，
于是便眼流出泪水点点。

[1] "愿望"指但丁继续与阿德里亚诺五世对话的愿望，"更佳期盼"指阿德里亚诺五世继续忏悔罪过、以求早日升入天国的期盼。

[2] 为了使阿德里亚诺五世的灵魂高兴，但丁只好放弃与其交谈的愿望；他本来想在对话者那里获得更多的信息，现在却不可能了；就像一块希望吸水却没有吸满的海绵，但丁没能完全满足自己的愿望。

[3] 贪婪的灵魂太多，他们挤满了路面，几乎一直到路面的外沿；但丁和维吉尔只能紧靠着岩壁走过他们身边，就像在城墙上紧靠着城墙垛行走一样。

老母狼[1]，你应该受到诅咒！
尔饥饿就如同无底深渊，
其他兽均无你掠猎凶残。
噢，老天啊，都认为你的运转，
决定着下界的人事变迁；
何时来把此兽逐出人间[2]？
我二人迈小步缓慢行走，
诸魂影吸引我瞩目观看，
闻哭声和抱怨吾心生怜。

安贫的榜样

忽然间听前面有人呼唤，
“温和的玛利亚！”边哭边喊，
就像是一妇人产子那般；
随后道：“你在那悲惨之所[3]，
生圣婴，并把他抱于怀间，
那时便已见你何等贫寒[4]。”
又听到：“噢，勇敢的法布里乔，
为美德你虽贫心却宁安，
而不想存恶习、坐拥财产[5]。”
这些话实在是令我喜欢，
好像是一灵魂吐此之言，

[1] 隐喻贪婪。参见《地狱篇》第 1 章。

[2] 你什么时候派猎犬把那只母狼驱赶出人间啊？参见《地狱篇》第 1 章。

[3] 指耶稣降生的牛棚。

[4] 此处，但丁把在牛棚中生下耶稣的圣母玛利亚作为第一个安贫和慷慨的典范，以此来谴责贪婪。

[5] 安贫和慷慨的第二个典范是公元前 282 年担任古罗马共和国执政官的法布里乔（Caio Fabrizio Luscinio，另译：法布里求斯），他促成罗马人与萨姆尼人之间的和平，却严词拒绝了萨姆尼人为感谢他所送的厚礼；后来伊庇鲁斯王皮洛士贿赂他，也被拒绝。最后，法布里乔贫困而死，葬礼费用不得不由国家承担。

于是我为识他迈步向前[1]；
那灵魂随后又继续讲述，
尼古拉对少女慷慨行善，
使她们之青春贞洁、无染[2]。

但丁问说话灵魂的名字

我说道：“噢，灵魂呀，你述大善，
尘世时你是谁，敬请明言，
为何你把善事独自盛赞[3]？
返世时若我把飞逝人生，
应行路一步步继续走完，
你的话就不会回报不见[4]。”
他说道：“告诉你我的名字，
并非因你安慰是我期盼
因死前恩泽便降你身边[5]。

[1] 但丁好像是听到一个灵魂说出上面令他非常喜欢的话，但不知道是谁，于是便走过去试图看个究竟。

[2] 第三个安贫和慷慨的典范是一个有关圣尼古拉行善的故事。圣尼古拉（San Niccolò）是公元 4 世纪君士坦丁大帝时代小亚细亚吕西亚地区（Lycia）米拉（Myra）城的主教。据说，为了制止一位贫苦的父亲强迫三个女儿卖淫，他曾三次偷偷把三袋金币从窗口投其家中，作为这三个女孩的嫁妆。

[3] 噢，灵魂啊，你讲述了这些大善的行为，那就请你告诉我在尘世时你是谁吧。为什么这里只有你一个人重新提起以往的善事呢？其实，下文中但丁还听到了别人讲述善事，但此时尚未听到。

[4] 如果我返回尘世后还要一步步地走完短暂的人生之路，那么，你对我讲的话就一定有回报。这里，但丁暗示说话的灵魂，他返回尘世后会为他祈祷上天，使他能更快地进入天国。

[5] 灵魂回答但丁说：告诉你我的名字，并非因为我想让你为我祈祷，从而使我的心灵获得安慰，而是因为你死之前上天的恩泽之光就已经降临你身，使你能够携带肉身来到炼狱。

第 20 章

休・卡佩

我是那邪恶的大树之根[1]，
基督徒均蔽于吾荫下面，
因而便结善果十分困难[2]。
布鲁日、杜埃和里尔、根特，
有能力必定会报仇雪怨[3]；
我为此恳求那万事裁判[4]。
‘休・卡佩’，那边人如此称我[5]，
诸腓力与路易我生人间[6]，
法兰西新近握他们掌间。
我本是巴黎的屠户之子[7]，
古王朝[8]无子嗣，血脉中断，
除一人做修士，灰衣披肩；
于是我便开始驾驭王国，
把权力之缰绳牢握掌间，

---

[1] 说话人是创建法兰西卡佩王朝的休・卡佩（Ugo Ciappetta，约 938—996）。“罪恶的大树”隐喻法兰西卡佩王朝，“罪恶的大树之根”隐喻卡佩王朝最早的祖先，即休・卡佩。

[2] 不仅法兰西的基督徒在卡佩家族的庇护之下，而且整个基督教世界都在该家族的影响之下；因而基督教世界很难结出善良的果实。

[3] 中世纪，布鲁日、杜埃、里尔、根特是佛兰德地区的四座重要城市，此处，它们代表佛兰德地区。1297 年法兰西国王腓力四世发动了征服佛兰德的战争，把佛兰德伯爵围困在根特的城堡中，他许诺给伯爵自由，以换得伯爵的投降；但伯爵投降后他却背信弃义，把伯爵及其儿子囚禁于巴黎。不久后，布鲁日等佛兰德城市相继起义，并于 1302 年打败法军。但丁认为，佛兰德人的起义是为其伯爵复仇的行为，因而此处说“布鲁日、杜埃和里尔、根特，有能力必定会报仇雪怨”。

[4] “万事裁判”指上帝。休・卡佩说：由于我的后代腓力四世不守信誉，因而我请求上帝惩罚他。但丁游历炼狱的时间是 1300 年，法军被佛兰德人击败的时间是 1302 年，因而，这是但丁通过休・卡佩之口对该事件的预言。

[5] 尘世的人都叫我休・卡佩。

[6] 直至但丁时代，法兰西卡佩王朝曾经有过四个叫腓力的国王和四个叫路易的国王，因而此处说“诸腓力与路易我生人间”。

[7] 据说休・卡佩的父亲本来是巴黎的一个屠户和牲口贩子，虽出身平民，但后来变得有权有势。

[8] 指由查理曼建立的加洛林王朝。

驭新获大权力，朋友无数，
并着手为儿子谋求王冠，
最终使他戴上无主之冕，
从他起圣血脉世代相传[1]。
大嫁妆来自于普罗旺斯[2]，
在它[3]未夺我族廉耻之前，
虽少为，却不至作恶多端[4]。

贪婪的典型

它[5]利用力与骗开始掠夺，
用掠夺偿掠夺，残忍倍翻[6]，
庞迪耶、诺曼底、加斯科尼[7]，
查理[8]下意大利显示凶残，
成为他牺牲品科拉蒂诺；

---

[1] 休·卡佩虽然出身平民，却由于作战非常英勇而被封为巴黎伯爵，并担任了宫相之职；后来他娶了王室的女子为妻。加洛林王朝的最后一个国王驾崩时无子嗣，家族中无人继承王位，只剩下一个不能继承王位的已经出家的修士，因而作为外戚的休·卡佩便扶持自己的儿子加冕为国王。从此便改朝换代，加洛林王朝变成了卡佩王朝。

[2] 1245 年法兰西卡佩王朝国王路易九世的弟弟安茹伯爵查理和普罗旺斯伯爵的嗣女贝特丽奇结婚，于是，一向独立于法兰西国王的普罗旺斯便成为王室的领地，后来又被直接并入法兰西。由于普罗旺斯的大片领土是通过联姻归属法兰西王室的，所以此处称其为“大嫁妆”。

[3] 指上一行诗句提到的来自于普罗旺斯的大嫁妆。

[4] 卡佩王朝国王路易九世和其兄弟安茹伯爵查理蓄谋吞并普罗旺斯，率大兵压境，逼迫贝特丽奇解除与图卢兹伯爵早已签订的婚约，嫁给安茹查理。这桩婚姻是通过阴谋欺骗和武力威胁实现的，休·卡佩说该婚姻夺走了卡佩家族的廉耻之心；在此之前，卡佩家族虽然没有什么大作为，却也未曾作恶多端；而此后，则越来越贪婪，越来越疯狂地掠夺别国的领土。

[5] 指上面提到的休·卡佩的家族。

[6] 用新的掠夺补偿曾经被掠夺的地方，这样，掠夺的规模就越来越大。

[7] 庞迪耶（Pontì）、诺曼底（Normandia）和加斯科尼（Guascogna）是欧洲的三个区域，后被并入法兰西王国。

[8] 指法兰西的安茹伯爵查理（Carlo d’Angiò）。

随后把托马斯推送上天[1]。 69
我看见不久后另一查理，
还会出法兰西闯荡世间[2]，
他欲把自己和家族彰显。 72
只提着犹大[3]用那支长矛[4]，
并没有携武器，铠甲披肩，
却使那佛城[5]的肚皮开绽[6]。 75
他所获非土地，而是罪、耻[7]，
越觉得此害轻，不置心间，
其罪孽越严重，摆脱越难[8]。 78
另一个出船的被俘查理[9]，
我见他卖女儿与人商谈，

[1] 1265 年安茹伯爵查理一世南下意大利，夺取了意大利南部。他凶残地下令把原西西里国王曼弗雷迪刚满 16 岁的侄子科拉蒂诺砍头，后来又毒死了著名的神学家圣托马斯。

[2] 指法兰西瓦卢瓦伯爵查理（Carlo di Valois），他应教宗卜尼法斯八世（Bonifacio Ⅷ）之邀，于 1301 年南下意大利佛罗伦萨调停黑白两派斗争。这又是但丁在诗中所做的一个预言，因为他是于 1300 年游历炼狱的，而瓦卢瓦查理南下意大利的时间是 1301 年。

[3] 指出卖耶稣的叛徒犹大。

[4] “犹大用那支长矛”隐喻出卖和欺骗。瓦卢瓦查理名义上是调停者，实际上却秉承教宗的旨意，用欺骗和强压的手段迫使“白派”就范，帮助“黑派”取胜；但丁也因此被流放。

[5] 指佛罗伦萨。

[6] 指佛罗伦萨遭受了巨大的灾难。此诗句隐喻“黑派”在瓦卢瓦查理的支持下取得胜利后所实施的流放、屠杀和抢掠。

[7] 瓦卢瓦查理帮助佛罗伦萨“黑派”取得胜利之后，又率军南下，试图重新夺回西西里晚祷起义之后法兰西安茹家族所丧失的对意大利南方的统治权力，然而却以失败而告终。因而，但丁说，瓦卢瓦查理此次南下意大利并没有获得任何领土，所得到的只是罪恶之名和耻辱。

[8] 瓦卢瓦查理越觉得自己并没有犯什么错，他的罪孽就越重，也就越无法摆脱压在自己身上的罪孽。

[9] “出船的被俘查理”指那不勒斯国王安茹查理二世（Carlo II d’Angiò）。1282 年，晚祷起义之后，西西里岛落入西班牙的阿拉贡家族之手，查理一世将一只舰队交给儿子查理二世，希望他能夺回对西西里的控制权；然而，在 1284 年 6 月的那不勒斯海战中，查理二世却战败，在船里被敌人俘虏。

就如同海盗卖女奴一般[1]。
噢，贪婪啊，你如此吸引我族，
使他们卖骨肉，不顾脸面，
你还能将我们害得多惨？
我见到百合入阿纳尼宫，
基督的代理人被人困圈，
以往与未来恶似乎锐减[2]。
我见他[3]又一次被人戏弄，
又一次品尝到醋酸、苦胆，
被弑于尘世的大盗之间[4]。
我见新彼拉多如此冷酷，
他对此种种恶仍然不满，
竟无旨扬贪帆[5]闯入圣殿[6]。
噢，我主[7]啊，何时可高兴见到，
那神秘、不可知复仇[8]出现？
它隐于主心中，不见怒焰[9]。

[1] 1305 年，查理二世把自己的幼女贝特丽奇嫁给比她大许多的费拉拉侯爵埃斯特家族的阿佐八世。阿佐八世为了让查理二世把女儿下嫁给他，据说付出了许多金钱。

[2] 阿纳尼（Alagna）是卜尼法斯八世教宗的一座宫殿的所在地，百合花是法兰西王室的旗徽。诗人似乎见到了法兰西王室的人打着旗帜进入教宗的居住地，把教宗囚禁起来。这几行诗隐喻 1303 年 9 月 8 日法兰西国王腓力四世派人拘捕教宗卜尼法斯八世的重大历史事件。但丁通过休·卡佩的口说，与这一事件相比，我们以往所见到的恶和未来将见到的恶都似乎显得不那么严重了。

[3] 指教宗卜尼法斯八世。

[4] 就像被人世间的大盗杀死了一样。

[5] 隐喻海盗用来抢掠财物的船。

[6] 彼拉多（Pilato）是基督受难时期罗马帝国派驻犹太地区的总督，他受犹太祭司和长老们的鼓动，决定将基督耶稣钉死在十字架上。此处，诗人把法兰西国王腓力四世比作新彼拉多，认为他对种种虐待教宗的手段仍不满意，于是在没有教宗召见旨意的情况下，便派人高举着抢劫的旗帜直接闯入教宗的宫殿。

[7] 指天主。

[8] 指上帝的复仇。上帝的复仇是神秘的，是世人事先无法预料的。

[9] 上帝不同于凡人，有愤怒时，他不会立刻表现出来，而将其隐藏在内心，表现得非常平静，似怒焰已经熄灭，待时机成熟时才对罪恶之人实施惩罚。

我曾呼圣灵的唯一妻子[1]，
致使你[2]朝向我把身回转，
并要求我对你解释一番；
呼唤词来自于日祷应答，
白昼可闻其声，不入夜晚，
入夜后，我们的声音相反[3]。
我们会重提那皮马利翁，
由于他对黄金十分贪婪，
成窃贼，杀近亲，无耻背叛[4]；
贪婪的弥达斯亦很悲惨，
他索求实在是贪得无厌，
以至于成为了永久笑谈[5]。
每个人都记得疯狂亚干，
战利品被此人偷偷侵占[6]，

[1] “圣灵的唯一妻子”隐喻圣母玛利亚，她接受圣灵而怀孕，生下圣子耶稣。在本章第 20 行诗句中，休·卡佩曾呼唤圣母玛利亚。

[2] 指但丁。

[3] 我呼唤圣母玛利亚的言词来自于白天祈祷时唱诗班对领祷人的应答词，白天可以听到这种呼唤（即对美德典范的呼唤），入夜后就听不到了，那时，听到的将是相反的声音（即对罪恶行为的谴责）。

[4] 入夜后我们会重新谈论皮马利翁等贪婪的典型人物。皮马利翁（Pigmalion，另译：皮格马利翁）是古代腓尼基人推罗国（位于现在的黎巴嫩境内）的国王。据说，皮马利翁的妹妹嫁给了腓尼基最富有的财主，皮马利翁图财害命，将其杀死，但他并未获得妹夫早已隐藏起来的财产。后来皮马利翁的妹妹知道了丈夫被杀害的真相，便携丈夫留给她的财宝逃到北非，建立了著名的迦太基王国。皮马利翁的欲望落空，只落下个背信弃义、抢夺财产、杀害亲属的罪名。

[5] 据希腊神话讲，神许诺给国王弥达斯任何他想要的东西，弥达斯便讨要了点石成金的本领。于是，凡是他所接触的东西都会立刻变成金子。弥达斯十分高兴，但很快他就发现，这项本领给他带来了巨大的灾难。他无法吃东西，因为他一碰食物，食物就变成了金锭。他无意中碰到了自己的女儿，结果把她变成了一尊黄金雕塑。

[6] 亚干（Acàn）是《旧约》中的人物。据《旧约》第 7 章记载，约书亚吩咐以色列人，不可取迦南地区之物，否则以色列全军将受到诅咒。亚干却因为贪财，盗取了衣物和钱财，并藏了起来。后来以色列人惨遭失败，三十六人被敌人杀死，上帝晓谕以色列人，说他们的队伍中有人违背了约书亚的嘱咐。亚干最终被揪出，死于乱石之下。

约书亚仍似啃他于此间[1]。
我们斥撒非喇和她夫君[2]，
赫利奥多罗斯挨踢受赞[3]；
波吕多惨死于波林涅手[4]，
谋财者之骂名回荡山间；
有人喊：‘克拉苏，告诉我们，
你此时黄金味已经明辨[5]！’
说话时有音高，亦有音低，
这取决情亢奋或者平缓，
是情绪调整音高低变换；
白昼时人议论德善典范，
但刚才并非我一人吐言，
附近处无他人高声交谈[6]。”

[1] 如今，在这里，约书亚（Iosuè）还像在人间那样严厉地惩罚亚干。

[2] 据《新约・使徒行传》第5章讲，早期的基督徒卖掉田产并将其捐献给教会，以此表示对基督的忠诚。他们自愿把钱存放在信徒们共用的钱柜里，并无人强迫。撒非喇和她的丈夫亚纳尼亚皈依了基督教，他们卖掉了田产，却隐藏了一部分钱，把剩余部分拿到圣彼得面前。圣彼得揭穿了他们哄骗上帝的虚伪行为，致使二人扑倒在地，气绝身亡。

[3] 据《玛喀比传》讲，受叙利亚王之命，赫利奥多罗斯准备抢掠耶路撒冷圣殿，此时，一位骑士向他冲来，他在马蹄的蹬踹下不得不逃离圣殿。后来，马踏赫利奥多罗斯之事受到人们的盛赞。

[4] 据希腊神话讲，特洛伊战争开始时，色雷斯王波林涅（Polinestore，另译，波林涅斯托耳）受托抚养特洛伊王普里阿摩斯的幼子波吕多（Polidoro，另译：波吕多洛斯）。特洛伊陷落后，他为了侵吞波吕多的财产，竟然丧心病狂地杀死了他。

[5] 克拉苏（Crasso）是古罗马共和国晚期重要的政治人物，担任过执政官，与恺撒、庞培曾结成“前三头政治联盟”；他极其富有，而且十分贪婪。公元53年，克拉苏率军与帕提亚人作战，兵败被杀。据说，帕提亚人的国王奥罗戴斯（Orodes）知道他贪婪，便命人把金水灌入他的口中，并嘲笑道：“你渴望得到黄金，那就喝金水吧！”显然，这两行诗句来自这个传说。

[6] 白天人们一直在谈论德善的典范，其实并不只我一个人在说话，附近的其他灵魂都在默默地议论，除我一人外，没有别人大声交谈，所以你没有听见他们说话。

大地颤抖

我们已离开了那个灵魂，
尽一切努力欲快速向前，
探索着咋克服行路困难。
此时觉山颤抖、摇摇欲坠，
致使我心恐惧、如同冰寒，
就好像赴刑场该死罪犯。
在勒托安居于提洛岛上，
生那对苍天的双眸[1]之前，
也未曾见该岛如此抖颤[2]。
此时闻四周起一片呼叫，
老师便靠近我[3]，随后吐言：
“我引路，你不必心中慌乱。”
我身在不远处，听得分明，
所有人都奋力高声叫喊：
“至高处之荣耀归于上天！”
我二人愣在那（儿），一动不动，
似牧人初闻那歌响耳边[4]，
一直到地止颤、歌声停传。

[1] 隐喻太阳神阿波罗和月亮女神狄安娜，即太阳和月亮。

[2] 勒托（Latona）是希腊 - 罗马神话中的人物，太阳神阿波罗和月亮女神狄安娜的母亲。提洛是爱琴海中的一座岛屿，据说它是海神尼普顿用神力使其从海浪中涌现出来的，所以它一直在海上漂移。勒托与宙斯相爱而怀孕，为逃避嫉妒的天后朱诺的迫害，她来到该岛，生下了阿波罗和狄安娜。后来，阿波罗为了感谢该岛，用神力使其固定下来。这几行诗句的意思是：即便是提洛岛在海上漂移时，也从未见它如此颤抖过。

[3] 为给但丁壮胆而靠近他。

[4] 据《新约 · 路加福音》第 2 章讲，耶稣诞生时，牧人们听到天使在他们面前唱歌，都十分惊愕。

大地颤抖

但丁疑虑重重地离去

随后又继续行我们圣路，
注视着诸魂影卧于地面，
闻他们恢复那以往哭喊。
如若是吾记忆未曾出错，
白痴感从未曾如此开战[1]，
我越想越觉得自己无知，
这使我生强烈求知期盼；
因急于赶路程不敢发问，
凭自己又难把事物分辨，
怯生生冥思着行走向前。

[1] 但丁从来没有像此时这样困惑不解，感觉自己像个白痴。

第21章

但丁和维吉尔在炼狱第五级中遇见了古罗马帝国时期的诗人斯塔齐奥。斯塔齐奥向他们解释了炼狱颤抖的原因：地球的物理现象无法影响炼狱山门内的环境变化，只有当某个灵魂得到净化可以站起身升迁至上一级时，大地才会颤抖，而且还伴随着山上山下所有灵魂的欢呼声。斯塔齐奥并不知道陪伴但丁的人是他十分崇拜的维吉尔，他对但丁和维吉尔道明了自己生前的身份，并告诉他们是维吉尔的《埃涅阿斯纪》启发了他的创作灵感。当但丁向斯塔齐奥揭示维吉尔身份时，这位古罗马诗人立刻想扑倒在地拥抱维吉尔的双脚。

维吉尔解释同行人是谁

撒马利亚贤女曾求赐水[1]，
自然渴[2]无那水解除绝难；
干渴已使得我非常痛苦，
促使我沿那条艰难路面，
紧跟着我向导快步行走，
正义罚[3]令吾心产生哀怜。
就如同路加曾记载那样：
复活的基督出墓穴外面，
两行人面前把身影显现[4]；

[1] 据《新约 · 约翰福音》讲，一次，耶稣来到雅各井旁，向一位撒马利亚妇人讨水喝。那妇人感到惊讶：竟然有犹太人不耻于对从不来往的撒马利亚人说话。于是耶稣对她说："如果你知道向你讨水的人是谁，你必定会反过来主动地向他讨水，他会赐你令人永久满意的水；谁喝了这种水，再也不会渴，它将变成喝水人涌流不息的源泉。"听完耶稣的话，撒马利亚妇人便请求耶稣赐予她那种能够成为源泉的水。撒马利亚妇人请耶稣赐予的水隐喻上天的恩赐，即神所揭示的真理。

[2] "自然渴"指上一章结尾处但丁所表现出的强烈的求知欲望。

[3] 指上帝对诸灵魂的惩罚。

[4] 据《新约 · 路加福音》讲，基督复活后，突然出现在两个行路的门徒面前，他们却眼睛模糊，没有认出他。

我们看脚下卧诸魂之时，
一魂影从后面来到身边[1]；
我们并未察觉，他先说话：
“噢，兄弟啊，愿上帝赐你平安！”
我二人急忙忙转过身来，
维吉尔回礼把谢意呈现。
随后他开言道：“正义法庭[2]，
缚我于流放中，永世不变，
愿置你永福群享受宁安[3]。”
我们在急行中那魂说道：
“若上帝视你们不配上攀，
沿其梯向上走，谁护身边[4]？”
老师道：“天使刻符号于他的额面，
如若你细观之必会看见，
他应该与善者[5]同居于天[6]。
克罗托把原料缠于纺锤，
另一女[7]昼与夜纺纱不断，
但尚未把他[8]的原料纺完[9]；

[1] 像基督复活后突然出现在门徒面前一样，一个魂影也突然出现在但丁和维吉尔身边。

[2] 指上帝的法庭。

[3] 维吉尔不是基督徒，因而永远无法摆脱被流放的苦难（即地狱的苦难）；然而他却祝愿面前的灵魂能在天国的人群中获得永福。

[4] 如果上帝认为你们不配向上攀登、最后升入天国，那么由谁护送你们上行呢？

[5] 指在天国中享受永福的灵魂。

[6] 如果你仔细观察守门天使在此人额头上刻画的 P 字，你就一定会明白，此人注定将升入天国与永福者生活在一起。

[7] 指希腊神话中命运三女神之一拉克西丝（Lachesi）。

[8] 指但丁。

[9] 克罗托（Cloto）、拉克西丝（Lachesi）和阿特洛波斯（Atropos）是希腊神话中负责纺制和扯断生命之线的命运三女神，克罗托负责事先把纺制每个人生命之线所需的原材料缠在纺锤上，从而决定了该生命线的长短，拉克西丝负责纺制生命之线，阿特洛波斯则负责扯断生命之线。上面三行诗意指但丁还是一个活在世间的人。

他之魂是你我亲爱姊妹[1]，
其上行不能够没有陪伴，
因他难似我们清晰明辨[2]。
所以我被调出地狱宽谷[3]，
做他的引路人，伴其向前，
尽吾力带领他走得更远[4]。
若知晓，就请你告诉我们，
为什么刚才山剧烈抖颤？
为何至山脚处同声呼喊[5]？”
他之问似为我穿针引线，
满足我好奇心希望出现，
仅凭它我干渴已经锐减[6]。

斯塔齐奥解释大地为何颤抖

那魂道：“此山的神圣法则，
不允许无秩序、出现混乱，
亦不准事物把常规违反。
这地方并没有尘世异变，
变之因只能是来自上天，
其他的可能都无法出现；
因此在那三个短阶[7]之上，
露水与冰冷霜从不曾见，

[1] 在意大利语中“灵魂”是阴性名词，因而此处称其为“姊妹”。

[2] 他是尘世之人，还无法看清尘世之外的事物，因而有陪伴才能向上行走。

[3] 指地狱最上面的部分，因地狱上宽下窄，因而此处称“地狱宽谷”。

[4] 维吉尔说，要尽一切努力引导但丁到达他能够到达的地方；此处暗示，仍然存在他力所不能及的地方（指天国），需要贝特丽奇象征的天启之力才能到达那里。

[5] 如果你知道，就请告诉我，为什么刚才地动山摇？为什么山上山下所有的灵魂都同声呼喊？

[6] 维吉尔的提问起到了为但丁的疑问穿针引线的作用，使他感觉有了满足自己好奇心的希望，因而，在听到回答之前，求知之渴就已经消除了不少。

[7] 指炼狱入口处的三个台阶。见《炼狱篇》第9章第76–78行。

与斯塔齐奥会面

雨、雹、雪也不会降落于此，
亦不见厚薄云、霹雳闪电，
陶玛斯之女儿善辨方位，
但这里她从来也不露面[1]；
干燥的地气亦无法升至，
圣彼得象征者足踏石面，
我说的是异质三级坚岩；
高山下有地震，或弱或强，
是因为地下风隐藏不见，
却不知为什么上面不颤[2]。
某灵魂感觉到已经净化，
可起立和能够移动上迁，
地便颤，随后闻此类叫喊[3]。
唯意志能证明灵魂洁净，
可自由使其把居所变换，
它突至，对灵魂益处万千[4]。
净化前灵魂也曾想向上，
但意志遵天命阻其向前，

[1] “陶玛斯之女儿”指彩虹。据希腊神话讲，海洋与大地之子陶玛斯（Taumante）与海洋仙女埃勒克特拉（Electra）生下了彩虹女神伊里斯（Iris）。彩虹总是出现在太阳对面，随着太阳位置的变化变换自己的位置，因而此处说“陶玛斯之女儿善辨方位”；但是，她从来也不会出现在炼狱的上空。

[2] 按照亚里士多德的物理学理论，大地的种种变化均源于大地之气；雨、雪、冰雹等来源于大地的湿气，风来源于大地的稀薄干气，而浓重的干气如潜藏于地中，便是地下之风，如冲出地面，便形成地震。但丁接受亚里士多德的观点，然而，他通过斯塔齐奥之口说，大地之气无法升至圣彼得代理人（指炼狱的守门天使）脚踏的三级台阶的高度，即升至炼狱入口的高度，因此炼狱之中没有雨雪冰雹和风等天气变化现象，但是他不知为什么山下地震时山上却不颤抖。

[3] 这里，大地颤抖另有原因：当某个灵魂感觉到已经得到了净化，可以站起来向上面迁移的时候，大地就会抖动，随之就会听到山上山下所有灵魂高声叫喊。

[4] 人的自由意志可以选择灵魂升迁至天国，它是灵魂获得净化的唯一证明；它突然降至灵魂身边，引导灵魂向善，这对灵魂是十分有益的。

使其苦，如尘世止罪那般[1]。
我现在感觉有自由意志，
它要引我进入更佳门槛，
我痛苦卧此已五百余年[2]：
因而你觉地震，并且听到，
全山的虔诚魂把主盛赞，
愿天主尽快送他们升天。”
他对我如此讲，十分得意，
就好似极干渴，觉水甘甜。
这对我多有益，说明太难[3]。
智向导开言道：“我已看见，
是何网罩你们，怎脱纠缠，
为什么地颤抖、你们共欢[4]。
请愉快告诉我你是何人，
刚才我已听到你吐之言，
你在此趴卧了好几百年。”

说话的灵魂道明自己的身份

那魂答：“因犹大[5]，耶稣流血，
主帮助提图斯表现勇敢，

[1] 净化前，即便灵魂也想向上迁移，但希望它接受改造的意志禁止其向上行走，使其仍然忍受改过自新的痛苦；这就像在尘世，当追求尘世快乐的欲望引导人犯罪时，人的意志总是挺身反对一样。

[2] 从下文中我们可以知道，说话的灵魂是罗马帝国时期的著名诗人斯塔齐奥（Stazio，另译：斯塔提乌斯，45—96）。从其生卒年月看，他死后来炼狱共 1200 余年，在这一级（洗涤贪婪或挥霍罪）他已经接受惩戒 500 余年，在下一级（洗涤怠惰罪，见《炼狱篇》第 22 章）接受惩戒 400 余年，可以想象，其余时间是在炼狱下面几级和炼狱山脚度过的。

[3] 我很难说清楚这对我多么有益处。

[4] 维吉尔说：我已经明白是什么把你们网住，使你们无法离开这里，也明白了为什么这里的大地会颤抖，众灵魂会一起高兴地叫喊。

[5] 指出卖耶稣的叛徒犹大。

为受害之耶稣报仇雪恨[1]，
那时候我名便尘世广传[2]；
虽然我在人间久负盛名，
但信仰还没有入我心田[3]。
因我喉能唱出美妙歌声，
罗马唤我前往她的身边，
头上戴爱神树荣耀叶冠[4]。
尘世人仍称我斯塔齐奥[5]，
忒拜与阿喀琉斯我曾颂赞，
但半路便放弃后一重担[6]。
点燃我诗歌的炽热之火，
是那簇神圣的熊熊烈焰[7]，
被此焰点燃的诗火万千；
我是说史诗赞埃涅阿斯，
它是母，帮助我孕育诗篇[8]，
无她助，我便无分量半点[9]。
若能在维吉尔时代生活，
我宁愿在此居更长时间，
哪怕是再流放整整一年[10]。”

[1] 罗马帝国韦帕芗皇帝统治时期，其长子提图斯（Tito）攻陷耶路撒冷并将其摧毁；此处，但丁说提图斯之举为在耶路撒冷受难的耶稣报了仇。

[2] 斯塔齐奥是古罗马韦帕芗皇帝时代的著名诗人。

[3] 那时候虽然我已经是很著名的诗人了，但是还没有皈依基督教信仰。

[4] 作为杰出诗人，我被召唤到罗马，加冕为桂冠诗人。

[5] 直至今日尘世的人仍然称呼我为斯塔齐奥。

[6] 我的名字叫斯塔齐奥，曾赞颂过古希腊英雄阿喀琉斯和忒拜城。斯塔齐奥的主要作品有《忒拜战纪》和《阿喀琉斯纪》，后一部作品没有完成，因而此处说“但半路便放弃后一重担”。

[7] 指维吉尔的代表作史诗《埃涅阿斯纪》。

[8]《埃涅阿斯纪》就像是我诗歌的母亲，是她帮助我写下了诗篇。

[9] 如果没有《埃涅阿斯纪》的启示，我的作品就不会有任何分量。

[10] 此处，“流放”指在炼狱忍受痛苦。假如我能与维吉尔生活在同一个时代，我宁可在炼狱多逗留一段时间，多忍受一年的痛苦。

此话使维吉尔朝我转身，
默无语，表情说：“你勿开言！”
但意志之能力并非无限：
笑与哭均紧随情绪而至，
每个人都会有激动表现，
越纯真意志力越会衰减[1]。
我微笑，就好似向人示意，
那魂便缄其口紧盯吾眼，
我情感在那里最易外显[2]；
他说道：“愿你苦能有好报！
刚才在你脸上微笑闪现，
你对我使眼色为了哪般？”
我身处两难间，进退维谷，
一方命我沉默[3]，一求吾言[4]；
于是我叹息声传入师耳，
他说道：“不要怕开口吐言，
你尽管回答他关心之事，
可直言告诉他，不必隐瞒[5]。”
我说道：“古灵魂[6]，对我之笑，
刚才你或许生诧异之感，
但我想还会有更大惊叹。

[1] 人的意志并非是万能的，因为人的哭与笑都是随情绪而来的，每个人都会激动；天生情感越纯真的人，其情绪就越不受意志的控制，因而他的意志力也就越弱。

[2] 我对着说话的灵魂微笑，就好像对人使眼色；说话的灵魂紧紧地盯着我的眼睛，想明白我的意图，因为眼睛是心灵的窗户，透过它可以窥见我心中所想的事。

[3] 维吉尔曾示意但丁不要说话。见本章第 104 行。

[4] 此时说话的灵魂又问但丁为什么向他使眼色，因而但丁进退两难。

[5] 听到但丁不知所措的叹息之声，维吉尔让但丁对说话的灵魂直言，道出他心中所想之事。

[6] 指刚才说话的斯塔齐奥的灵魂。

引我眼向上的这位向导[1]，
他便是维吉尔，赐你灵感，
使你把人与神纵情颂赞。 126
若认为有其他理由引笑，
全虚假，可将其弃之一边，
笑只因你说他那段语言[2]。” 129
见到他欲弯腰拥抱双足[3]，
老师道：“兄弟呀，切莫这般，
你是影，亦见影在你面前[4]。” 132
他[5]起身，并说道：“现你可见，
对你爱有多么炙我心肝，
忘记了我二人全是魂影， 135
对影子竟如同实物一般。”

[1] 意思为：引导我眼睛瞅着上方行走的人。

[2] 我刚才笑，只是因为你谈论维吉尔和《埃涅阿斯纪》时不知道你所崇拜的诗人就在眼前，而没有其他原因。

[3] 听到但丁的解释，对维吉尔崇拜得五体投地的斯塔齐奥立刻弯下腰欲拥抱维吉尔的双脚，以示敬意。

[4] 见此景，维吉尔立刻对斯塔齐奥说：我们是兄弟，不必如此；再说你我都仅仅是魂影，也无法拥抱。

[5] 指斯塔齐奥。

第22章

天使抹去但丁额头上的第五个P字，并指引但丁、维吉尔和斯塔齐奥走上炼狱第五级通往第六级的石梯，两位古代诗人边走边谈，但丁则以崇敬的心情认真聆听。在交谈中，斯塔齐奥谴责了人类对金钱的贪欲，然而他却告诉维吉尔，他在炼狱第五级接受惩戒的原因并不是贪婪，而是与贪婪恰恰相反的另一种罪过——挥霍，这两种罪过都是对待金钱的错误态度。斯塔齐奥还讲述了他皈依基督教的原因：他十分崇敬维吉尔，受其影响，不仅走上了诗歌创作的道路，而且积极接近基督教的布道者，因为维吉尔的话与基督教布道者的语言十分贴近。在斯塔齐奥的询问下，维吉尔告诉他一些古代诗人的下落。登上炼狱第六级后，但丁随维吉尔和斯塔齐奥继续环山而上。在山路上，但丁、维吉尔和斯塔齐奥见到了一棵警示贪食罪过的神奇之树。

两位古罗马诗人关于德爱的对话

那天使从我额抹去一痕[1]，
并且把登六级道路指点，
此时他已停在我们后面；
他曾说：有福者对义饥渴，
“渴”是他所吐的最后之言，
说完后那天使便把口缄[2]。
比行走其他路更显轻便[3]，
我不觉有任何辛苦、困难，

[1] 守门天使在但丁额头上刻画的7个P字（见《炼狱篇》第9章）现在已经被抹掉了5个，这表明但丁已经走出了炼狱的第五级。

[2]《新约・马太福音》第5章中讲“饥渴慕义的人有福了”，意思为：渴望正义的人能够享受天国的永福。那位擦掉但丁额头上第五个P字的天使说完这句话便缄口不语，随后就离开了但丁和维吉尔。

[3] 但丁向上攀登时比以往更觉得轻松，因为天使又为他擦掉了一个P字，即又卸掉了一副罪孽的重担。

紧跟随快行魂[1]向上登攀；
维吉尔此时说："美德燃爱，
德爱的火焰若能够外显，
总会把其他的德爱点燃[2]；
降地狱灵泊的尤维纳勒[3]，
来我们身边的那个时间，
我便晓你对我友爱之情[4]，
因而我对你也挚爱无限，
未谋面，友情却如此紧密，
致使我觉此梯似乎太短[5]。

斯塔齐奥在此受惩戒的缘由

如若我太直白，口无遮拦，
请朋友原谅我，切莫抱怨，
你应似朋友般坦诚交谈；
告诉我，你学识如此渊博，
智慧把你大脑充得满满，
那贪婪怎么会入你心田？"
这些话引起了斯塔齐奥，
先露出微笑后开口吐言：
"你之言全都是爱的表现；
时常有一些事认清甚难，

[1] 指维吉尔和斯塔齐奥的灵魂。

[2] 这里的爱指人类的大爱，即道德之爱。但丁认为，如果人能够表现出道德之爱，必定会感动被爱者，并使其也产生对别人的爱，从而以爱唤爱，这样世界便会充满爱。

[3] 尤维纳勒（Giovenale，另译：尤维纳利斯，60—140）是古罗马讽刺诗人，其拉丁语全名是 Decimus Junius Juvenalis。他与斯塔齐奥是同时代人，非常欣赏斯塔齐奥的史诗《忒拜战纪》。

[4] 当尤维纳勒死后灵魂来到地狱灵泊时，我就听他说你对我有友爱之情。

[5] 维吉尔说：我们以前虽然未曾谋面，却相互间有着深厚的友情，致使我对你恋恋不舍，觉得这段石梯太短，真巴不得在你的陪同下走更长一段石梯。

由于其真原因隐藏不见，
因而会引起人疑问万千。
你所提之问题令我确信，
依你看在尘世我很贪婪，
或许因见我在下层台面[1]。
告诉你那贪婪距我甚远，
反而是无节制令我蒙难[2]，
受惩罚数千月漫长时间。
你曾经对人性发出怒喊：
‘噢，人类啊，可恶的黄金欲念，
会驱使你踏上何等路面[3]？’
当我闻你如此质问之时，
若没有改道路、幡然回转，
定拼命推重物、处境悲惨[4]。
我发现两只手张开双翼，
飞快地挥霍掉无数金钱，
便懊恼，如悔恨其他罪般[5]。
多少人重爬起，毛发全无[6]，
因无知，不忏悔，活于人间，

---

[1] 在你眼中，我在尘世时十分贪婪；你有这样的印象可能是因为刚才见我在贪婪者灵魂所处的炼狱第五级吧。

[2] 其实我在那里受难，并不是因为贪婪，而是因为无节制地挥霍。

[3] 维吉尔曾借埃涅阿斯之口质问人类为得到黄金会走上何等邪路：“可诅咒的黄金欲，人心在你的驱使下什么事干不出来呢？”见杨周翰译《埃涅阿斯纪》卷三。

[4] 斯塔齐奥说：受到你这种质问的警示后，我若不是幡然醒悟，一定会跌入地狱，现在仍在接受吃力地、无止境地推动重物的惩罚。参见《地狱篇》第 7 章。

[5] 我发现我的两只手正在快速地挥霍财产，其速度像张开双翼飞翔的鸟儿；于是便像悔恨其他罪过时一样，感觉十分懊恼。

[6] 世界末日到来时，所有人都死去，他们的肉体和灵魂将重新合一，在上帝面前接受最后的审判。但丁通过斯塔齐奥的口感叹道：多少人的肉体从坟墓中坐起来准备与灵魂合一时会发现自己已经毛发全无了啊！“毛发全无”隐喻挥霍尽了所有的财产。

临终时的他们依然不变[1]！ 48
你应知所有罪都有反面，
正与反之罪过此处均见[2]，
它们的绿叶已全部枯干[3]； 51
因而说，混迹于贪婪魂中，
为净化吾灵魂忍受苦难，
却不因贪婪罪，恰恰相反[4]。” 54

斯塔齐奥皈依基督教的原因

那牧歌咏唱者[5]开口说道：
“你曾唱伊俄卡斯忒悲惨，
那是柄残忍的双刃利剑[6]； 57
克利俄[7]启示你讲述故事，
听你述便觉得信仰未坚[8]，

[1] 那些挥霍尽财产的人，生前不忏悔，一直到临终前仍然不忏悔；因为他们并不明白挥霍也是一种罪孽。

[2] 你应该知道，所有罪过都体现为正反两面的极端行为，如贪婪的反面是挥霍无度；犯这两种罪孽的灵魂在这里都能见到。

[3] 炼狱中的灵魂经过改造后，罪恶的欲望已渐渐枯萎，就如同干枯的树叶或草一样。

[4] 如果说我混在贪婪者的灵魂中忍受被惩戒的痛苦，那并非是因为我贪婪，而恰恰是因为我挥霍无度，犯下了与贪婪相反的罪过。

[5] 指维吉尔。他曾写作过许多牧歌，《牧歌》集是他的一部重要作品。

[6] 据希腊神话讲，伊俄卡斯忒是忒拜王拉伊俄斯的妻子，她生下一个男婴。拉伊俄斯听人预言，此子注定要杀父娶母，就命人将其抛弃。弃婴被科林斯王收养，取名俄狄浦斯。长大后，俄狄浦斯在毫不知情的情况下杀死了亲生父亲，做了忒拜王，并娶了亲生母亲为王后，还和她生下两个儿子和两个女儿。两个儿子分别叫厄忒俄克勒斯和波吕尼刻斯，他们长大后强迫父亲俄狄浦斯退位。愤怒的俄狄浦斯祈求天神使两兄弟结仇。两兄弟约好轮流执政，但厄忒俄克勒斯任满后拒不让位，波吕尼刻斯便请求阿尔戈王助他夺回王位，于是爆发了忒拜之战。最后，这一对不共戴天的兄弟骨肉相残。此处，“双重利剑”指杀父娶母和兄弟残杀两个人间最悲惨的事件。

[7] 克利俄是九位缪斯之一，主管历史和史诗。

[8] 听你讲故事时（即读你写的《忒拜战纪》时）就明白了，你当时还没有皈依基督，并没有坚定不移地信仰基督教。

无信仰，行善并不能万全[1]。
若如此，何太阳[2]或者烛光[3]，
后来又为你逐幽幽黑暗，
使你随那渔夫扬起风帆[4]？”
他答道：“你最先引我至帕那索斯[5]，
去喝那山洞中甘甜清泉，
还是你先为我照亮主面[6]。
你就像夜行人身后举烛，
对自己并无益，眼前仍暗，
却使得后行人心明眼亮[7]，
因为你曾经说：‘时代巨变，
正义随原始代重新归来，
新生代从天上降至人间[8]。’
由于你我成为诗人、信徒，
为使你能看清我绘图案，
我着手涂颜色，令其更艳[9]：
那时候尘世已充满信仰，

[1] 不信仰基督教，即便你努力行善，也不能解决一切问题。

[2] 隐喻上天的启示。

[3] 隐喻人的教诲。

[4] “那渔夫”暗指圣彼得。天主教认为他是使徒之首，尊他为第一位教宗。据《新约・马太福音》第 5 章讲：耶稣在海边行走时遇见两兄弟，他们是渔夫，正在晒网；其中一位叫西门，他追随耶稣后被称作彼得。“使你随那渔夫扬起风帆”的意思为：使你皈依了基督教信仰。

[5] 据希腊神话讲，帕那索斯（Parnaso，另译：帕尔那索斯）是一座圣山，主管诗乐和文化的太阳神阿波罗和九位缪斯女神居住在那里。

[6] 斯塔齐奥对维吉尔说：是你最早把我引上了诗歌创作之路，也是你最早引导我皈依了基督教。

[7] 指维吉尔自己并没有皈依基督教（在他所生活的时代基督教尚未诞生），而后人却在他的启示下皈依了基督教。

[8] 人类又回归到正义的原始时代，重新获得了人类最初的自然状态；按照基督教的教义，这种状态指的是亚当与夏娃偷食罪恶之果之前的状态。维吉尔曾在一首歌颂奥古斯都时代的牧歌中使用过“新生代”一词，该词指的是“诞生了一个新的黄金时代”。但是，在基督教诞生初期，基督徒把这句诗解释为维吉尔在预言耶稣的诞生。

[9] 为了使你更好地理解我刚刚说的那些话，我现在更细致地向你解释一下。

永恒的王国把讯息广传[1]，
那讯息将真理撒遍人间；
上面我提到的你说话语，
符合新布道者所吐之言，
因而我常出现他们中间[2]。
我慢慢觉他们十分圣洁，
图密善皇帝[3]施迫害期间，
他们泣总会有吾泪陪伴[4]；
我活在尘世时支持他们，
布道者正直气占我心田，
因鄙视，其他教均弃一边[5]。
希腊人被诗引忒拜之前，
我受洗，基督教深入心间[6]；
因恐惧，还只是秘密信徒，
仍假装信异教许久时间；
此怠惰使我在第四级中，
徘徊了足足有四百余年[7]。
我所说之德善曾被遮蔽，
你揭开遮蔽物令其显现。

[1] 指把天国的福音到处传播。

[2] 我喜欢你说的话，由于你说的话与基督教布道者的语言相似，所以我就经常出现在他们身边，听他们布道。

[3] 图密善（Domiziano，51—96），罗马帝国皇帝，公元81—96年在位。

[4] 图密善皇帝迫害基督徒时，我陪着他们一起哭泣。

[5] 基督教布道者的正直之气占据了我的心，使我鄙视其他一切宗教，并把它们抛弃在一边。

[6] 在我写到希腊人来到忒拜城（见《忒拜战纪》第9卷）之前，我已经受洗礼皈依了基督教。

[7] 当时，我害怕受到罗马统治者的迫害，只好做一个基督教的秘密信徒，假装信奉了许多年罗马的异教；因为这种怠惰行为，我在炼狱第四级中受罚足足四百余年。

第 22 章

古代诗人的下落

趁上行还须走很长路程，
告诉我古人物都在哪边；
凯齐留[1]、普劳托[2]、泰伦齐奥[3]、
瓦留斯[4]是否入地狱深渊。”
向导道：“那一位希腊诗人[5]，
受缪斯之哺育超出一般，
我与众古诗人伴他同住，
地下的幽暗狱第一道环[6]：
时常会谈论到那座圣山[7]，
我们的乳母[8]均安居上面。
还有那安提丰[9]、欧里庇得[10]、
其他的希腊人难以数完，
他们均头上戴华美桂冠。
亦可见你描述那些人物，

[1] 凯齐留（Cecilio，另译：凯齐留斯，约前 220—约前 166），古罗马共和国时期的喜剧作家，据说他写作了 40 余部作品，但无一部流传下来。

[2] 普劳托（Plauto，另译：普劳图斯，前 254—前 184），古罗马共和国时期的喜剧作家，有传世作品 21 部。

[3] 泰伦齐奥（Terrenzio，另译：泰伦提乌斯，约前 195—约前 159），古罗马共和国时期的喜剧作家，传世作品 6 部。

[4] 瓦留斯（Vario），古罗马奥古斯都时代的诗人，维吉尔和贺拉斯的朋友。

[5] 指荷马。

[6] 指地狱的第一层灵泊。

[7] 指诗人的圣山帕那索斯。

[8] 暗指希腊神话中的缪斯，她们与阿波罗居住在帕那索斯山上。

[9] 安提丰（Antifonte，前 4 世纪），古希腊雅典悲剧诗人，其作品只有少数片段传世。

[10] 欧里庇得（Euripide，另译：欧里庇得斯，约前 485—前 406），古希腊三大悲剧诗人之一，据说曾写作过 92 部剧本，但只传世 18 部；对古罗马和后世戏剧创作影响极大。

安提恭[1]、戴菲勒[2]均在其间，
伊斯墨[3]仍悲伤如同从前。
忒提斯[4]、指泉水那位女子[5]、
提瑞斯[6]之女儿也在里面，
戴达密[7]由她的姊妹陪伴。”

在炼狱第六级中继续前行

两诗人都止言，不再说话，
登梯后又重新注视周边，
因视线不再被石壁阻拦[8]。
白昼的四女仆[9]留在后面，

[1] 安提恭（Antigone，另译：安提戈涅），《忒拜战纪》中的人物，俄狄浦斯的女儿，因违反禁令埋葬兄长波吕尼刻斯的尸体，被新忒拜国王克瑞翁处死。

[2] 戴菲勒（Deifilè，另译：得伊皮勒），《忒拜战纪》中的人物，攻打忒拜七将之一提德乌斯之妻。

[3] 伊斯墨（Ismenè，另译：伊斯墨涅），《忒拜战纪》中的人物，是安提恭的妹妹，和她一起被克瑞翁处死。

[4] 忒提斯是希腊神话中的海中女神，希腊英雄阿喀琉斯的母亲。

[5] 指希腊神话中的愣诺斯岛女儿国的女王许普西皮勒（Isifile）。她曾与英雄伊阿宋相爱，后来被其抛弃。强盗把她掳走，卖给涅墨亚国王为奴。国王命令她看护幼小的王子。有一天，她抱着小王子坐在林中，前往攻打忒拜的大军路过，焦渴难忍。她放下小王子，指引兵士寻找林中的兰癸亚泉水；因为这一刻的疏忽，小王子被毒蛇咬死。

[6] 提瑞斯（Tiresia，另译：提瑞西阿斯），希腊神话中的预言家，其女指巫女曼托。

[7] 戴达密（Deidamia，另译：戴伊达密娅），希腊神话中的人物，斯库洛斯岛国王吕科墨得斯的女儿。阿喀琉斯的母亲预见到儿子将死于特洛伊战场，于是将其装扮成女孩，送往吕科墨得斯的宫廷中隐藏起来。阿喀琉斯与公主戴达密生活在一起，彼此产生了爱情，生下了一个儿子。后来，尤利西斯和雕墨得（另译：狄俄墨得斯）奉命去吕科墨得斯的宫廷找阿喀琉斯，并用计谋识破其伪装，引他离开斯库洛斯岛去特洛伊参战，戴达密在阿喀琉斯走后悲伤而亡。

[8] 登到石梯的最上面，斯塔齐奥陪同但丁和维吉尔来到了炼狱的第六级；此时，没有了石梯两侧的石壁，他们的眼界又宽阔起来，于是便又开始注视周边的情况。

[9] 太阳代表白昼，太阳的女仆指众时辰女神。“白昼的四女仆留在后面”意思为：日出后最初的四个时辰已经过去。

第五女把日车舵握掌间[1]，
令炙热之船头直指上面[2]。
向导道："我认为应把右肩，
再朝向此山的道路外沿，
我们仍似以往绕行上山[3]。"
已习惯沿这个指示行走，
高贵魂也说出赞许之言，
我们便无疑虑行路向前[4]。
他二人前面行，我随后边，
聆听着他们的巧语妙言，
那些话给予我创作灵感[5]。

警示贪食罪过的树

突然间我们见路竖一木，
它打断两诗人娓娓交谈，
芳香且味美果树上结满[6]；
云杉的树冠是下宽上窄
此木却正相反，下窄上宽，
我认为是为了防人上攀。
在我们道路被屏蔽一侧[7]，
从高岩落下来滴滴清泉，
浇洒在那棵树枝叶上面。

[1] "第五女把日车舵握掌间"意思为：现在已经是第五个时辰了，即上午 10 至 11 点之间。

[2] 意指太阳仍然处于上升的势头。

[3] 意思为：但丁和维吉尔应该继续逆时针盘山而行。逆时针而行是炼狱的规矩。

[4] "高贵魂"指斯塔齐奥的灵魂。斯塔齐奥的灵魂已经基本获得净化，将很快进入天国；有此高贵之魂的赞同，逆时针绕山向上而行时但丁就更没有疑虑了。

[5] 维吉尔和斯塔齐奥都是但丁十分崇敬的古代诗人，他们的对话自然对但丁的诗歌创作极有益处。

[6] 这棵树是用来惩戒贪食罪过的。

[7] 指山路的内沿，即陡峭的山壁。

惩戒贪食者的炼狱第六级

二诗人走近了那棵大树，
树冠中闻一音高声叫喊：
“此果实虽香甜，欲食枉然。”
随后说：“玛利亚一心只想，
怎样使那婚宴体面、周全，
被忽略她之口现在回言[1]。
古代的罗马女只饮白水[2]，
但以理鄙视那佳肴御膳，
却品尝智慧的美食大餐[3]。
第一代如黄金那样美丽，
饥饿时觉橡实美味香甜，
小溪均似解渴玉液清泉[4]。
洗礼者食物是野蜜、蝗虫，
荒漠中滋养他度过艰难[5]，
因而他光荣且极其伟大，
就如同《福音书》讲述那般。”

[1] 下面列举了一系列节制饮食者的光辉榜样，第一个便是圣母玛利亚。据《新约·约翰福音》第 2 章说，在迦拿的婚宴上，玛利亚只操心如何使宴席更体面、周全，却忘记了自己的吃喝。现在玛利亚用她忘记吃喝之口（指她的光辉形象）回答了人们免除贪食罪过的祈求。

[2] 据史书记载，古罗马的女人只喝白水，不喝酒，因而她们不会做出不正当的行为。

[3] 据《旧约·但以理书》讲，巴比伦王尼布甲尼撒占领耶路撒冷后，挑选了四名以色列贵族美少年做侍从，其中有但以理；他让这四位侍从食御膳，喝御酒。但以理不想用王的御膳和御酒玷污自己，因而只吃素菜，喝白水，另外三位少年侍从也随他如此。上帝奖励他们，赐给他们聪明智慧和各种知识。据说但以理不仅才华出众，而且能识各种异象和梦兆。

[4] “第一代”指《圣经》中所描写的亚当和夏娃被驱赶出伊甸园之前的时代，但丁认为那是一个非常美丽的黄金时代，人特别朴实，饿了就吃橡实，渴了就喝溪水，而且还觉得十分香甜。

[5] “洗礼者”指曾为耶稣洗礼的洗礼约翰。据《新约·马太福音》第 3 章讲，他在犹太的旷野传道时，用蝗虫、野蜜充饥。

第23章

在炼狱的第六级中，受惩戒的是贪食者的灵魂，他们望着一颗奇怪的果树，贪婪地渴望品尝树上的果实，却徒劳枉然；一股从山岩上落下的清泉泼洒在果树的枝叶上，使其十分繁茂。树下的灵魂忍受着饥渴的折磨，得不到满足，因而瘦得皮包骨头，眼窝深陷，皮肤干裂酷似鳞片。但丁跟随维吉尔和斯塔齐奥继续前行，在树下如干尸一般的灵魂中，他看见了朋友和姻亲弗雷塞，并与他亲切交谈，共同回忆了佛罗伦萨的往事；弗雷塞解释了贪食者所受的惩戒，赞美了自己妻子的贤淑，谴责了佛罗伦萨妇女不守妇道的行为；在这段对话中，人们能够深深地感受到对话者对人间往事的忏悔之情。随后但丁向弗雷塞介绍了维吉尔和斯塔齐奥。

继续前行

我就像以捕鸟为生之人，
专注地观察着鸟儿一般，
凝双眸看着那绿色树冠；
胜父亲之人[1]说："亲爱孩子，
应适当支配这指定时间[2]，
须前行，因所剩时间有限。"
我转身望二人，脚步未慢[3]，
聆听着两诗人尽兴畅谈，
以至于不觉得行路艰难。

[1] 指维吉尔。

[2] 应该以适当的方式支配上天为我们指定的游历炼狱的时间。

[3] 我虽然望着维吉尔和斯塔齐奥，却没有放慢向前行走的脚步。

第 23 章

贪食者的灵魂

此时闻哭泣与歌唱之声，
“天主啊，启吾唇[1]……”响在耳边，
以至于我喜悦、痛苦同现[2]。
我说道：“噢，前辈[3]啊，我闻何物？”
他答道：“是魂影行走向前，
或许去解他们债务结团[4]。”
一群魂虔诚且沉默不语，
从身后快速地赶到身边，
超过去把我们仔细盯看；
似沉思朝圣者路遇生人，
好奇地朝他们把身扭转，
然而却一刻也不肯停站[5]。
每个魂眼发黑，向里凹陷，
面苍白，瘦如柴，十分难看，
皮难遮骨之状显露外面[6]。
我不信那厄律西克同[7]君，
因饥饿而恐惧，体被耗干，

[1] 这句话源自《旧约・圣咏》第 51 篇，整句话是：“天主啊，请开启我的口唇，我意欲亲口赞你的光荣。”此话明确地表示了贪食者忏悔罪过的迫切心情：在尘世时，这些灵魂过分地把他们的嘴用于吃喝，现在则迫切地想用其赞美上帝。

[2] 但丁因闻听灵魂们的歌声而喜悦，因闻听灵魂们的哭泣而痛苦。

[3] 指维吉尔，但丁一直视其为启迪他灵感的前辈诗人。

[4] 或许这些灵魂去努力净化自己，希望早日摆脱他们所欠下的债务（罪过）。

[5] 就像是急着赶路的朝圣者，路上遇见不认识的人，出于好奇之心望着他们，却不停下急行的脚步。

[6] 那些灵魂都瘦得皮包骨头，薄薄的一层皮根本无法遮掩住支棱出来的骨头。

[7] 据希腊神话讲，厄律西克同是忒萨利亚王子，他鄙视天神。一次，他用斧头砍倒了五谷女神得墨忒尔的大橡树，砍伤了五谷女神最心爱的护树女仙。得墨忒尔命令饥饿女神去惩罚他。饥饿女神飞到冒犯神明的王子的卧室，用皮包骨头的双臂抱起正在酣睡的王子，向他喉咙里吹进饥饿的精气，把贪食的欲望送进他的血脉。王子醒来后，饥肠辘辘，吃进去的东西只能引起他更强烈的食欲。他吃光了所有家财，后来竟用牙咬自己的肉充饥，最后极其痛苦地死去。

会瘦得比他们更加悲惨。
“瞧啊，这些人[1]丢失了耶路撒冷，
玛利亚啄食儿求得自安[2]！”
我沉思且心中自语自言。
眼窝如脱宝石空架指环，
谁若识 OMO 词刻画人面，
必定见 emme 字特别凸显[3]。
不知道根源者谁会相信，
果实香会激起如此欲念？
清水也竟然有神力这般！

对弗雷塞等贪食者的惩戒

我不晓他们的消瘦原因，
为何会身上披悲惨鳞片[4]，
如此的大饥渴令我惊叹；
突然间一魂影抬起头来，
圆睁着深陷眼仔细盯看[5]，
他高叫：“天赐我何等恩典[6]？”
我永远难认出他的形象，
但其音却令我能够分辨，

[1] 指耶路撒冷的人。

[2] 据记载，公元 70 年，罗马帝国军队围困耶路撒冷，城内无粮，饿殍满城；一个名叫玛利亚的女人竟然杀死自己的幼子充饥 。

[3] 中世纪基督教神学家和传教士中有一种看法，细观察时，在人的面孔上可以看出 OMO（该词的意思为“人”）的形象，M（读作 emme）代表人的颧骨、弓形的眉毛和鼻子，两个 O 代表处于鼻子两侧、颧骨之上、弓眉之下的眼睛。这三行诗的意思是：骨瘦如柴的灵魂的眼窝深陷，就像宝石戒面已经脱落，只剩下金属框架的戒指，人一眼就能看出如骷髅一般的脸呈现出 OMO 的形状。

[4] 由于饥渴，皮肤干裂，呈鱼鳞状 。

[5] 一魂影突然抬起头来，把深陷于眼窝的眼睛瞪得圆圆的，盯看着但丁、维吉尔和斯塔齐奥。

[6] 见到但丁等人，那个灵魂惊叫起来：这是上天赐给我的多么大的恩典啊！

形象所隐藏的真实之脸[1]。
这星火点燃了我的记忆，
致使我想起他从前容颜，
认出是弗雷塞[2]在我面前。
他求道：“噢，别只看干燥皮肤，
它使我面苍白，身起鳞片，
也令我体消瘦，如柴一般；
告诉我有关你真实情况，
那二魂是何人，伴你身边；
我面前你切莫缄口不言！”
我答道：“曾为你亡故流泪，
而现在痛哭泣全因你面，
见到它变模样我更伤感。
看主面，告诉我为何消瘦，
吾惊愕，你勿命我回你言，
难正确回答你，因存他念[3]。”
他说道：“有永恒意志[4]神力，
降落在此奇特树与清泉，
在这里我消瘦，变成这般[5]。
所有的这些人边哭边唱，
全因曾对食物过于贪婪，
为圣洁，忍饥渴，在此受难[6]。

[1] 这个骨瘦如柴的灵魂已经完全没有了以前的模样，如果他不说话，但丁根本无法认出他。

[2] 弗雷塞（Forese，另译：浮雷塞，？—1296），佛罗伦萨人，但丁的朋友和姻亲，因而但丁在此与其相见时感觉十分亲切；但丁曾在抒情诗中指责他贪食。

[3] 见到你这么消瘦的样子，我十分惊愕；此时你不要问我问题，因为我脑中想着别的事情（想你们为何如此消瘦），会错答你的问题。

[4] 指上帝的意志。

[5] 指一切都是上帝意志的安排，是上帝让我来到树下并如此消瘦。

[6] 这些贪食的灵魂，在此处的树下又哭又唱，为洗涤罪孽、变得圣洁而忍受饥渴，接受被惩罚的痛苦。

清澈水泼洒在绿叶树冠，
香甜味出自于果实、玉泉，
把我们饥与渴欲望点燃[1]。 69
我们过果树旁何止一次，
反复地忍受着饥渴苦难，
虽道苦，却应说是种甘甜[2]； 72
当基督救我们洒血之时[3]，
意志曾引他把‘上帝’呼喊[4]，
此时又引我们来到树边[5]。” 75
我说道：“弗雷塞，你换世界[6]，
奔向那更美的生活空间[7]，
至今日时还未过去五年[8]。 78
忏悔使罪灵魂与主和解，
在痛苦好时刻[9]到来之前，
如若你已用尽犯罪之力[10]， 81
为什么你还会来此上面[11]？
我以为在下面能够见你：

[1] 看着树上香甜的果实和喷洒在树冠上的清泉，我们便产生了极其强烈的饥渴感和饮食的欲望。

[2] 我们应该说，忍受这种饥渴之苦时会有一种甘甜的感觉，因为我们知道，这种饥渴之苦可帮助我们净化灵魂。

[3] 指基督耶稣被钉在十字架上为解救人类而受难时。

[4] 据《新约·马太福音》第 28 章讲，基督耶稣被钉在十字架上，临终前说的最后一句话是：“我的上帝，我的上帝，你为什么抛弃我？”

[5] 弗雷塞说，上帝的意志曾经令耶稣临终前呼喊上帝，现在它又令我们来到这里净化灵魂。

[6] 指离弃尘世来到炼狱。

[7] 最后将奔向美好的天国。

[8] 弗雷塞离世尚未到五年。

[9] 指忏悔罪过的时刻。忏悔是改正错误的开始，因而此处称忏悔的时刻为“好时刻”；但忏悔又是痛苦的，因而此处又使用了“痛苦”一词。

[10]“用尽犯罪之力”指人到了临终之时，再也没有犯罪的力气了。

[11] 如果说到了临终的时候，你才勉强忏悔了罪过，那你怎么会来到这上面呢？

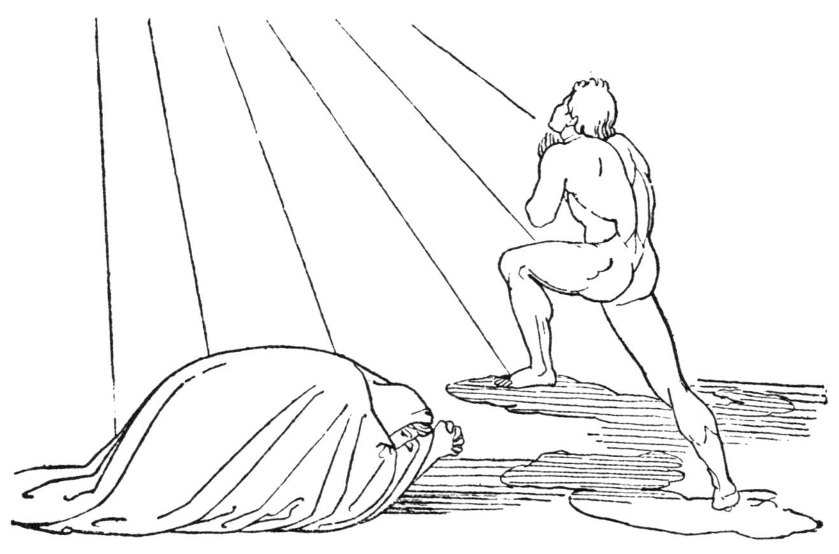

奈拉和弗雷塞

那里需用时间补偿时间[1]。”
他说道：“是奈拉[2]号啕痛哭，
如此快引我至此级地面，
来品尝这里的痛苦甘泉。
她虔诚之祈祷、叹息之声，
引我离等候的那片海岸[3]，
亦使我摆脱了诸级之烦[4]。
我曾经十分爱可怜遗孀[5]，
她越是经常地努力行善，
越能够令上帝心中喜欢。

佛罗伦萨的无耻堕落

撒丁的巴巴嘉[6]女子守德，
我弃的巴巴嘉[7]女子不端，
后者的贞洁距前者甚远[8]。
噢，兄弟啊，你让我说些什么？
那未来已经在我的眼前，
此时刻距离它并不遥远；

[1] 我本以为在炼狱山脚下能够见到你，在那里，临终前才勉强忏悔罪过的灵魂需要用时间补偿他们在尘世所浪费的时间，因而必须等待很长时间才能进入炼狱山门之内。

[2] 奈拉（Nella）是说话的灵魂弗雷塞的妻子。

[3] 指炼狱山脚下的海滩。临终前才勉强忏悔的灵魂在那里等候进入炼狱的山门，因而此处称其为“等候的那片海岸”。

[4] 仍然活在尘世的亲属的虔诚祈祷可以缩短灵魂在炼狱山脚下等候的时间和诸级攀登炼狱的时间。

[5] 指前面提到的奈拉。

[6] 巴巴嘉（Barbagia）是撒丁岛中部的一个地方。那里长期居住着蛮族部落，一直到公元 6 世纪才皈依基督教。

[7] “我弃的巴巴嘉”隐喻佛罗伦萨。

[8] 撒丁岛巴巴嘉地区本来是蛮族居住的地方，那里的风俗粗野，女子经常袒胸露腹地行走于街市，皈依基督教之后，风俗有了很大的好转；而现在的佛罗伦萨却风俗败坏，像野蛮时期的巴巴嘉，远不及现在的巴巴嘉。

到那时布道台[1]严禁佛城，
女子们敞着胸，不知羞惭，
无耻地来往于街巷路面[2]。
何蛮族妇人或撒拉逊女[3]，
需神权或其他立法监管，
命她们遮乳房行走世间[4]？
若无耻之女子心中明白，
为她们上天备即现灾难，
必定会张开嘴高声叫喊[5]；
如此处之预示不把我骗，
襁褓儿两腮处未生须前，
她们必极伤痛，十分悲惨[6]。

但丁介绍自己及维吉尔和斯塔齐奥

噢，兄弟啊，对我你勿再隐瞒！
不只我，所有魂都已看见，
你把那太阳的光线折断[7]。”
闻此言我说道：“若你记得，
你与我，我与你，怎样相伴，
现如今回忆起仍然心酸。

[1] 指教会。

[2] 我似乎已经看到，在不久的将来，教会将禁止佛罗伦萨妇女的不端行为。

[3] 撒拉逊人指从 7 世纪开始向欧洲扩张的穆斯林，他们在一百五十年间建立起一个广阔的帝国。有时也泛指中世纪的非基督徒。

[4] 此处，诗人通过弗雷塞之口质问：还有什么蛮族人或撒拉逊人比佛罗伦萨人更堕落、无耻呢？他们竟然需要神权或者法律干预才肯抛弃不良的风俗。

[5] 如果那些无耻的女子知道上天已经为她们准备好了即将降临的灾难，她们一定会恐惧且痛苦地叫喊起来。

[6] 如果此处（炼狱）的预示不欺骗我，那么在现在的婴儿还未长大成人（两腮处未生须前）时，佛罗伦萨那些无耻的女人就将受到惩罚，下场极其悲惨。

[7] 说话的灵魂看见但丁的肉体遮挡了太阳的光线，在地上投下了阴影。

前面行那个人[1]几天之前，
引我离那一片生活空间[2]。”
我又指太阳道：“当他姐姐[3]，
对你们展现出圆圆美面，
他[4]引我出真正死人黑夜，
并把这实肉体携带身边[5]。
随后是他安慰推我上行，
盘绕着这座山不断登攀[6]，
尘世使你们错，此山纠偏[7]。
他说要引我见贝特丽奇，
此之前一直会把我陪伴；
到那时，他离去，我留那边[8]。
说此话之人是维吉尔君。”
指另位[9]，我又道：“刚才山颤，
你王国[10]放出这另一魂影[11]，
因而把诸级的山坡震撼[12]。”

[1] 指维吉尔的灵魂。
[2] 指尘世。
[3] 此处指月亮。因为在希腊神话中，月亮女神阿尔忒弥斯是太阳神阿波罗的姐姐。
[4] 指维吉尔。
[5] “真正死人”指被打入地狱的人，因为，他们不仅肉体死了，而且精神也死了，再也无希望进入天国。这几行诗的意思是：月圆那天，他引导携带肉体的我走出地狱。
[6] 随后，他不断地安慰我。是他的安慰推动我攀登炼狱山。
[7] 尘世的各种诱惑使你们犯下过错，而在此山的忏悔和改造为你们纠正了偏离正确道路的方向。
[8] 当见到贝特丽奇的时候，他会离去，而我却会留在贝特丽奇的身边。
[9] 指斯塔齐奥。
[10] 指炼狱。
[11] 指斯塔齐奥的魂影。但丁旁边，除了维吉尔和刚才与但丁说话的弗雷塞的魂影，就是斯塔齐奥的魂影。
[12] 因为刚才炼狱给予斯塔齐奥的魂影上行的自由，因而，整个炼狱山发生了抖颤。

第24章

弗雷塞与但丁交谈时，提到了妹妹比卡达，说她已光荣地升入了天国。他又介绍了几位但丁认识的贪食者的灵魂，如卢卡的著名诗人波拿君塔、教宗马丁四世、枢机主教卜尼法斯、封建主马尔凯塞等人。波拿君塔与但丁谈论了“温柔新体”诗，并问他是否就是那位写新体诗的但丁；当他知道面前的人就是但丁时，便感觉自己的愿望得到了满足。弗雷塞没有像其他灵魂那样快速离去，而是留下来陪伴但丁、维吉尔和斯塔齐奥，并与但丁继续交谈。诗人通过弗雷塞和自己的口预言了佛罗伦萨的灾难和曾经迫害但丁等人的黑派领袖科尔索的惨死。弗雷塞离去，但丁又看见一棵果实累累的奇怪的树和树下祈求果实者的可怜状况。随后，他听大树讲述了几个贪食、贪饮者的故事。最后，但丁见到了一团耀眼的火，那是一位天使，他为但丁、维吉尔和斯塔齐奥指明了上行之路。

贪食者与贪饮者

聊与行我们都两不耽误，
一边说，一边走，快步向前，
就如同疾风推飞行之船[1]；
那些魂都好像半死不活[2]，
却见我这活人来到面前，
诧异情显现于深陷之眼[3]。
我继续未完话，开口说道：

[1] 此处“疾风”隐喻但丁和弗雷塞急于到达炼狱山顶从而升入天国的愿望；“飞行之船”比喻快步行走。

[2] 此处，贪食者的灵魂因得不到食物，而被饿得骨瘦如柴、无精打采，就如同死人一样。

[3] 上一章中，诗人曾说过，贪食者的灵魂被饿得骨瘦如柴，像骷髅一样，眼睛好似脱落了戒面的、空空的戒指的金属架，眼珠深陷在眼眶之中，看上去十分可怕。

“因他人之缘故此魂行慢[1]，
否则他便不会如此这般。
告诉我毕卡达[2]身在何处；
在这些盯看我灵魂中间，
是否有什么人值得我看。”
“我妹妹凯旋于奥林匹斯[3]，
她已经戴上了辉煌宝冠，
不知道因更美还是更善[4]。”
他如此先说道，随后补充：
“此处并不禁止名字明点，
因节食我们已毁坏容颜[5]。”
手一指，又说道：“波拿君塔[6]，
此君是卢卡人，他的那边，
那瘦者比他人更像绣图[7]，
曾经把圣教会牢抱怀间；
他来自图尔城[8]，节食净化，

[1] “此魂”指斯塔齐奥的灵魂，他因为与维吉尔交谈而放慢了行走的脚步。

[2] 毕卡达（Piccarda，另译：毕卡尔达）是弗雷塞的妹妹，但丁将在天国的月亮天中遇见她（见《天国篇》第 3 章）。

[3] 在希腊神话中，奥林匹斯山是诸神居住的圣洁之地，此处，但丁用它隐喻基督教的天国。

[4] “戴上辉煌宝冠”隐喻已经获得享受天国永福的殊荣。弗雷塞说，他妹妹已经升入天国，不知道是因为她太美丽，还是因为她太善良。

[5] 此处，但丁使用了一种叫“间接肯定法”的修辞手段，使读者感觉到“不禁止”一词有某种“必须”的含义；这两行诗的实际意思是：因为节食，我们都瘦得如骷髅似的，容颜全被毁坏了，必须点出我们的名字，否则就认不出我们。

[6] 波拿君塔（Bonagiunta）是托斯卡纳地区的卢卡人，13 世纪后半叶的意大利诗人；据说他最先把西西里诗派的诗风引入了意大利中部的托斯卡纳地区。

[7] 波拿君塔那边的那个灵魂瘦得更可怜，薄薄的，就像布上的绣图。

[8] 法国中西部的城市。

曾豪饮并狂食波塞纳[1]鳝[2]。”
他向我点出了许多人名，
闻呼名都似乎十分喜欢，
为此事不悦者一个不见。
我见到乌巴丁[3]、卜尼法斯[4]，
因饥饿空咬牙，其状悲惨，
后者曾握权杖牧众世间[5]。
我见到大老爷马尔凯塞[6]，
在弗利[7]曾畅饮，不觉口干，
他嗜酒，从未有喝足之感。

与波拿君塔谈新体诗

人先看后判断应关注谁，
对那位卢卡人[8]我也这般[9]，

[1] 波塞纳（Bolsena，另译：波尔塞纳）是意大利拉齐奥地区的一个湖泊，距罗马不远。

[2] 此处，弗雷塞并没有说出这个人的姓名，可能他认为，但丁听了他的介绍后自己能够猜出此人是谁。弗雷塞所说的人是教宗马丁四世（约 1210/1220—1285，1281—1285 年在位），他曾经担任过图尔圣马丁大教堂的司库，因而此处诗人说他“来自图尔城”。民间有许多关于他贪食的传说和笑话。登上教宗宝座后，他经常命人把从波塞纳湖中打捞出来的鳝鱼先浸泡在葡萄酒中，然后再命人熏烤浸泡好的鳝鱼供其享用。据说这样烹制的鳝鱼味道十分鲜美。

[3] 乌巴丁（Ubaldin，另译：乌巴尔迪诺），13 世纪后半叶意大利托斯卡纳人，出身贵族，出生年月不详，可能死于 1291 年；其子曾任比萨大主教，他还有一位担任过枢机主教的兄弟。据说此人十分贪食，每天都与管家商量怎么准备午餐和晚餐的菜肴；管家列出的菜单从未令其满意过。

[4] 并非指教宗卜尼法斯八世，而是指 1274—1295 年任意大利拉文纳地区大主教的另一位卜尼法斯（Bonifacio）。据说此人十分贪食。

[5] 神父被看作上帝在人间牧羊（指引导信徒）的牧师，卜尼法斯担任过大主教，自然要为上帝牧放许多羊，因而此处说“后者曾握权杖牧众世间”。

[6] 马尔凯塞（Marchese）出生于弗利城的贵族家庭，1296 年曾任艾米莉亚－罗马涅地区法恩扎城的最高行政长官。

[7] 意大利古城，现在是意大利中北部艾米莉亚－罗马涅大区弗利省的省会。

[8] 指波拿君塔。见本章第 19 行。

[9] 人总是先观察，然后再决定更应该关注谁，我也是如此。

知我情他似乎最有意愿[1]。
“简图卡”，我听他低声自语，
不明意[2]，却只见他受熬煎，
正义罚[3]使灵魂瘦如纸片。
我说道：“噢，灵魂啊，你想交谈，
那就让我明你欲吐之言，
你的话可满足我二人愿。”
他说道：“一女生，尚未戴巾，
她将使我城市令你喜欢[4]，
全不顾他人有指责之言[5]。
你可带此预言行走向前，
若觉得有疑惑、理解太难，
事实会解疑难、令你明辨[6]。
有一人曾创作新体诗歌，
《懂爱的女子们》是其首篇，
请说明他是否在我眼前[7]。”
我说道：“我这人总是如此：
爱之神赐予我创作灵感，
我重视记录他口吐之言[8]。”

[1] 那位卢卡人似乎最想知道我的情况。

[2] 简图卡（Gentucca）是一位女子的名字。据说，被流放期间，但丁在卢卡避难，认识并爱上了一位叫简图卡的高贵女子；在真实生活中，创作《炼狱篇》时，但丁已经认识了这位女子，但是此处他却假设尚不认识简图卡，因而不明白这个灵魂说的是什么。

[3] 指上帝的惩罚。

[4] 我的城市诞生了一位女子，她还很年轻，尚未到戴围巾的成年妇女的年龄；你将爱上她，因而也将喜爱上我的城市——卢卡。

[5] 她与你这位被流放者相爱，完全不顾忌别人的议论和指责。

[6] 你现在可能还不理解我说的话意味着什么，这没关系，你可以带着我的预言继续向前走，以后事实会向你解释清楚。

[7] 有一个人曾经创作“温柔新体”诗，他的第一篇此类诗歌叫《懂爱的女子们》；请你告诉我，他是不是站在我面前的你呀？

[8] 爱神赐予我创作灵感，我记录爱神的语言，即书写爱情诗歌。

他说道："噢，兄弟啊，我已看清，
为什么圭托内[1]距新诗远，
公证人[2]与我也如此这般[3]！
我看清你们的手握之笔，
行走于口授者[4]身后不远，
我们笔若如此的确很难[5]；
谁若是进一步仔细观察，
你与我风格的差别可见。"
他缄口，似乎已意足心满。

但丁与弗雷塞关于佛罗伦萨的对话

就像是尼罗岸过冬鸟儿，
有时候在空中聚成一团，
随后便排一队快速飞走，
那群魂也如此把脸扭转，
加快了他们的行走脚步，
因体瘦、意愿强，身轻如燕[6]。
就如同赶路人疲惫不堪，
让同伴前面走，自己步慢，
要等到胸中的喘息平缓；
弗雷塞也如此让人前行，

[1] 中世纪晚期、西西里诗派之后、"温柔新体"诗派之前意大利最重要和最有影响的诗人，文学史中称他在意大利中部托斯卡纳地区创建的诗派为"圭托内诗派"。以但丁等人为代表的"温柔新体"诗派诞生后，他的声誉开始下降。

[2] 指西西里诗派的重要诗人兰迪尼的雅科波（Jacopo da Lentini），他做过公证人，因而此处称其为"公证人"。据说他是十四行抒情诗的创始人。

[3] 波拿君塔对但丁说：圭托内、雅科波和他的作品都远不及但丁等人的新体诗优美，现在他已经看明白其症结在哪儿。

[4] 指爱神。见本章第 53–54 行。

[5] 你们能紧紧追随爱神的启示，我们却做不到，因而你们的诗比我们的更优美。

[6] 贪食者的灵魂饿得骨瘦如柴，身体十分轻，除此外，他们还都有尽快上行至炼狱山顶的强烈愿望，因而行走起来身轻如燕，非常敏捷。

诸魂先，他在后，把我陪伴，
他问道："我何时再见你面？"
我回答："我不知能活多久，
然而我返回到那片海岸，
一定比我希望时间更晚[1]；
指定我生活的那块土地[2]，
善德在一天天不断锐减，
它似乎即将要跌入灾难。"
他说道："你走吧，因我见到，
那罪魁已缚于畜尾之端，
被拖向不恕罪深谷[3]里面。
该畜生一步步加快速度，
致使他遭受着巨大磨难，
其躯体被毁得无法入眼[4]。"
他眼睛转向天，继续说道：
"并不需那天轮长期旋转[5]，
你便懂我的话，现难明言[6]。
此王国[7]时间贵，你留后面！

[1] "那片海岸"指炼狱山脚的海岸。"返回到那片海岸"的意思为重新返回炼狱。但丁认为他迟迟难以死去，因而，他死后再来炼狱的时间一定比他自己希望的时间更晚。这表明但丁已经十分厌恶堕落、腐败的尘世生活，希望早点儿离弃人世。

[2] 指上天为但丁指定的生活之地，即佛罗伦萨。

[3] 指地狱。跌入地狱的灵魂罪大恶极，他们的罪孽永远无法被宽恕，因而此处称其为"不恕罪深谷"。

[4] "那罪魁"指科尔索·多纳蒂（Corso Donati，另译：寇儿索·窦那蒂，1250—1308）。科尔索是佛罗伦萨教宗党"黑派"领袖，在教宗卜尼法斯八世和法国国王的支持下，他率领"黑派"夺取佛罗伦萨政权，残酷迫害"白派"，但丁也因此被流放，客死他乡。后来，由于他与吉伯林党（皇帝党）勾结，引起教宗党不满。1308年，科尔索以叛国罪被佛罗伦萨共和政府判处死刑；他妄图逃跑，却被捉住；在被押送回佛罗伦萨的路上跌落马背，被人杀死；此处，但丁说他被马拖拽而死。

[5] 天轮的旋转象征时间的流逝，这句话的意思为：并不需过许久时间。

[6] 上面那段话是诗人通过弗雷塞之口对科尔索惨死的预言。弗雷塞说：不需过多久，这件事就会发生，但丁也就会明白他的意思了，现在却难以对但丁明言。

[7] 指炼狱。

若我陪你同行、并肩向前，
会白白浪费掉太多时间[1]。”

弗雷塞离去，祈求果实的灵魂

似有时一骑士冲出马队，
为了能与敌人荣耀首战，
于是便刺马腹飞驰向前；
弗雷塞也如此大步离去，
我无法随其行，留在后面，
陪伴着俩离世古诗魁元[2]。
那魂影在我们面前远去，
我目光仍跟在他的身边，
脑子还思考他所吐之言；
此时见另一树果实累累，
繁茂枝呈现在我的面前，
当时我刚转弯朝向那边[3]。
我见到树下人均举双手，
不知道为何向树冠叫喊，
似孩童欲获却无法得到，
苦哀求，被求者却不答言，
他[4]高举所求物，并不遮掩，
其目的是刺激求者欲念。
那群人[5]随后去，似乎醒悟，
该大树对祈求、泪水少怜；

[1] 炼狱的时间十分宝贵，你就自己留在后面吧，我需要去追赶前面的灵魂。因为，如果我在后面陪伴你，会白白地浪费掉太多宝贵的净化灵魂的时间。

[2] 指古罗马著名诗人维吉尔和斯塔齐奥。

[3] 环山而行的但丁刚转过一道弯，便见到了另一棵果实累累的神奇树。

[4] 指上一行诗句提到的“被求者”。

[5] 指前面提到的朝树冠高举双手祈求得到果实的那群人。

此时刻我们至大树旁边。

贪食、贪饮罪过的例子

“快过去，请你们切勿靠近，
夏娃女盗果树在更上面，
那树是此木的诞生根源[1]。”
我不知枝叶中何人说话，
便紧依两古代诗人身边[2]，
沿岩壁耸立的一侧向前[3]。
那声音又说道：“你们记住，
云中生众恶物[4]肚皮填满，
便挺起双胸[5]与忒修斯战[6]；
希伯来[7]喝水时表现软弱，
那基甸[8]下山去攻打米甸[9]，

[1] 大树好像在说：你们快过去，不要靠近我！夏娃盗食果实的那棵树在更上面的地方，那棵树是我这棵树诞生的根源。

[2] 闻听大树说话，但丁有些恐惧，于是便紧紧依靠在维吉尔和斯塔齐奥身边。

[3] 但丁依靠在维吉尔和斯塔齐奥身边，紧贴着环山路内沿儿的岩壁向前走去。

[4] 指希腊神话中的众肯陶尔（另译：肯陶洛斯）。据希腊神话讲，为了不付聘礼金，特萨利的国王伊克西翁残忍地杀害了岳父。他的罪行激怒了国人。走投无路的他逃到主神宙斯处求助，宙斯收留了他。不料他不知感恩，试图勾引宙斯的妻子——美丽的天后赫拉，其邪念被宙斯看透。宙斯把一片云变成赫拉的模样，使他误以为真是赫拉，便去拥抱云变的美女，并使其怀孕生下了一群半人半马的怪物肯陶尔。

[5] 指肯陶尔（centauro）的胸。肯陶尔的上面长着人颈和头，下面长着马的身体和四肢，两部分的连接处是胸，胸的上半截是人胸，下半截是马胸，因而，此处称其为“双胸”。

[6] 据希腊神话讲：在庇里托俄斯与希波达弥亚的婚宴上，众肯陶尔借酒发疯，试图强奸新娘和在场的其他女子，惹怒了应邀赴宴的英雄忒修斯，他与耍酒疯的肯陶尔大战，杀死数个肯陶尔，其他肯陶尔狼狈逃窜。

[7] 指希伯来人。

[8] 基甸是《旧约》中的人物，以色列人的士师。

[9] 指米甸人。据《旧约》讲，米甸人是希伯来人的敌人。

无节制者

便不愿让他们跟随身边[1]。”
我们沿平台的边缘走过，
闻听到贪食的罪行斑斑，
相应的回报均十分悲惨。
随后又继续在孤独路[2]上，
向前行足足有千步之远，
每个人都沉思不发一言。

又出现一位天使

闻听到一声音，突如其来：
“你三人为何要思索向前？”
我一抖，如受惊幼畜一般。
仰起头欲看看何人说话，
熔玻璃、化金属炽热炉间，
如此的红灿景也未曾见[3]；
见一人开言道：“若愿上行，
你三人必须要在此转弯，
谁若想路安全就该这般。”

---

[1] 据《旧约·士师记》讲，基甸欲率希伯来人下山去攻击敌人米甸人，上帝对他说，不要带太多的人，让胆怯的人回去，于是三分之二的人回去了，只剩下了一万比较坚定的战士。接着上帝又对他说，人还是太多，并让他带剩下的人去河边喝水；在河边，有的人跪下，脸趴在河面上饮水，只有少数人用手捧着水喝；于是上帝让基甸只率领用手捧水喝的三百勇士去与米甸人作战；因为，那些在非常口渴时不顾尊严地跪下趴在水面上喝水的人，在战争中也不会为了尊严奋勇杀敌。此处，“希伯来喝水时表现软弱”指的就是那些跪着喝水的希伯来人。最后，基甸接受了上帝的旨意，没有带他们去作战；不顾尊严饮水的人未能创建丰功伟绩。诗人用肯陶尔和希伯来人贪饮为例，说明贪饮者要受到惩罚。

[2] 指没有其他人的荒寂的路上，因为此时但丁、维吉尔和斯塔齐奥距其他灵魂已经很远。

[3] 但丁抬起头想看看什么人在说话，眼前却出现了一团火，在任何烧制玻璃或冶炼金属的炉火中都未见过如此红灿、耀眼的景况。但丁眼前站立并说话的是一位光彩夺目的天使。

他荣光夺走了我的视觉[1]，
于是我把身向老师回转，
就如同听音行盲人一般[2]。
如报晓五月风轻轻吹起，
青草味、鲜花气充满其间，
大自然之芳香四处飘散；
我感觉一股风迎面袭来，
有羽翼拍打在我的额面，
天香气便冲进我鼻孔眼。
闻言道：“有福了，受洪恩者，
美味爱[3]在其胸并未泛滥，
难引发过分的吃喝欲望，
也不会把正义抛弃一边！”

[1] 他发出的强烈光芒炫耀得我眼睛看不见其他任何东西。

[2] 就像一个依赖声音的指示而行动的盲人。

[3] 对美食的爱。

第25章

但丁、维吉尔和斯塔齐奥进入通往上一级的狭窄通道。维吉尔嘱咐但丁不要把疑虑隐藏在心中，鼓励他向斯塔齐奥勇敢地提出来。斯塔齐奥耐心地对但丁讲解了生命如何形成和发育，灵魂如何进入肉体，人死后灵魂又会走过怎样的旅程。随后，三位诗人登上了炼狱的第七级，那里受惩戒的是贪色者的灵魂。在熊熊烈火中忍受痛苦的灵魂唱着赞美诗，随后又高呼贞洁美德的榜样。

继续上行

太阳与夜晚已离开子午，
给牛蝎让出了那个圆环，
此时间向上行刻不容缓[1]；
就好像被需求刺激之人，
无论是何物在眼前出现，
他都会急忙忙赶路向前；
我们也如此入上行通道，
鱼贯行，沿其间阶梯登攀，
因路窄行走者难以并肩。
如幼鹤展翅膀意欲飞行，
却不敢弃鸟巢、离开家园，
因而把其羽翼垂向下边；
我提问之欲望燃至嘴唇，
随后又熄灭了熊熊烈焰，
要说话之时竟难以吐言。

[1] 诗句的意思为，炼狱已经是下午两点，而位于炼狱正对面的耶路撒冷是凌晨两点；时间已经不早，必须加快脚步向上攀登。

维吉尔鼓励但丁提问

正当我飞快地行走之时，
我老师慈父般开口吐言：
“弓拉满你就该射出利箭[1]。”
于是我大胆地开口说道：
“无需食，魂便可活于此间，
又何以被饿得如柴一般[2]？”
他答道：“若记得墨勒革洛，
当木棍烧尽时生命即断，
你理解这件事便不困难[3]；
只要是想一想你们晃动，
影像也在镜中摇摇闪闪，
似艰深道理便显而易见[4]。
我可唤并请求斯塔齐奥，
他可治你心伤，令汝康健，
满足你求知的迫切意愿。”

[1] 你已经话至嘴边，就应该把它说出来；就像弓已经拉开了，就应该毫不犹豫地把箭射出去。

[2] 生活在炼狱的灵魂已经不是具有肉体的尘世之人，他们不需要吃东西也能够活，因而不应该感觉到饥饿；那么，他们何以被饿得如此悲惨呢？

[3] 据希腊神话讲，墨勒革洛（Meleagro，另译：墨勒阿革洛斯）是卡吕冬国王俄纽斯和王后阿尔泰亚之子。他出生后不久，命运三女神之一的阿特洛波斯把一根木棍抛入火中，并预言当木棍烧尽时他必死去。为保护儿子，阿尔泰亚王后从火中取出木棍，并将其收藏起来。后来，国王俄纽斯忘记了向负责狩猎的月亮女神阿尔忒弥斯献祭，愤怒的女神决定报复。在一次会猎中，墨勒革洛的两个舅舅抢夺了他的猎物，他一怒之下将他们杀死。听到两个兄弟的死讯后，阿尔泰亚王后悲愤交集，为了给两个兄弟报仇，她将那根木棍又扔回火中。决心报复俄纽斯国王的月亮女神放出一头巨大的野猪将墨勒革洛咬死。用这个例子，维吉尔想告诉但丁，不一定只有饥饿才能伤害人的身体，神的复仇意愿也可令人遭殃；如果他明白了这个道理，就不难理解不需要饮食的灵魂何以被饿得骨瘦如柴。

[4] 人晃动时，镜子中的影子也跟着晃动，这并不需要影子自己晃动。用这个例子，维吉尔告诉但丁，有些事情，间接的原因也能使其发生变化；只要想明白这一点，看似艰深的道理也变得十分简单。

生命与灵魂的形成与发展

那诗人[1]回答道："有你[2]在此，
却让我向他释上天意念，
我不能不从命，恕我直言[3]。"
随后他又说道："若我话语，
孩子啊[4]，你接受并记心间，
你所问之'何以'便可明辨[5]。
人之血并不被脉管吸尽，
留完美部分为世代相传，
就像提佳肴于桌上美餐[6]；
它从人心中获生成能力，
构建出人躯体各个部件，
如流动血脉养全身一般[7]。
经转化[8]，入不便明说之处[9]，
再进到天然的小皿[10]中间，
滴在了另一人血液[11]上面。
两血液在那里拥作一团，

[1] 指斯塔齐奥。

[2] 指维吉尔。

[3] 斯塔齐奥对维吉尔说：有你这位大学者在此，却让我向他解释这神秘的天意；但我又不能不从命，那好吧，就请恕我直言啦。

[4] 指但丁。

[5] 斯塔齐奥对但丁说：孩子啊，如果你能够接受并记住我的话，你就能明白你所问的问题。

[6] "完美血"的存在是为了维持人类的传宗接代，它就像是从桌子上的美餐中预留出来的美味佳肴。

[7] 在这段诗中，但丁通过斯塔齐奥的口讲述了人体血液的不同作用。斯塔齐奥说：人的一部分血液在血管中流动，滋养人机体的各个部位；还有一部分预留出来的完美血（将转化为精液），它从人的心中获得生成机体的能力，从而构建出人机体的各个部件。

[8] 指转化为精液。

[9] 指注入女子的生殖器。

[10] 指女子的子宫。

[11] 指与男子性交的女子血液。

一种是被动血[1]，另种[2]相反，
主动者来源于完美地点[3]； 48
它一到便开始积极活动，
先凝结，随后在固料中间，
注活气，令其具生命表现[4]。 51
那主动之力量变成灵魂[5]，
似植物，又与其不太一般：
植物已到岸边，它在路上[6]， 54
继续动，其感觉已似海绵，
随后它成种子，生成能力，
便开始构建出各种器官[7]。 57
孩子呀，那来自男性的心灵之力，
在自然形成的肢体上面，
得到了延伸和继续发展[8]。 60
从动物怎变成说话之人，
你如今尚不明，此题太难，
比你更智慧者[9]也曾犯错： 63

[1] 指性交中的女子血液。按照亚里士多德的理论，男女性交中，男性的精液是主动之力，女子的血液则是被动之力。

[2] 指男子的精液。

[3] 男子的精液产生于一个完美的地方，即男子的心，因而它是创造生命的主动之力。

[4] 男子的精液一与女子的血相结合，便开始积极主动地活动，先使精血凝结成固体材料，再向固体材料中注入生命之气，使其具有鲜活的生命表现。

[5] 男子的精子转变成胎儿的灵魂。

[6] 在《飨宴》中，但丁曾指出，亚里士多德在《论灵魂》中把灵魂分为三个等级，即生命、感觉（或运动）、理性；只有生命而无其他能力的灵魂是植物灵魂，既有生命又有感觉能力和运动能力的灵魂是动物灵魂，世间只有人既具有生命，又具有感觉和活动能力，还具有理性。这几行诗的意思是：人的灵魂刚一诞生时与植物的灵魂相似，但也有所不同；不同处在于，植物的灵魂已经终止发展，而人的灵魂还在发展的过程之中。

[7] 已经成为灵魂的精子继续主动活动，慢慢使胎儿成为如海绵一样的原始的简单动物，然后它继续发展，开始形成人的各种器官。

[8] 那种来自男性心灵的力量（指由精子变成的灵魂）也随着胎儿肢体的发展得到了进一步的发展。

[9] 指中世纪阿拉伯著名哲学家阿威罗伊（Averroè，1126—1198）。

把心智与灵魂一分两边，
并宣扬他这种错误学说，
因未见心智用何种器官[1]。
对真理你必须敞开心胸，
应知道在胎儿身体里面，
脑结构一旦已完美形成，
原动力[2]便愉快至其身边，
因自然之大艺欢欣鼓舞，
吹能力之新灵入其体间，
脑中的新灵见活动外物，
吸精髓，独立魂便生世间，
它生存并感受，自行运转[3]。
为使你闻我言不觉诧异，
你应看太阳会如何表现，
怎样使葡萄向美酒转变[4]。
拉克西丝用完麻线之时，
魂脱离人肉体，独自向前，

[1] 亚里士多德主义者普遍认为，人的心智分为“活动心智”和“可能心智”两种，后者是心智活动的基础，它可以接受和构思出具有普遍意义的可能性概念；而前者则把具体感觉抽象为概念。阿威罗伊只承认人的“活动心智”，他见到人长着眼睛，便认为人具有视觉能力，见到人长着耳朵，便认为人具有听觉能力；他看不到人具有与“可能心智”相对应的人体器官，因而认为个体的人不具备这种能力。否认了这一点，实际上就否认了人灵魂的超验的不灭性，从而也就否认了善人的灵魂将升入天国享受永福、恶人的灵魂将跌入地狱永世受苦的基督教的神学思想，所以阿威罗伊的理论被中世纪经院哲学家们视为邪说。

[2] “原动力”又称“第一动力”，即最初推动宇宙万物运动的那股力量；它本是亚里士多德物理学理论的一个概念，基督教经院哲学家则将其视为上帝的推动力。

[3] 这段诗的含义是：当胎儿的大脑结构一旦完美地形成，上帝就会把一种新的灵气吹入胎儿的体中；新的灵气见到外面物体的运动，便将其运动的精髓吸收到大脑之中，这样，一个独立的灵魂便诞生于世；灵魂感受世间万物，独立成长。

[4] 为了使你听到我讲述这深奥道理时不感到诧异，从而理解它，你就应该想想太阳怎样把葡萄转变成美酒。人的大脑和葡萄汁一样，是一种自然形成的物质，它与来自于（太阳所象征的）上帝的理性之光相结合，就会形成人的灵魂。

把人神之精华携带身边[1]；
其他的能力均沉默不语，
记忆却更牢固，智力锐尖，
坚定的意志也远胜从前[2]。
奇妙的灵魂它刻不停站，
自动至两条河之一岸边，
须首先知道其前行路线[3]。
那空间若一旦将其包围，
生成力向四周辐射光线，
好似对活人的躯体那般[4]。
就如同空气中充满雨水，
有外来之光线反射其间，
天空便点缀得五彩斑斓；
这里的空气也呈现此状，
因灵魂之身影在此展现，
它用力把形象印在上面[5]；
似火苗追随着烈火行动，
火到处必定会燃烧烈焰，
新形体也随其灵魂移转[6]。
由于魂随后会如此获形，

---

[1] “拉克西丝”是希腊神话命运三女神中决定生命之线长度的女神。这段诗的意思是：当生命结束时，人的灵魂脱离肉体独自而去，它带走了人体中既属于人，又属于神的那部分精华（指人的灵魂本身）。

[2] 此时，人的灵魂仍保留着对美好事物的记忆，智力更加强大，意志也远比从前坚定；除此之外，人的其他能力都不复存在。

[3] “两条河”指通往地狱的阿凯隆特河和通往炼狱海岸的台伯河。亡者的灵魂必须首先知道他们去地狱还是去炼狱。

[4] “那空间”指地狱或炼狱。灵魂一旦到达地狱或者炼狱，那种曾经在母体中生成胎儿机体的力量又开始活动，它向四周放射光线，形成一种更轻便的、如同影子一样的形体，这种形体重新获得人体五种感官的功能。

[5] 灵魂深深地把他们的影子印在地狱或炼狱的空气之中，就像阳光射入饱含雨水的云朵里，把斑斓的彩虹印在天空。

[6] 就像是火苗随着火移动一样，新形成的影子也随着灵魂移动。

所以被人称作幽幽魂影，
人人能感觉它并见其踪[1]；
我们便因此会洒泪、叹息，
也因此能做到谈笑风生：
你已闻此山中悲欢之声[2]。
影根据欲望和其他情感，
一个个把他们形象展现；
这就是造成你惊愕根源[3]。”

登上炼狱的第七级

我们至最后的惩戒地点[4]，
于是便把身体朝向右边[5]，
注意力也对着另事移转[6]。
此处壁[7]向外面猛烈喷火，
平台边[8]却向上吹风不断，
令烈火向后退、远离外沿；
因此须沿外崖[9]鱼贯而行，
我既惧左面的熊熊烈焰，
又害怕从右边跌崖下面。
我向导开言道：“在这地方，

[1] 由于魂到达地狱或炼狱之后能够重新获得形象，因而人们称它为魂影，每个人都能感觉它的存在，也都能见到它的踪影。

[2] 我们这些魂影也会像活人一样哭泣、叹息和谈笑风生，你在炼狱山中已经听到了灵魂的悲欢之声。

[3] 灵魂在炼狱中展现出不同的形象，这使你感觉到十分诧异，其实，这些形象与他们的欲望和其他情感是相符合的。

[4] 指炼狱的最后一级，那里惩戒的是贪色者的灵魂。

[5] 但丁、维吉尔等人登上炼狱新的一级时，总是向右转，逆时针而行。

[6] 此时，但丁等人看见了新奇的景象，注意力转向了那里。

[7] 指形成平台内沿的陡峭的岩壁。

[8] 指平台的外沿。

[9] 平台外沿下面是陡峭的悬崖。

惩戒贪色者的炼狱第七级

眼需要把缰绳牢牢控管，
只要是不小心灾必难免[1]。”

两个贞洁的典范

大火中此时我听到歌唱：
“至高的天之主仁慈无限[2]。”
那歌声促使我把身扭转；
见灵魂行走于熊熊烈火，
于是我向他们时而观看，
时而又注意着移步向前[3]。
“我尚未与男子有过交配[4]！”
那赞歌结束时他们高喊，
随后又低声唱，歌声婉转：
“艾丽斯饮下了维纳斯毒[5]，
被林中狄安娜逐离身边[6]。”
唱完后他们又再次高呼[7]，

[1] 此处眼睛需要非常注意，严格掌握分寸，因为一不小心就会犯下无法弥补的错误：或被烈火烧伤，或跌下悬崖。

[2] 这是中世纪晚期一首赞美诗的第一句。该诗谴责了贪色罪恶，因而，此处贪色者的灵魂吟唱这首诗。

[3] 但丁时而看着烈火中的灵魂，时而注意着自己的脚下，以避免被火烧伤或跌下悬崖。

[4] 据《新约·路加福音》第1章讲，玛利亚听到大天使加百列向她问安，并预报她将怀孕生下耶稣，因而惊讶地说：“我尚未与男子有过交配，怎么会有这等事呢？”在中文版《圣经》中，上面这句话一般没有准确地按照拉丁语版《圣经》翻译，而被译成：“我没有出嫁，怎么会有这等事呢？”此处，但丁把象征贞洁美德的圣母玛利亚再一次作为范例展示在读者的眼前。

[5] 维纳斯是希腊－罗马神话中的爱神，“饮下了维纳斯毒”的意思为陷入爱情不能自拔。

[6] 艾丽斯（Elice）又称卡利斯托，是希腊－罗马神话中追随月亮女神狄安娜的仙女。后来主神宙斯爱上了她，并使她生下一子，于是惹怒了主张禁欲的狄安娜，被其驱赶走。

[7] 唱完赞美歌之后，灵魂们又高喊：“艾丽斯饮下了维纳斯毒，被林中狄安娜逐离身边。”这里，狄安娜成为但丁所列举的第二位贞洁美德的典范。

呼喊停，歌声又传向空间，
接着再高声赞夫良、妻贤，
他们都守婚约，遵从德善。 135
我深信火烧身全部时间，
这些魂会始终如此这般。
用这类治疗和此种调养， 138
方可以伤痊愈、恢复康健。

第26章

但丁跟随维吉尔和斯塔齐奥来到了炼狱的第七级，他的肉体遮挡住阳光，引起诸灵魂的疑问，正当他要解答疑问时，另一群灵魂走过身边，吸引了但丁的注意力。炼狱的第七级惩戒的是犯贪色罪的灵魂，他们分成两队，一队由同性恋者的灵魂组成，另一队由异性恋者的灵魂组成；他们迎面而行，相遇后互相亲吻，热情问候，随后，喊出所多玛、蛾摩拉、帕西淮的淫乱事例，继续快速前行。但丁向异性恋队伍中一位灵魂解释了他为什么会遮挡太阳的光线，那位灵魂也向但丁讲解了他和同伙们所犯下的罪过和所承受的惩戒，并告诉但丁，他就是但丁所崇拜的“温柔新体”诗派的创始人、著名诗人圭多·圭尼泽利。但丁向圭尼泽利表示敬意。圭尼泽利向但丁介绍了普罗旺斯行吟诗人的代表人物阿尔诺·丹尼尔，随后，他消失在火焰中。但丁与丹尼尔交谈。

诸魂对但丁身影生疑

我三人贴外沿[1]鱼贯而行，
贤老师[2]时不时对我吐言：
“请当心，应注意脚下危险。”
太阳光从右侧照耀吾身，
西方的容颜便全然改变，
展现出白颜色，不见蔚蓝；
我身影使日光变成红色[3]，
这时见许多魂边走边看，
微小的异象引众魂齐观[4]。

[1] 指盘山路的外沿，再往外是陡峭的悬崖；盘山路的内沿是陡峭的岩壁。

[2] 指维吉尔。

[3] 我的身体遮挡住阳光，投下的影子在左侧火光下略微发红。

[4] 但丁是有肉体的活人，投下的影子与维吉尔和斯塔齐奥不同，这微小差异引起诸灵魂的关注。

此景况使他们议论纷纷，
惊愕的众灵魂开口吐言：
“这个人之肉体并非虚幻。”
随后有几个魂尽量靠近，
但他们始终都谨慎万般，
绝不敢走出那熊熊烈焰。
一魂道：“噢，你走在他人后面[1]，
因恭敬，而并非行动缓慢；
烈火烧，我干渴，请你回言[2]。
不仅我需要听你的答复，
所有魂都对其迫切期盼，
胜印度、埃塞人渴望凉泉[3]。
告诉我你为何阻挡阳光，
就好像死尚未至你身边，
死神网没把你套在里面？”

同性恋和异性恋

恰此时出现了新奇之事，
若它未吸引我关注视线，
我就会把实情[4]述说一番；
这时候沿那条燃烧路面，
另群魂迎此群[5]走向这边，
致使我不得不抬头观看。
见双方灵魂都急迎向前，

[1] 指行走在维吉尔和斯塔齐奥的后面。

[2] 灵魂说：我被烈火烧得口干舌燥。此处该灵魂使用“干渴”一词，也表明他十分渴望了解某些情况的含义，因而紧接着他说“请你回言”。

[3] “埃塞”指埃塞俄比亚。印度和埃塞俄比亚都是十分炎热的地区，那里的人都希望喝凉爽的水解渴。

[4] 指但丁的肉体阻挡太阳光线的实情。

[5] 指与但丁说话的那个灵魂所在的灵魂群。

你吻我，我吻你，却不停站[1]，
在短暂相聚中欢欣、畅然； 33
似许多褐色的蚂蚁相会，
这一只与那只交耳贴面，
或许在问道路、前程危安。 36
友好的欢迎式刚刚结束，
分离的第一步尚未迈完，
两队魂便同时高声叫喊， 39
新到群：“所多玛、蛾摩拉[2]呀！”
另群呼：“帕西淮藏牛腹间，
引公牛奔上去与其通奸[3]。” 42
如灰鹤展羽翼行于空中，
去沙漠[4]或飞往黎菲大山[5]，
入山者躲烈日，前者[6]避寒； 45
这群魂走过来，那群过去，
又重唱先前歌，流泪不断，
并呼唤最适合光辉典范[7]； 48

---

[1] 两队灵魂急迎过去，相互亲吻，体现了基督徒之间的友爱之情，反衬出男女之间情欲所引起的亲吻的荒淫无耻，表现了诸灵魂对贪色罪过的忏悔。灵魂们都急急忙忙，一刻也不停站，这表明他们都急于净化自己，希望尽早登上炼狱山巅，从而升入天国。

[2] 所多玛（Soddoma）和蛾摩拉（Gomorra）是两座古城，那里的人犯违反自然的淫乱罪。

[3] 据希腊神话讲，克里特的王后帕西淮（Pasife）疯狂地爱上了克里特公牛，请著名设计师代达罗斯制造了一头木母牛，自己钻进其腹，装成母牛，引诱克里特公牛与其交配，并怀孕生下了半人半牛的怪物弥诺陶洛（Minotauro，另译：弥诺陶洛斯）。在这三行诗中，众贪色者的灵魂呼喊出追求淫欲满足的反面典型。

[4] 指位于南方的利比亚沙漠，此处泛指南方炎热地区。

[5] 古代的欧洲人认为黎菲山（Rife）位于北方（具体在何处不明），那里天寒地冻，山顶终年积雪；此处泛指寒冷的北方。

[6] 指前面提到的飞往炎热的沙漠地区的灰鹤。

[7] 灰鹤有的向南飞，有的向北飞，此处的灵魂也是这样，有的朝这边走，有的向那边去，他们又都重新唱起前面提到过的赞美诗，并呼唤着最能反衬出他们贪色罪过的贞洁美德的榜样。

灵魂会面和亲吻

刚才曾恳求我那些灵魂，
现在又靠近了我的身边，
看上去要专注听我回言。

但丁解释自己的身影

见他们两次要知晓那事 [1]，
我便道：“噢，灵魂啊，你们无险，
无论需等多久，定会平安 [2]；
我未把稚嫩或成熟躯体，
遗留在那里的尘世人间 [3]，
而携带骨与血来到此山 [4]。
为不再做瞎子从此上行 [5]，
上天女 [6] 为我获主的恩典，
允我携肉体至你们地面。
天充满爱之情，空域广阔，
若你们能尽快实现大愿 [7]，
可在那（儿）安下身享受永福；
你们是什么人敬请明言，
走过去那些魂又是何人？
以便我能将其记录在卷。”

[1] 刚才一个灵魂问但丁是否是活人，还没来得及回答，另一群灵魂走过来，打断了但丁的思路（见本章第 14–30 行）；此时，但丁又看到灵魂们靠近他，再次要了解他是不是活人，因而说“见他们两次要知晓那事”。

[2] 你们已经没有跌入地狱的危险了，无论等待多长时间，你们都会获得天国的平安。

[3] 无论是稚嫩的青少年的肢体，还是成年人的肢体，我都没有留在尘世。意思即无论我是一个青少年还是一个成年人，我都还没有死。

[4] 我是携带着有血有肉的活人的躯体来到炼狱山的。

[5] 为了获得心智，从而心明眼亮，我才从此处向上攀登，希望进入天国。

[6] 指贝特丽奇。

[7] 指进入天国享受永福的美好意愿。

圭多·圭尼泽利

似粗俗、野蛮的山中之人，
初入城，愕无语，眼花缭乱，
就像个地道的傻瓜一样，
诸灵魂也都是如此这般；
但他们之惊愕很快消逝，
因为在智心中它会速散[1]；
那先前提问的灵魂说道：
“有福了，你为了死得光灿，
把此处经历要牢记心间[2]！
凯旋时恺撒闻人呼‘女王’，
因为他曾经把那种罪犯[3]，
迎面来那些魂均是这般；
因而都高叫着‘所多玛呀’，
你已闻，他们在自我责难，
羞愧助燃烧的熊熊烈焰。
我们则犯雌雄合一之罪，
因为把人类的法则违反，
就好像畜生般放纵欲念[4]；
有淫女卧木牛[5]，变成畜生，
离去时我们将其名[6]呼喊，
为的是把自己羞辱一番。

[1] 人面对意想不到的情况，都会惊愕得目瞪口呆；但是在智慧者的心中，这种惊愕很快便会消逝。

[2] 为了死后灵魂得救，你应该记住这次经历。

[3] 据传说，恺撒少年时代曾经做过比提尼亚国王尼科墨得斯的娈童；罗马军队凯旋时，士兵可以与统帅开玩笑，因而他们欢呼恺撒为“王后”。刚刚走过去的是一群男性同性恋者的灵魂，此处但丁把曾经做过娈童的恺撒作为这种罪过的例子。

[4] 我们则犯下了雌雄两性过分爱恋的罪过，违反了人类的法则，像畜生一样放纵自己的情欲。

[5] 指希腊神话中的人物帕西淮（见本章第 41-42 行）。

[6] 指希腊神话中躺卧在木制母牛体内与公牛性交的帕西淮。

你已知我们都犯何罪过，
知诸魂是何人却有不便，
难回答，何况我没有时间[1]。
我名字叫圭多·圭尼泽利[2]，
想知道我叫啥，你已如愿，
我净化，因忏悔在死之前[3]。”
有诗人比我要更加优秀[4]，
写温柔、高雅的爱情诗篇；
当我闻众人的父亲[5]之名，
好似在吕古戈[6]悲愤其间，
俩儿子重新见他们母亲，
我如此，却没有那么明显[7]；
不再听，不再说，我陷沉思，
长时间凝视他[8]，继续向前，
由于火，无法更靠其身边。
盯看了许久后心满意足，

[1] 我回答不出来，也没有时间回答。

[2] 圭多·圭尼泽利（Guido Guinizzelli，1235—1276）是意大利中世纪晚期的著名诗人，被但丁称为“温柔新体”诗派之父，是该诗派的创始人。

[3] 我来到炼狱净化灵魂，是因为我在死前就忏悔了自己的罪过。按照基督教的教理教义，死前忏悔了罪过的基督徒，死后灵魂可以进入炼狱接受净化，得到净化的灵魂可以升入天国。

[4] 这里可能指的是“温柔新体”诗派另外两位重要的代表人物：圭多·卡瓦尔坎迪（Guido Cavalcanti）和奇诺·皮托亚（Cino da Pistoia，另译：奇诺·皮斯托亚）。

[5] 指圭多·圭尼泽利，但丁将其视为“温柔新体”诗派之父，因而此处称他为“众人的父亲”。

[6] 吕古戈（Ligurgo，另译：吕古耳戈斯）是希腊神话中涅墨亚王国的国王，他命令女奴许普西皮勒看护幼小的王子。有一天，许普西皮勒抱着小王子坐在林中，前往攻打忒拜的大军路过，焦渴难忍。她放下小王子，指引兵士寻找林中的兰癸亚泉水；因为这一疏忽，小王子被毒蛇咬死。吕古戈悲愤交加，决定处死许普西皮勒。在即将行刑之际，她的两个儿子赶到，冲入刑场，使母亲免于一死（参见《炼狱篇》第22章第112行注）。

[7] 诗人说，他就像许普西皮勒的两个儿子在刑场上见到母亲时那样激动，只是情感的表现没有那么明显而已。

[8] 表现出但丁对圭尼泽利的崇敬和深厚的情感。

随后对他表示效力意愿，
我肯定他信此真实情感。
他说道：“你的话非常清晰，
留深刻之印象于我心间，
忘川水洗不掉，模糊亦难[1]。
你发誓所说话全都真实，
关注我、口吐言把爱表现，
请明示你之爱来自何源[2]。”
我答道：“若俗语创作继续，
您那些手稿便珍贵无限，
因它们记录下温柔诗篇[3]。”
他说道：“噢，兄弟啊，我请你看。”
手指向前面魂他又吐言：
“母语的佳工匠[4]就在那边。
他情诗与小说胜人一筹：
让那些大傻瓜乱语胡言，
竟认为利摩日[5]更应颂赞。
他们都听传言，不识真相，
未曾闻艺术和理性发言，

[1] 圭多・圭尼泽利说：你的话既清晰又真实，在我的心中留下了深刻的印象，即便是用忘川河水冲洗，也无法使其消失，连使它模糊都很困难。

[2] 你如此用心且谦恭地关注我，又说出这样友好的话语，这都表示出你对我的爱戴，那么，这种爱戴又源自何处呢？

[3] 如果俗语诗歌创作还能继续发展，您的那些诗歌的手稿将越来越珍贵，因为它们记载着“温柔新体”诗派的重要作品。在但丁时代，意大利语尚未形成，人们主要还是用拉丁语写作，俗语（后来的意大利语）文学刚刚诞生；“温柔新体”诗派的抒情诗是意大利那个时代最重要的俗语作品的组成部分，该诗派之父圭尼泽利的诗作自然十分珍贵。

[4] 指著名的普罗旺斯行吟诗人阿尔诺・丹尼尔（Arnaldo Daniello/Arnaut Daniel）。

[5] 利摩日（Lemosì）是法国中南部的城市，当时属于普罗旺斯。此处指出生在利摩日的普罗旺斯行吟诗人吉洛・波尔奈尔（Gerardo da Borneil）。显然，这里，但丁认为阿尔诺・丹尼尔的诗比吉洛・波尔奈尔的更好。

便先行做出了如此武断[1]。
众人对圭托内亦是如此，
给予他高评价，口口相传，
后出现许多人，真相方辨[2]。
你既然有如此广大特权，
被允许去耶稣掌管寺院[3]，
基督在那寺院担任住持，
我请你祈祷于他的面前，
只为了此世界[4]需要祈祷，
在这里我们已无罪可犯[5]。”

阿尔诺·丹尼尔

或许为让位那附近灵魂[6]，
他说完便逝于熊熊烈焰，
就像是鱼潜入水底一般。
我略微靠近那被指之人，
告诉他我心中那份意愿：
为其名已备下惬意房间[7]。
于是他欣然地开口说道：
“您殷切之请求令我喜欢，
我不能也不想对你隐瞒。

[1] 那些胡言乱语的人，人云亦云，根本不考虑艺术造诣，也不依靠理性分析优劣，便做出如此错误的判断。

[2] 众人也是这样对待圭托内的诗歌作品，不做认真的分析便赞美那些作品，并口口相传；后来又出现了许多更优秀的诗人（指圭尼泽利、卡瓦尔坎迪、奇诺等“温柔新体”诗派的诗人），人们才明白他的诗并不那么好。

[3] 隐喻天国。

[4] 指炼狱。

[5] 只祈祷我们尽快升入天国（这是炼狱中的灵魂唯一的期盼），不必祈祷我们能够避免犯下新的罪孽，因为在炼狱中我们已经不可能犯罪了。

[6] 指圭尼泽利前面指给但丁看的灵魂，即阿尔诺·丹尼尔的灵魂。

[7] 但丁告诉阿尔诺·丹尼尔，他非常愿意将其名牢记心间。

我名叫阿尔诺，边走边唱，
痛苦地凝视着以往疯癫，
欣喜见期盼日就在眼前[1]。 144
以引您登至高阶梯者[2]名，
我现在请您在适当时间，
想起我忍受的痛苦磨难[3]！” 147
随后便隐于那净身火焰。

[1] 阿尔诺说：我痛苦地回忆以往所做的疯狂之事（指书写爱情诗歌），非常高兴地看到我迫切期盼的进入天国的日子已经不远了。

[2] 指上帝。

[3] 我以上帝的名义，请求你能在适当的时候想起我在这里所忍受的痛苦。其言外之意是请但丁为他祈祷，以便他能够更快地升入天国。

第 27 章

白昼将尽，天使邀请但丁踏入火焰。但丁十分害怕，在维吉尔的鼓励下才克服恐惧心理，伴随着赞美诗声，走上夹在巨岩缝隙中的通往地上乐园的石梯。此时，夜幕降临，维吉尔和斯塔齐奥看护着疲惫的但丁睡卧在石梯上。但丁梦见了《旧约》中的人物利亚。醒来后，维吉尔和斯塔齐奥陪同他继续上行，最终登上了炼狱山顶的地上乐园。维吉尔告诉但丁，他已获得了自由意志，可以凭借自由意志在地上乐园中行走，之后贝特丽奇将引导他进入天国。

天使邀请但丁进入火焰

太阳公把光线投向那片，
造物主曾洒下热血地面[1]，
埃布罗流淌于“天秤”之下[2]，
正午的日光把恒河点燃[3]；
当白昼渐渐地离去之时[4]，
上帝的使者[5]便愉快出现。
他站在火焰外环路边沿[6]，
口中唱：“清心者洪福无限[7]！”
洪亮音凡人声难与比肩。
随后说：“神圣魂，请入火中，
未被火灼烧者不能向前，

[1]“造物主曾洒下热血地面”指耶稣牺牲的地方，即耶路撒冷。

[2] 埃布罗（Ibero）河流过西班牙的北部，此处的“埃布罗”泛指西班牙。诗意为：此时，西班牙正处于天秤座下方。

[3] 正午的烈日照耀在恒河（印度）之上。

[4] 此时，炼狱开始进入夜晚。

[5] 指炼狱第七级的看护天使。

[6] 站在火焰烧不到的环路的外沿。

[7] 这是《新约 · 马太福音》第 5 章中耶稣登山训众、论福时说的话，整句话是：“清心者洪福无限，因为他们必得见上帝。”

那边歌[1]可传入你耳里面。”
这时候我已经近其身边，
闻此言立刻便面色惨变，
就像是被投入坑中一般[2]。
我双手交叉着[3]探身观火，
脑中即展现出恐怖场面，
似见到焚尸景出现眼前[4]。

维吉尔的鼓励

我善良陪伴者[5]转过身来，
“孩子呀，”维吉尔开口吐言，
“在此处不会死，只须受难[6]。
你记得，你记得，一定记得！
我领你安全登格律翁肩[7]，
现引你靠近主，有何危险[8]？
应确信，即便是进入此火，
将足足被焚灼一千余年，
你半根须发也不会烧断。
假如是认为我把你欺骗，
靠近它，你亲手实验一番，

[1] 指从火的那一边传来的歌声。

[2] 但丁听到，要想继续前行，就必须进入烈火之中，因而被吓得面无血色，就像是被投进了埋葬死人的墓坑中一样。

[3] 表现出一副恐惧的样子。

[4] 但丁的脑中出现了焚烧死尸的恐怖场面。

[5] 指陪伴着但丁的古罗马诗人维吉尔和斯塔齐奥。

[6] 这里不会有地狱中如死亡一样的极端的痛苦出现，诸灵魂仅仅需要忍受改过自新的苦难而已。

[7] 见《地狱篇》第 17 章第 79-80 行。此处，维吉尔只举出一处地狱的境况，这足以使但丁回忆起地狱的恐怖，从而对比出炼狱与地狱的不同。

[8] 现在我引导你已经越来越靠近天主，你不会有危险了，又何必害怕呢？

烧衣边可使你坚定信念[1]。
请抛弃所有的恐惧之感，
转过身，走入火，十分安全！”
我虽然很自责，却不动弹。
他不悦，开言道：“贝特丽奇，
被此墙[2]隔在了你的那边。”
他见我不移步便吐此言[3]。
当听见提斯柏名字之时，
皮拉莫临终前睁开双眼，
桑葚便都变得十分红艳[4]；
闻我心常念的女子芳名，
我身体朝智慧向导移转，
固执的态度也变得柔软。
摇摇头，他说道：“你怎么了？
难道说我们要滞留这边[5]？”

---

[1] 如果不相信我的话，就来试一试这团烈火，用它烧烧你的衣服边，你会发现，它无法将其点燃，因而也不会烧伤你，这样你就会更加坚定穿过此火继续前行的信念。

[2] 指挡在但丁面前的烈火之墙。

[3] 维吉尔见用理性分析无法说服但丁，就试图借助隐喻基督教信仰的贝特丽奇来启示但丁。

[4] 据古罗马诗人奥维德在《变形记》第 4 卷中讲，皮拉莫（Piramo，另译：皮拉姆斯）和提斯柏是古巴比伦的一对相亲相爱的年轻人，他们渴望结成连理，但双方父母反对，禁止二人来往。二人决定私奔，相约深夜出城，在一棵桑树下见面。提斯柏先到，突然见到一头雄狮，恐惧的少女慌忙躲藏起来，匆忙中把外衣丢在地上。雄狮刚刚吃了一头牛，本想在桑树旁边的小溪处饮水，并洗一洗沾满血迹的嘴脸；见到提斯柏丢在地上的外衣，便在上面擦拭嘴上的血，随后离去。皮拉莫来到时，见到了沾满血迹的提斯柏的外衣和狮子的足迹，以为心爱的人被野兽吃掉，痛碎心肝，拔剑自杀。提斯柏赶到，见皮拉莫倒在血泊之中，便不断呼喊道：“皮拉莫，回答我呀，是你最亲爱的提斯柏在叫你呀。”奄奄一息的皮拉莫听到呼喊，慢慢地睁开沉重的眼皮，看了看提斯柏，随后便死去。绝望的提斯柏也用同一把剑自杀身亡。二人的鲜血浸透了桑树根，传至长在桑树上面的桑葚，致使桑葚变成了红色。此处，但丁提及这段感人的爱情故事，意欲表示，心爱女子的芳名具有令死人复苏的力量，因而，他听到贝特丽奇的名字，立刻精神振奋起来。

[5] 维吉尔看到但丁的样子，感到很好笑，于是对他说：既然你已经精神振奋了，还傻站在这儿干什么，难道我们要长期滞留在这里吗？

似微笑用甜果诱童一般[1]。
于是他[2]便邀请斯塔齐奥，
入火时跟随在我的后面，
受邀者曾行于我俩中间[3]。
一入火我便想逃避炙热，
恨不能进熔化玻璃里面[4]；
欲表示其热度难寻语言。
慈父般老师[5]谈贝特丽奇，
“我似乎已看见她的双眼。”
一边走他一边把我慰勉[6]。
那边有一歌声引导我们，
我们便凝神随歌声后面，
走出火，来到了上行地点[7]。

但丁睡卧在阶梯上

“蒙我父[8]赐福者，你们来吧[9]！”
声音从一片光传至这边，
我不能观看它，因为刺眼。

[1] 维吉尔对但丁的样子就像一个微笑的大人在用香甜的果子引逗孩童。
[2] 指维吉尔。
[3] 本来维吉尔走在前面，随后是斯塔齐奥，但丁跟在他们二人后面；此时，维吉尔仍然在前面引路，但他请斯塔齐奥跟在但丁的后面，把但丁夹在中间，以保障但丁能安全地穿过火墙。
[4] 熔化了的玻璃温度是极高的，但远不如炼狱中的烈火，在炼狱烈火中的但丁恨不能进入熔化了的玻璃中乘凉。
[5] 指维吉尔。
[6] 维吉尔谈论着贝特丽奇，说她就在前面不远处，现在似乎已经能够看见她明亮的眼睛，以此来安慰和勉励但丁。
[7] 从火墙那边传来歌声，那歌声引导我们穿越火墙，来到上行的地点，即登上地上乐园之处。
[8] 指天父，即上帝。
[9] 这是《新约·马太福音》第 25 章中所提到的耶稣在最后审判之日将对得救的诸灵魂说的话。

它又说[1]：“日将沉，夜幕降临，
你们应急迈步，不要停站，
切莫待西方天漆黑一团。”
那山路穿巨石一直上行，
致使我背朝日、截断光线，
那时候太阳已低垂下面。
刚登上数阶梯我们发现，
日已落，在我和智者[2]眼前，
身体的影子已消失不见。
地平线之上的广阔空间，
还没有完全都变黑之前，
我们便各自把阶梯作床[3]，
那时候夜尚未全面铺展；
因此山天性夺力量、欲望，
使我们无法再继续登攀[4]。
成群的羊儿在吃饱之前，
山峰上急奔跑，固执、傲慢，
当烈日灼烫时，静避阴影，
温顺地反着刍细嚼慢咽，
放牧人手拄杖，令羊休息，
他要把山羊群仔细照看；
在空旷露天处临时过夜，
巡视于他宁静羊群周边，
细观察，为防止野兽侵犯；
我三人也好像羊儿、牧人，

[1] 那声音又说。
[2] 指维吉尔和斯塔齐奥，在但丁的眼中，他们是古罗马的著名诗人和智者。
[3] 我们每个人都睡卧在一个阶梯上。
[4] 上天赋予炼狱的自然属性是不允许夜幕降临后灵魂继续向上攀登，因而，天黑后，它会剥夺上行者攀登的力量和欲望。

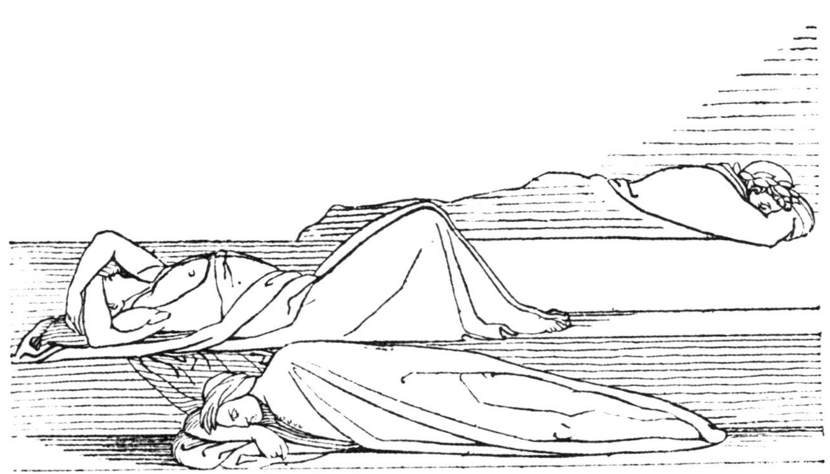

诗人们在休息

我似羊，他们如牧人一般[1]；
左与右都遮挡高高山岩[2]。
那里只露出来一线天空，
但是我却能见群星灿烂，
它们似比平时更加耀眼。
我望星，思不断，进入梦乡，
睡梦中人常把未来预见，
事未发，消息却知晓在先。

但丁梦见利亚

燃烧着爱火的库忒瑞亚[3]，
我觉得其明亮美丽光线，
从东方刚照入此山之中[4]，
一美丽少女[5]便入我梦间，
我见她行走于荒凉原野，
采着花，唱着歌，口中吐言：
“谁若问我名字便应知道，
利亚我行走时手动不断，
美双手为自己编造花环。
为镜中自喜欢在此装饰；

[1] 我们三人也像在野外休息的羊和牧人。我就像是羊，维吉尔和斯塔齐奥就像是看护我的牧人。

[2] 此时，但丁、维吉尔和斯塔齐奥正处在开凿于巨岩中间的上行的石梯上，因而，左右两侧都是高高的岩壁。

[3] 库忒瑞亚（Citerea）是希腊－罗马神话中爱神维纳斯的别称。库忒拉是古希腊的一座岛屿，据说美丽的女神维纳斯诞生于拍击该岛的浪花，因而维纳斯又被称作库忒瑞亚。在西方的许多语言中，维纳斯的名字与金星一词谐音，所以金星也被视为“爱神星”。此处，诗人用库忒瑞亚来表示金星，即爱神之星，因而说“燃烧着爱火的库忒瑞亚”。

[4] “此山”指炼狱山。但丁认为，金星比太阳早一段时间出现在炼狱的地平线上。此处诗句的意思是，黎明之前金星刚出现在东方之时。

[5] 指《旧约》中的人物利亚。

但妹妹拉结却不离镜边，
整日里坐在那（儿），不动半点[1]。
她爱看自己的那双丽眼，
似我爱用双手精心打扮；
我行动方满足，她需静观[2]。”
破晓前鱼肚白已经升起，
返乡的朝圣者距家不远，
这晨辉令他们更加愉悦；
黑暗的夜晚已四处逃散，
睡梦也随之去，我坐起身，
见大师[3]早已经站立身边[4]。

进入地上乐园的但丁获得了自主意志

“尘世人费心机寻找甜果，
于布满枝与叶树冠之间，
它今日可使你饥饿消散[5]。”
维吉尔对我吐上述之言；
从未曾见礼物如此这般，

[1] 我精心地用花环打扮自己，为的是能在镜子中看见自己更美丽、更令人喜欢的容貌；而我那美丽的妹妹拉结却总是不做任何修饰地坐在镜子前面，孤芳自赏。

[2] 利亚（Lia）和拉结（Rachele）是《旧约》中的人物，她们是姐妹，都是以色列族长雅各的妻子。雅各爱上了美丽的拉结，希望同她结婚，拉结的父亲拉班却要求雅各为他牧羊 7 年。但在婚礼之夜，拉班却在雅各不知情的情况下安排他与拉结的姐姐利亚同房。后来，雅各知道了真相，仍然坚持要娶拉结为妻，拉班便要求他再为其牧羊 7 年。雅各又为岳父牧羊 7 年，终于把美丽的拉结迎娶回家。在基督教的教义中，利亚象征依靠行动获得幸福，而拉结则象征依靠沉思获得幸福；前者是达到尘世幸福的途径，后者是达到天国永福的途径。

[3] 指维吉尔和斯塔齐奥。

[4] 夜晚的黑暗已经散去，曙光就在眼前；但丁像一位就要返回家中的朝圣者见到了新一天的晨辉，心情十分愉悦，因为他当天就能见到家乡和亲人。但丁醒来后，坐起身来，看见维吉尔和斯塔齐奥已经站在他的身边。

[5] “寻找甜果”隐喻世人渴望获得尘世幸福，“甜果”象征地上乐园中的快乐。这几行诗的含义是：今天你就可以到达地上乐园了。

使这等大欢喜入人心田[1]。
上行的欲望在层层叠加[2]，
致使我每一步似飞于天，
感觉到有羽翼生在背肩。
我们已登上了最高台阶，
飞快地把石梯踩在下面，
此时刻维吉尔盯我说道：
“暂时与永恒火[3]你都看见，
孩子呀，现在你到达这里，
再向前之道路我也不辨[4]。
我凭借智与巧[5]领你至此，
现意愿可引你自行向前：
你已脱陡与窄道路危险[6]。
你可见日光已直射额面[7]，
你可见草与树、花儿鲜艳，
这片土把它们自生此间[8]。
哭泣着来找我那双丽眼[9]，
欢快地来到你身边之前，

[1] 维吉尔的话是送给我的最大礼物，太令我高兴了；世上再没有比这更大的礼物了。

[2] 此时，但丁继续向上行走，尽快到达地上乐园的愿望越来越强烈。

[3] “暂时火”指炼狱之火，因为炼狱的痛苦是暂时的；“永恒火”指地狱之火，因为地狱的痛苦是永恒不灭的。

[4] 维吉尔说：我已经引导你到达了这里，不能再带你向前走了，因为前面的道路（天国之路）我也不认识。这表明象征理性的维吉尔的能力是有限的，理性无法到达的地方，需要上天启示（即信仰）的引导。

[5] “智与巧”指人的理性和智慧。

[6] 现在你已经脱离了陡峭、狭窄道路的危险，你的意志已经是自由的了，它可以独自地引导你前行。

[7] 你看到，阳光已经直接照在了你的额头。显然，此时但丁面向东方；但此处的诗句还有一层隐喻之意，即上帝已经把光直接照在了但丁的额头上，从而完全擦掉其额头上的罪过印记（炼狱守门天使所刻下的印记）。

[8] 这里的花、草和树木都是自生自长的，不需要人的呵护和辛苦照料；这与基督教神学家们诠释的《圣经》所描述的伊甸园的情况相符。

[9] 指贝特丽奇的双眼。见《地狱篇》第 2 章。

你可坐，可游荡它们中间[1]。
不需再等待我说话、示意，
你意志已自由、正直、健全，
如若不遵其意便犯错误，
因而我为你戴双重王冠[2]。”

[1] 贝特丽奇到来之前，你可以坐等，也可以在花、草、树木之间游荡。

[2] “双重王冠”象征中世纪的两个最高权力（即掌握在皇帝手中的世俗政权和掌握在教宗手中的神权）。但在此处，“双重王冠”只泛泛地表示但丁已经具有了自主的权力，即已经具有了完整的自由意志。

第28章

但丁来到地上乐园，他的注意力完全被这里全新的、使人愉快的景色所吸引。他走入令人赏心悦目的圣林，永恒不变的微风吹拂着林中树木的枝叶，枝头上的鸟儿欢快地鸣叫，一条清澈的小河在林中流淌，河岸上鲜花盛开。在小河的对岸，但丁看见了一位美丽、端庄的女子（玛蒂达）一边歌唱，一边采花。女子向但丁介绍了地上乐园、圣林、忘川和忆涧，并讲解了炼狱山顶为何会有风，圣林中的植物如何把种子播撒到北半球人类居住的尘世，以及忘川和忆涧的不同功能。

地上乐园的圣林

我渴望探索那圣林内外，
它浓密而且还生机盎然，
可以使清晨光柔和、悦眼[1]；
于是我不等待，离开边沿[2]，
慢慢地走入了旷野一片，
脚下土把香气散发空间[3]。
永远都不变的温柔之风[4]，
轻轻地吹拂着我的额面，
似尘世之和风那般绵软[5]；
枝与叶因而便微微抖颤，
树冠都向同一方向略弯，
均垂向圣山的初影那边[6]；

[1] 浓密的枝叶挡住了阳光，使其不再刺眼。
[2] 刚登上炼狱山顶时，但丁、维吉尔和斯塔齐奥站在地上乐园的外围。
[3] 地上乐园的土地到处都散发着芳香的气息。
[4] 炼狱的风不受尘世气候的影响，因而其强度和方向没有变化。
[5] 如同但丁在尘世遇到的微风一样柔和。
[6] “圣山”指炼狱山，“初影”指太阳刚升起时投下的影子；此处指西面，因为从东方升起的太阳自然会把树的影子投向西面。诗意为：树冠都略弯向了西面。

但并未失掉其正直姿态，
使鸟儿不能在树梢立站，
无法把它们的技能[1]施展；
鸟儿仍充满了欢乐之情，
为迎接黎明至歌声婉转，
瑟瑟的树冠声将其陪伴；
西洛可受命于埃俄罗斯[2]，
基雅西[3]海岸边松林摇颤，
枝与枝把美音相互递传[4]。

清澈小河与美丽女子

缓慢步带我至古老森林，
我已经深进入树木之间，
以至于再难寻走入地点；
忽然见一道水拦住去路，
青青的嫩草儿生于河岸，
细细浪推小草折腰左边[5]。
它流至永恒的阴影[6]之下，
看上去似乎是有些昏暗，
因日月均难以射入光线；
尘世间所有的纯净之水，
与其比都似有杂质可见，

[1] 指鸟儿的欢跳、鸣叫和建造巢穴等技能。

[2] 埃俄罗斯（Eolo）是希腊神话中的风神，西洛可（Scirocco）是从北非撒哈拉沙漠吹向意大利的一种炎热的南风。

[3] 基雅西（Chiassi）是但丁时代意大利拉文纳地区的一个港口。

[4] 此时，圣林在和风吹动下轻轻摇摆，发出瑟瑟之声，与鸟儿的鸣叫合成婉转的音乐，就如同风神埃俄罗斯指令西洛可风吹向基雅西松林，致使松林的枝叶相互传递出优美的摇曳声一样。

[5] 此时，但丁从西向东走，小河则从南向北流淌，但丁的左侧是小河的下游方向；向下游流淌的河水，把河边的草冲得向左边弯曲。

[6] 指阳光永远无法射入的茂密森林的阴影。

而此水却不藏异物半点。
我更加放慢了前行脚步，
把目光投向那小河对岸，
欲欣赏枝叶上姹紫嫣红，
忽然见一女子[1]独自出现；
就好像某个人正在沉思，
突发事惊得他转移视线。
那女子一边走一边歌唱，
采撷的朵朵花十分鲜艳，
是花儿推着她行进向前[2]。

但丁请美女靠近

我说道："噢，爱之光温暖你身，
美女呀，我相信人的容颜，
通常会把他的内心体现[3]；
若如此，恳求你移步向前，
请来到小河的对面岸边，
以便我能听清你唱之言。
你令我想起了一个故事：
普洛塞耳皮娜被劫那天，

[1] 此女子叫玛蒂达（Matelda，另译：玛蒂尔达），但直到《炼狱篇》结束时诗人才说出她的名字。她的任务是引导进入地上乐园的灵魂饮用忘川河水，使他们忘掉尘世的邪恶，随后再饮用忆涧之水，使他们恢复对善的记忆，从而完成净化的全部过程。有人认为，地上乐园中的玛蒂达是历史中的真实人物——著名的玛蒂尔达女伯爵（Matilda da Canossa，1046—1115）的化身，她是教宗格里高利七世的密友，在皇帝与教宗争权的斗争中支持教宗。

[2] 是采撷美丽花朵的欲望推着女子向前行走，因为她看见前面有更鲜艳的花朵。

[3] 引申意思为：你容貌如此美丽，心地也一定十分善良。

地上乐园

母丢失亲生女，春不灿烂[1]。”
转身时她双足贴地自旋，
就如同跳舞的女子一般，
左右足不分离，紧紧相连；
像站在红黄色花儿之上，
一圈圈旋转着移步向前；
似处女低垂下害羞双眼。
她走近并发出温柔之音，
那歌声与词义入我耳间，
满足了我心中求知意愿。

楚楚动人的美女

近河处草儿被漪涟浸湿，
她一到被湿草覆盖河岸，
便赐我一厚礼：抬其丽眼。
我不信维纳斯被儿误伤，
眼睫下闪射出爱情光线，
会比这明亮眼更加灿烂[2]。
站对岸，她微笑，亭亭玉立，
用双手编色彩斑斓花环，
不播种花自生这片高原[3]。

[1] 普洛塞耳皮娜（Proserpina，另译：普洛塞庇娜）是罗马神话中的人物，即希腊神话中的珀尔塞福涅。据希腊－罗马神话讲，她是主神宙斯和谷物女神德墨忒耳之女，十分美丽。一天，正当她在草地上采花时，冥王哈得斯突然出现，将其掳入冥府，强娶为妻。德墨忒耳悲痛万分，到处寻找女儿，以致田地荒芜，谷物不收，人类陷入饥饿之中。主神宙斯只得出面裁决，令冥王哈得斯准许普洛塞耳皮娜每年春天返回母亲身边居住；因而，每当普洛塞耳皮娜返回母亲身边时，万物复苏，草木发芽，大自然呈现出一幅春意盎然的景象。

[2] 据奥维德的《变形记》讲，一次小爱神亲吻母亲维纳斯，不慎背上的箭尖划伤了维纳斯的胸部，致使她眼中放射出狂热爱恋英俊少年阿多尼斯的明亮光线。诗人说，他不相信维纳斯放射爱情之光的眼睛会比面前这位美丽少女的眼睛更明亮。

[3] 炼狱山顶不需要人工撒种，花便可以自行发芽、生长和绽放。

薛西斯曾经越赫勒斯滂，
它至今仍制止人类傲慢，
不及河隔我们三步之远[1]；
塞斯托[2]、阿比多[3]之处过海，
莱安德比我恨相差甚远，
因此河不敞开，难至彼岸[4]。

美女请但丁提问

她说道：“你们都刚刚到达，
这一个选定的人居地点[5]，
或许是因为我方才微笑，
便惊愕、疑惑情显现于颜[6]；
但‘令我高兴’的圣咏闪光，
可驱散你们的心智疑团[7]。

---

[1] 薛西斯（Serse，约前 519—前 465）是古波斯帝国的君王，野心勃勃，公元前 480 年亲率大军，跨越赫勒斯滂海峡（即现在的达达尼尔海峡），远征希腊，发动第二次希波战争。他曾经攻入雅典，洗劫了这座文化名城，后惨败于以雅典为首的希腊联军之手。薛西斯的狂妄之举为后世的傲慢者敲响了警钟，因而此处有“它至今仍制止人类傲慢”的诗句。诗人说，他面前的小河只有三步之宽，而他却觉得薛西斯所跨越的赫勒斯滂海峡都没有它宽，以此来表示他意欲靠近河对岸美丽女子的迫切心情。

[2] 塞斯托（Sesto，另译：塞斯托斯）是古代色雷斯地区的一座城。

[3] 阿比多（Abido，另译：阿比多斯）是古代小亚细亚地区的一座城。

[4] 据古代传说讲，莱安德（Leandro）是阿比多城的一位英俊少年，他与塞斯托城一位维纳斯的女祭司相爱。两城在赫勒斯滂海峡两岸相对而立，莱安德每天夜里游过海峡与情人相会；一个暴风雨之夜，他不幸被汹涌的波涛吞食。女祭司闻讯痛不欲生，也投海自尽。诗人说，莱安德对赫勒斯滂海峡的仇恨比不上我对面前小河的仇恨，因为这条小河不敞开一条道路让我通过。

[5] 位于炼狱山顶的地上乐园（即《圣经》中所说的伊甸园）是上帝为人类选定的最初的居住地点。

[6] 采花的女子认为，在伊甸园里，人们自然会想起人类始祖亚当和夏娃的悲惨下场，从而产生悲伤的情感；但此时，但丁等人却见到她微笑，这必然会引起他们的惊愕，所以说出这几句话。

[7] “令我高兴”是《旧约・圣咏》第 92 篇中的词句。采花的女子认为这篇圣咏足以说明她为什么微笑。

在前面行走者[1]，你曾求我，
有疑问，请提出，我愿解难，
来回答你问题，直至意满。”
我说道：“这水与森林之声，
有悖于我刚刚相信之言，
依我看，事实与传闻相反[2]。”

美女讲解地上乐园及其圣林

她答道：“我要说事情根源，
讲一讲你为何惊愕万般，
以驱散困扰你浓雾谜团。
至高善会唯独喜爱自己[3]，
并使人心仁慈，性情向善，
赐此地，保证他永享宁安[4]。
由于他之过错，暂居于此，
由于他之过错，欢笑转换，
变成了此处的哭泣、磨难[5]。
下方的陆地与江河湖海[6]，

[1] 指但丁。进入地上乐园后，但丁一直走在维吉尔和斯塔齐奥的前面。

[2] 但丁看到了河中的流水，听到了树林被风吹得发出瑟瑟之声，觉得这有悖于他刚刚接受的一种观点。这种观点指的是他在炼狱第五级中听到的斯塔齐奥的解释。斯塔齐奥曾说：炼狱山门以上的地方，不受人间气候的影响，因而没有风、雨、雪、雹、霜、露、雷、电等天气现象（见《炼狱篇》第 21 章），然而，此时但丁却在地上乐园听到了树林被风吹的瑟瑟声，见到了小河潺潺地流动；他认为，有河必有水源，水源也必然由雨、雪、冰雹等补充所流失的水；这些情况都违反了斯塔齐奥所讲解的道理。

[3] “至高善”指上帝。只有上帝是完美无缺的，因而上帝只喜欢自己。

[4] 至善的上帝使不完美的人类也倾向于善，并赐给他这块地上乐园，以此保证他永远享受幸福和安宁。

[5] 由于人类始祖自己的过错，盗食了禁果，只能在地上乐园居住很短时间，因而，人类原本的欢笑变成了炼狱中受惩戒的灵魂的哭泣和磨难。

[6] 指地球上的江河湖海和陆地。

其水被日照射升腾空间[1]，
搅扰了空气的宁静、平安；
为不给这里人造成危害，
此山便耸入云，直指苍天，
锁住的山上面不受其乱[2]。
因大气[3]陪伴着原动力天，
一直在天空中不断盘旋[4]，
若旋转无环节受到阻碍，
在此处自由的高高空间，
该运动也会使树木抖颤，
密枝叶瑟瑟声便会不断[5]；
被撼动植物把生殖能力[6]，
灌注在摇晃的空气中间，
游动气将此力播撒四面；
另片土[7]也靠它[8]、气候条件，
孕育出不同的植物万千，
致使其扎根于新的家园[9]。
若此处不耕种植物生根，

[1] 在炎热太阳的照射下，地球上的水被蒸发到空中。

[2] 为了使炼狱中的灵魂不受大气变化的干扰和危害，炼狱山才高耸入天，并把大气锁在下面，使炼狱山门里面的各级不受大气搅扰。

[3] 指大气层。

[4] “原动力天”指亚里士多德所提出的“原动天”。亚里士多德首次尝试解释宇宙的运作机制，他提出，地球处于宇宙的中心，地球外面围绕着九重天环，第九重天环是原动天，它推动其他天环围绕地球旋转，大气层也随其旋转。

[5] 但丁借助采花女子之口，讲述了他对宇宙的理解。他认为，大气层是伴随着原动天旋转的，即使这种旋转不遇到任何阻碍，位于完全摆脱气候影响的极高的高度的地上乐园，其圣林也会被旋转的大气层搅动，发出瑟瑟的响声。

[6] 指植物的种子。

[7] 指人类居住的北半球。

[8] 指种子。

[9] 地上乐园的种子也飘至人类居住的北半球，在那里，根据自己所属的类别和气候条件，孕育出各种植物；这些植物在新的家园（人间）扎根，生长。这种观点来自托马斯·阿奎那的理论，他认为人间的一切植物都源于伊甸园，即地上乐园。

谁听了我上述这番论断，
便不会惊愕得圆睁双眼[1]。
应知道，你所在这块圣地，
各植物繁殖力遍撒地面，
有些果尘世间不曾看见[2]。

忘川与忆涧

你眼前这道水非同一般，
普通水靠蒸气凝成源泉，
因而见河流量时增时减[3]；
它来自稳定且可靠之源，
潺潺地向两边流淌不断，
流多少，补多少，遵主意愿[4]。
向这边流来的河中之水，
洗罪恶之记忆，不留半点，
善事的记忆则那边水还[5]；
流淌于这边的水叫‘忘川’，
流淌于那边的水唤‘忆涧’，
如若不先饮水，功能难辨[6]；
此水比其他水味道更甜。

[1] 不需要耕种，地上乐园的植物就能生根、发芽、成长；谁若是听了我上面的讲解，就不会对此感觉到惊愕。

[2] 你应该知道，在地上乐园的圣林中，到处都是各种植物自然播撒的种子，许多植物长大后结出的果实是尘世无法见到的。

[3] 你眼前这道河与其他河不一样，其他河靠水蒸气凝结成云后降下来的雨雪补充水源，因而我们可以见到，降水量大时河水就增加，降水量小时河水就减少。

[4] 这里的水源是稳定和可靠的，它分成两岔，形成不同的两条河；按照上帝的意愿，流走多少水，就会补充多少水，因而河中的水量是稳定的。

[5] 流向这边的河水，可以洗净对罪过往事的记忆，而流向那边的河水能恢复对美好事物的记忆。

[6] 如果不饮用忘川（Letè）和忆涧（Eunoè）的水，就无法辨别这两条河有什么不同的奇异功能。

美女对地上乐园的补充说明

尽管你渴望已充分满足，
我不必再向你解释疑难，
但还想做补充，令你喜欢；
我不信这些话对你无益，
即便它超出了许诺之限[1]。
古诗人做梦于帕那索斯，
把黄金时代及幸福颂赞，
或许其梦中地是此山巅[2]。
在此处，人始祖天真、无邪，
春永驻，各类果全能看见；
人人说此处水琼浆一般[3]。”
我转身，眼望向两位诗人，
见他们听完了这番论断，
二人都露出了微笑之颜；
随后我又朝着美女转脸。

[1] 我还要对你补充一些有益的话，尽管这已经超出了我刚才向你许诺的范围。

[2] “古诗人”主要指古罗马著名诗人奥维德，他曾在《变形记》中描述了人类黄金时代的状况。帕那索斯是古希腊的诗歌圣山，据希腊神话讲，主管诗乐的太阳神阿波罗和九位缪斯居住在那里。但丁认为，奥维德所描述的人类黄金时代如梦幻世界一般，或许那个世界指的就是天主教信仰中的地上乐园。

[3] 最初生活在地上乐园的人类始祖亚当和夏娃曾经天真、无邪，这里永远是春天，树上结满各类甜美的果子，河中流淌的水就像琼浆玉液一样。

第29章

但丁与美丽女子隔岸相望，并跟随她向河的上游走去；行走不足五十步，小河便朝东掉转方向，他二人也随着河转向东方。突然间，耀眼的强烈光线穿过森林，悦耳的旋律回荡在空中，正义情怀陡然生于但丁的心中，致使他谴责盗食禁果的夏娃。随后，但丁看见由一系列具有基督教象征意义的人与物组成的仪仗队：七支蜡烛台缓慢地走过来，蜡烛台后面紧跟着二十四位长老，长老身后是四个活动物，它们中间是一架两轮凯旋车，拉车的是一只鹰狮兽，凯旋车右轮旁有三位美女舞蹈，左轮旁有四位美女舞蹈。车后跟随着两翁、四叟、一老者。突闻一声炸雷，行进的仪仗队立刻止住脚步。

随美女前行，然后转向东方

那女子[1]就好像正在热恋[2]，
刚说完一席话，唱着又言：
“得遮掩其罪者洪福无限[3]！”
仙女们漫步在孤寂野林，
来往于树木的阴影下面，
有的要避太阳，有的迎日，
她也似诸婀娜女仙那般[4]，
逆水流沿着河碎步而行，
我随她小步走，隔着河岸。

[1] 指上一章所提到的圣洁女子玛蒂达。

[2] 这行诗令人想起“温柔新体”诗派著名诗人卡瓦尔坎迪的诗句“歌唱着，他们似热恋一般”，但此处的“热恋”已经不仅仅局限于男女的情爱，而是指人类的大爱。

[3] 此语源自《旧约・圣咏》第32篇，原话汉语译文为“得赦免其过，遮盖其罪的，这人是有福的”。此处“得遮掩”一词意思为“得到上帝宽恕”。

[4] 此处，玛蒂达就像漫步在孤寂野林中的仙女一样婀娜多姿。

两个人共行走不足百步[1]，
那河流便拐弯流向东边，
于是我也随河把身移转[2]。

谴责夏娃盗食禁果

我们向东方行没有多远，
女子便朝着我转过美面，
对我说："兄弟呀，请听，请看。"
强烈光突然间穿过森林，
林中的每处都光线耀眼，
致使我以为是一道闪电。
但闪电刚一现随即消逝，
此光却久不去，越来越灿，
我脑中生疑问："何物这般？"
悦耳的旋律在光中回荡，
于是我正义情陡生心间[3]，
便责怪夏娃女胆大包天[4]；
天与地皆服从上帝旨意，
一女子，刚成形，竟敢造反[5]，
不愿忍用任何面纱遮眼[6]；

[1] 此处，但丁采用了一种与众不同的奇特的表达方式，即"两个人共行走不足百步"；意思为：我们每人行走了不足五十步，总计不足百步。

[2] 刚才但丁跟随着女子逆河流方向朝南面走，走着走着，小河向东转了个弯（转弯后河水向西流淌），但丁也自然随着河转向了东面。

[3] 优美和谐的天籁之音使但丁心中突然产生了正义情感。

[4] 责怪胆大包天的夏娃偷食禁果，致使人类被上帝赶出地上乐园（即伊甸园）。

[5] 竟然在尚未见过任何尘世邪恶、没有受到尘世罪孽诱惑的情况下，自甘堕落，反叛上帝。

[6] 夏娃偷食了能使人看见世间丑恶的禁果，从而揭去了遮挡在眼前的面纱；是傲慢的好奇心使她不能忍受任何面纱遮挡在她的眼前。

若当初她能够忠诚侍主[1]，
那难表之快乐早就实现，
而且会享受得更加久远[2]。

呼吁缪斯赐予创作灵感

永福的最初果长满乐园[3]，
我惊愕，屏呼吸，行于其间，
心中把更大的喜悦期盼[4]；
我眼前绿色的枝叶下面，
似燃烧熊熊的一团火焰，
悦耳的歌唱声传至耳边。
噢，圣洁的处女[5]呀，为了你们，
我曾经忍寒冷，苦熬夜晚，
有理由请你们赐我恩典[6]。
助我需赫利孔[7]、乌拉尼亚[8]，
前者应为我涌汩汩清泉，
后者把难叙事转成诗篇。

---

[1] 指天主。

[2] 假如夏娃没有盗食禁果，我（以及全人类）早就能享受到伊甸园中的幸福，而且可以享受很久，一直到上帝召我入天国享受永福。

[3] 地上乐园中的幸福是天国永福的预演，因而可以把那里的甜美果实看作是天国最初的果实。

[4] 期盼见到贝特丽奇，从而在她的引导下升入天国。

[5] 指希腊神话中主管文艺的九位缪斯。

[6] 但丁说：缪斯啊，我曾经为了你们（即为了写诗歌）苦苦熬夜，忍受寒冷，因而有理由请求你们赐予我恩典，给予我写出优美诗篇的能力。

[7] 赫利孔（Elicona）是希腊神话太阳神阿波罗的圣山帕那索斯的一座山峰，九位缪斯的居住地。该山峰附近的阿加尼佩泉和希波克瑞涅泉被视为滋养希腊文化的圣泉。

[8] 乌拉尼亚（Urania）是九位缪斯之一，主管天文和占星术。此处，但丁请求乌拉尼亚帮忙，助他把天文学一类的难以讲述的事情写成诗篇。

第 29 章

七支蜡烛台

略向前似乎见七棵金树，
所立处与我们距离尚远，
因而那仅仅是一种虚幻；
“共对象[1]”会欺骗感觉器官，
距离远，我难辨所有特点，
但当我靠近那“七棵树”时，
洞察力为理性提供判断，
便察觉那只是七支烛台[2]，
并闻听“和散那[3]”歌声一片。
烛台上燃烧着明亮之火，
晴朗日午夜的望月光线，
也难比此处的蜡烛光焰[4]。
我望向维吉尔，充满好奇，
贤师也把眼睛转向这边，
他眼中惊愕情不差半点[5]。
于是我转脸看崇高之物[6]，
它们正朝我们慢行向前，

[1] “共对象”又称“共同感知对象”，与“独特感知对象”一词相对应，二者都是亚里士多德和经院哲学家们使用的哲学名词。后者指单独由一种感官感知的事物，如光，它只需视觉便可感知，因而它不会欺骗感官；而前者则是由多种感官共同感知的事物，如运动，它是由视觉和触觉感知的，这种感知对象能够欺骗感官，使感官产生错觉。

[2] 七支烛台象征上帝七灵，进而引申为圣灵的七大恩赐：智慧、聪明、谋略、坚毅、知识、怜悯、畏惧（畏惧上帝）。

[3] 据《新约》记载，耶稣骑驴进入耶路撒冷时，民众欢呼“和散那”，意思为：“上主啊，快来拯救我呀！”后来该词引申为赞美之意。

[4] 晴朗夜的满月光线也无法与其相比。

[5] 维吉尔也和但丁一样感到十分惊愕。

[6] 指前面提到的神秘的蜡烛台。

比新娘行走时还要舒缓。
那女子[1]呵斥我："为何如此？
只关注那几处光亮火焰，
而不看是什么跟随后面。"

二十四位长老

于是我便看到穿白衣者，
好像是紧跟在向导[2]后面；
那纯洁白颜色尘世未见。
河中水在左边反射烛光，
如若我望向那（儿），它似镜面，
必照出我身体左侧半边[3]。
我沿着这边岸行至一处，
与仪仗仅隔着小河水面[4]；
为看得更清晰止住脚步，
见蜡烛之火焰行走向前，
在身后留下了彩色空气，
就好像用画笔涂染一般[5]；
见空中呈现出七条彩纹，
太阳神曾做弓，其色明艳[6]，
提洛女[7]也用它把带织编[8]。

[1] 指玛蒂达。

[2] 好像蜡烛台是他们的向导。

[3] 河岸对面的蜡烛十分明亮，把但丁左侧身影清晰地投射到明净的水面之上。

[4] 请读者记住，此时但丁正沿着河边向东走，能到达与行进的仪仗队隔河面对面相望之处，这说明，仪仗队正从东向西行走。

[5] 现在但丁已经靠近仪仗队，他清晰地看到，烛台留下了似彩虹一样的彩色烟线，就像用画笔画出来的一样。

[6] 太阳神曾经利用这七条彩色的材料制作美弓（指彩虹），其色彩也是如此明艳。

[7] "提洛女"指希腊神话中的月亮女神阿尔忒弥斯，据希腊神话讲，她出生在希腊的提洛岛。

[8] 月亮女神阿尔忒弥斯也曾经用七条相似的彩丝编织腰带。

前行的长老

似旌旗一面面向后延伸，
其长度远超出我的视线，
两边纹相距有十步之远[1]。 81
我讲的极美艳天穹下面[2]，
二十四长老[3]均结对向前，
他们都头上戴百合花冠[4]。 84
口中唱：“在亚当女儿之中，
你有福，而且还超凡美艳，
受祝福，存万年，永世不变[5]！” 87

四个活动物

由上帝甄选的高贵之人[6]，
随后便离开了对面河岸，
留下了那一片鲜花、萃草， 90
又见到四动物接踵向前，
似天空光与光相互追随[7]，

[1] 七道彩色条纹最外面的两道之间的距离有十步之远，即整个彩带有十步之宽。

[2] 在我所讲述的点缀着七条彩带的极其美丽的苍穹之下。

[3] 隐喻圣哲罗姆（San Gerolamo）所译拉丁文《旧约》的 24 卷。

[4] 二十四位长老结成十二对向前行走，每个人头上都戴着百合花冠。百合花冠和前面提到的“纯洁白颜色”象征圣洁的信仰。

[5] 此话显然源自大天使加百列对耶稣即将诞生的预报。天使对圣母玛利亚说“你在妇女中是有福的”，但丁将其改为“在亚当女儿之中，你有福”。参见《新约・路加福音》第 1 章。

[6] 指刚才仪仗队中的那些人。

[7]《旧约・以西结书》和《新约・启示录》都曾经提到过长着翅膀的活动之物，《启示录》中说：“宝座中和宝座周围有四个活物，前后遍体都长满了眼睛。第一个活物像狮子，第二个活物像牛犊，第三个脸面像人，第四个像飞鹰。四活物各有六个翅膀，遍体内外都是眼睛。”这四个活动物象征四部福音书：第一个象征《马可福音》，第二个象征《路加福音》，第三个象征《马太福音》，第四个象征《约翰福音》。“天空光”指天空中的星座。这两行诗的意思为：十二对长老走过后，紧接着走过来象征四部福音书的四个活动物，就像天空中围绕地球旋转的星座，一个刚过去，紧接着又来一个。

每个都头上戴绿枝王冠[1]。
他们均身上长六只翅膀[2]，
羽翼上还生有许多亮眼[3]，
阿尔戈目不死便似这般[4]。
读者呀，我不想多说其状，
别的景催促我尽快展现[5]，
因而我不能够对此多言；
你可读以西结所著之书[6]，
书中说见其随风、云、火焰，
来自于寒冷的那片空间[7]；
你将在他书中见同境况，
羽翼数，约翰书如同我见，
前者却与我见相差较远[8]。

[1] 在基督教传统中，绿色象征希望。此诗句的意思为：四部福音书为已经被赎原罪的灵魂带来获救的希望。

[2] 据《旧约・以赛亚书》讲，六只翅膀是最高等级天使撒拉弗的典型特征，这种天使在天国中距上帝最近。此处，六只翅膀隐喻四部福音书的传播向更高、更广、更深的程度发展。

[3] 圣哲罗姆在其所译的拉丁语《圣经》的序中说，《新约・启示录》第 4 章中描述的四个活动物长着许多眼睛，这些眼睛可以看见过去和未来；此处但丁似乎也在隐喻这一点。

[4] “阿尔戈”（Argo，另译：阿尔戈斯）是希腊神话的百眼巨怪。阿尔戈奉天后赫拉命看守变成小母牛的伊娥。他睡觉时闭着五十只眼睛，睁着五十只眼睛。后来赫耳墨斯奉宙斯命对他吹笛子，讲故事，使他闭上全部眼睛，然后砍下他的头。这两行诗的意思为：如果阿尔戈不被杀死，不闭上全部眼睛，他的眼睛也会像这四只动物羽翼上的眼睛一样明亮。

[5] 别的景致也在催促我尽快展示它们。

[6] 以西结（Ezechiele）是以色列地区古代的一位先知，著有《以西结书》，该书构成《旧约》中的部分内容。

[7] “寒冷的那片空间”指北方。据《以西结书》讲，那四个活动之物随着风、云、火来自北方。

[8] 在《以西结书》中，四个活动物都长着四只翅膀，而《启示录》中则说，四个活动物都长着六只翅膀。但丁说，在这一点上，《启示录》的作者圣约翰的说法与他看到的情况更相符，而以西结的说法则相差比较远。

凯旋车

四物间有一辆凯旋之车[1]，
车下有两只轮[2]滚滚向前，
鹰狮兽拉其行，身驾车辕[3]。 108
兽将其双羽翼伸向天空，
入中纹与左右三纹之间[4]，
以至于不撕裂任何彩线。 111
那羽翼高伸至难见之处[5]，
鸟形的上身处黄金一般，
其他的部位都红白相间[6]。 114
罗马的西皮阿[7]、奥古斯都[8]，
未曾用此美车庆祝凯旋[9]，
日神车与其比亦显寒酸[10]； 117
后者因走错路被火烧毁，
虔诚的大地曾祈祷，呼唤，

[1] 隐喻基督教教会。

[2] 对“两只轮”有多种理解，有人认为隐喻《旧约》和《新约》，有人认为隐喻基督耶稣的人性和神性，还有人认为隐喻行动生活和静观生活。

[3] 鹰狮兽（grifone）隐喻基督耶稣，它象征基督耶稣的人神双重性，鹰狮兽驾辕隐喻基督耶稣引导教会前行。

[4] 七支蜡烛台拉出了七条彩色的烟线，鹰狮兽的翅膀插入了中间彩线与左面三条彩线和右面三条彩线之间。此形象象征耶稣的教理教义与圣灵的智慧和谐一致。

[5] 羽翼伸向高高的天空，直至眼睛难以看见的地方。隐喻上帝的意图高深莫测，凡人难以窥视。

[6] 鹰狮兽上半截的鸟身像黄金一样闪闪发光，象征基督耶稣的神性，下半截的狮身红白相间，象征基督耶稣的人性。

[7] 西皮阿（Scipione，前 234—约前 183）是古罗马共和国时期著名的政治家和军事家，曾在第二次布匿战争中，率领罗马军团南下非洲，彻底击败北非迦太基名将汉尼拔。

[8] 奥古斯都（Augusto，前 63—公元 14）是古罗马帝国的第一位皇帝。

[9] 创建了如此伟大业绩的古罗马人物都未曾用这样美丽的车庆祝凯旋。

[10] 太阳闪闪发光的神车与其相比也显得十分寒酸。

宙斯便作神秘正义决断 [1]。

在凯旋车左右欢舞的女子

右轮边有三女围圈起舞 [2]，
其中有一女子颜色红灿，
若置于火焰中识别极难 [3]；
另一女骨与肉呈现绿色，
就如同祖母绿那样美艳 [4]；
第三女似新降白雪一般 [5]；
红白女交替着领跳舞蹈，
但红女之歌声决定快慢，
它调整三女子舞步急缓 [6]。
车左边四女子身着紫袍 [7]，
其中有一女子头长三眼，
在她的引导下诸女尽欢 [8]。

[1] 太阳神的儿子法厄同擅自驾驶父亲的喷火金车出行，不幸失控，烧焦了云彩、草原、森林、田园、农庄、城市，土地上燃烧着熊熊的烈焰，江河湖海沸腾，万物难以生存。大地虔诚地乞求主神宙斯救援，最后宙斯用闪电击落法厄同，给予他应得的正义惩罚。

[2] 舞蹈于右车轮边的三位女子象征基督教的信、望、爱三超德。

[3] 红色的女子红得与火焰一样，以至于置于火中便难以辨认。她象征三超德中的“爱”。

[4] 绿色女子象征三超德中的“望”。

[5] 白色女子象征三超德中的“信”。

[6] 据《新约・哥林多前书》第 13 章讲，“爱德”是三超德中最重要的，因而此处象征“信德”的白色女子和象征“望德”的绿色女子都随着象征“爱德”的红色女子的歌声起舞。

[7] 四位穿紫袍的女子隐喻西方古典文化中的义、勇、智、节四枢德。这四种古典美德被基督教文化继承，但其地位低于前面提到的三超德，因而此处四位紫袍女子位于凯旋车的左面（按照西方文化习惯，右为上，左为下）。

[8] 四位紫袍女子在长着三只眼的女子的引导下欢快地舞蹈。长着三只眼睛的女子隐喻“智德”，因为智者应一只眼看过去，一只眼看现在，另一只眼预见未来。“智德”在四枢德中最重要，是四枢德的主导。

两翁、四叟、一老者

在已经描述的人群后面，
有两位年迈翁入我眼帘，
衣虽异，却同样十分庄严。
希波克拉底[1]是至伟圣医，
大自然令他把众生爱怜，
两翁中一位是他的门徒[2]，
另一位似与他医术相反，
其手中握尖锐锋利宝剑[3]，
致使我隔着河亦觉胆寒。
随后见卑微的四位老叟[4]，
最后是一老者独行向前，
似入梦，却显得睿智非凡[5]。
他们与最前队[6]衣着相同，
然而却并未把百合花环，
缠绕在头顶上作为装饰，
而是戴玫瑰等红花王冠：
从远处望过去，定然会说，
他们都眼眉上冒着火焰。

---

[1] 希波克拉底（Ipocràte）是古希腊最著名的医师。

[2] 指《路加福音》的作者圣路加（San Luca），它是医师出身。

[3] “另一位”指圣保罗（San Paolo）。医师用医术治愈人身体疾病，而圣保罗则把手中象征上帝之道的宝剑刺向人充满邪恶的灵魂，从而治愈人的灵魂疾病。

[4] 四位老叟隐喻《新约》中的《彼得书》《约翰书》《雅各书》和《犹大书》。可能因为这四篇使徒信札比《新约》中的其他卷书重要性低，因而此处诗人使用了“卑微”一词。

[5] 孤独前行的老者隐喻《启示录》。《启示录》是一卷独特的书，与《新约圣经》中的其他各卷书截然不同，所以此处诗人使用了“孤独”一词；它是《新约圣经》中最后一卷书，因而诗人说这位老人走在队伍的最后。《启示录》是圣约翰以他梦中受圣灵启示为依据而写成的书，睿智地揭示了许多超凡的奇异之事，因此诗人说“似入梦，却显得睿智非凡”。

[6] 指前面提到过的、最先来到河边的二十四位长老。

闻雷声仪仗队止步

凯旋车来到了我的面前，
突然闻一雷声炸响空间，
众贵人[1]似听到禁行命令， 153
与前面仪仗均立刻停站。

[1] 指行进在仪仗队中的人。

第30章

七支蜡烛台和仪仗队来到玛蒂达身边，在但丁对面的河岸停下，二十四位长老中的一位唱起了《圣经》中的雅歌，随即，上百个天使与其合唱，飞腾而起，撒下五彩缤纷的花朵。此时，贝特丽奇出现在花云之中。但丁在这位他孩童时便一见倾心的圣洁美女面前忐忑不安，急转身欲求助维吉尔，却发现他已离去，心中不免感到一阵酸楚。贝特丽奇指责但丁对她不够专一。众天使见但丁受责，表示同情，这使但丁十分感动。贝特丽奇指出但丁所犯的错误并解释了为何指责他。

天使撒花并高歌盛赞

至高的第一空[1]北斗七星[2]，
从不知何时降，何时升天[3]，
除罪过，无云雾可遮其光[4]，
它使人个个都心中明辨，
均知晓自己应承担何责[5]，
似尘世北斗[6]引水手入湾；
那至高北斗星止住脚步，
鹰狮兽、烛台间长老停站，
均转身望车驾，似盼平安[7]；

[1] 指天国最高一重天，即净火天。

[2] 指上一章已经提到的地上乐园仪仗队的七支蜡烛台。它们就像净火天的北斗七星，为人们指引前行的道路。

[3] 天国的北斗七星与人间所看到的北斗七星不同，它们永远悬于空中。天国中的北斗七星象征圣灵的恩赐，这种上天的恩赐无始无终，永不变化，是永恒的。

[4] 只有人类罪过的乌云能够遮住圣灵的光辉，除此之外，其他任何云雾都无法遮挡它。

[5] 天国的北斗七星，即圣灵的恩赐，使每一个人都心明眼亮，清楚自己所肩负的责任。

[6] 指人间所看到的北斗七星。

[7] 当仪仗队最前面的七支蜡烛台停下来的时候，位于烛台与鹰狮兽之间的二十四位长老也停下脚步，转身望向凯旋车（象征教会），期待能获得平安。

“妻子呀，随我离黎巴嫩吧[1]！”
似天派一长老[2]高唱三遍，
其他人亦展喉将其陪伴。
如永福之人闻最后呼唤，
均急忙从墓穴挺身立站，
用恢复之音唱“哈利路亚”[3]，
永生讯之信使[4]也似这般；
刚听到那长老所唱歌声，
众天使从圣车飞向空间。
齐声道：“来此者应受盛赞！
噢，把百合快装满我的掌间！”
他们抛花于空，撒向四面。
我曾见天亮时东方天空，
显示出玫瑰色，十分红艳，
其他处，天晴朗，呈现蔚蓝；
而此处众天使抛撒之花，
形成了花之云，飘浮空间，
随后又落圣车内与周边；
就好似太阳戴薄雾面纱，
水蒸气减弱其强烈光线，
致使我可对它长久凝看[5]。

[1] 这句诗源自《旧约·雅歌》第 4 首。天主教经常用上帝的“妻子”隐喻教会。而此处，“妻子”却隐喻贝特丽奇，进而隐喻神学；但丁在《飨宴》中曾多次说贝特丽奇代表神学。

[2] 该长老好像是由天派来代表上帝意旨的。

[3] 就好像注定进入天国的永福者，在最后审判时听到呼唤他们的名字，都立刻兴高采烈地从墓穴中站立起来，灵魂与肉体合一后，用刚刚恢复的声音高唱“哈利路亚”一样。“哈利路亚”的意思为“赞美天主”。

[4] 指天使。他们为众灵魂带来了进入天国获得永生的喜讯。

[5] 我曾经在黎明时分见到过东方天空中彩霞飞舞，显示出玫瑰色，十分艳丽，其他方向则晴空万里，呈现出蔚蓝色；而此处，众天使抛撒的朵朵鲜花如同水蒸气形成的一层薄雾面纱，罩住了太阳，致使我可以长久凝视着它；随后，花儿又一朵朵地落在了圣车里面和周边。

贝特丽奇出现，但丁为维吉尔离去而哭泣

见一女头上遮洁白面纱，
绿色的一披风覆盖其肩，
披风下身上衣红似火焰[1]。
我的心已许久无此感觉[2]：
在她的面前显惊愕万般，
实在是难支撑，浑身颤抖，
虽然还未认出那双丽眼；
但她有无形的一股能量，
致使我觉旧时爱力无限。
我当时还处在幼稚童年，
强大力[3]便将我心灵戳穿，
此时她一击中我的双眼，
我立刻忐忑地转向左边，
想告诉维吉尔："吾身之血，
致使我无一处不在抖颤，
因为我认出了旧日火焰[4]。"
就好像一顽童扑向母亲，
或者因受惊吓，或因为难。
维吉尔却已经离开我们，
他就像最温和慈父一般，
我把己曾交他，为获救援[5]；

[1] 白、绿、红三色象征基督教的信、望、爱三超德。出现在但丁眼前的女子是他的偶像贝特丽奇。

[2] 贝特丽奇 1290 年去世，但丁 1300 年游历炼狱，已相隔十年之久，因而，他说"我的心已许久无此感觉"。

[3] 指贝特丽奇在但丁心中所激起的爱情力量。

[4] 认出了点燃但丁旧时爱情火焰的贝特丽奇。

[5] 我为了获救，曾经把自己交给他引导和保护。

我们的远古母[1]所失美景，
也难使用露水洗净之面，
不再次被哭泣泪水污染[2]。 54

贝特丽奇指责但丁

“但丁啊，切勿哭，切勿哭泣，
不要哭维吉尔离你身边；
而应为另一剑泪洒腮面[3]。” 57
当我闻呼名字转身之时
（此处需将真名记入诗篇[4]），
见女子[5]就好像船队指挥， 60
立船尾或船头瞩目观看，
其他人怎操作别的木舟，
并让人把诸事安排周全； 63
那女子身上披鲜花薄纱，
站立在圣车上，靠近左边，
投向我之目光穿越河面。 66
她头戴密涅瓦枝叶王冠[6]，
花薄纱从头上垂向下面，

[1] 指人类之母夏娃。

[2] 夏娃所丧失的伊甸园中的美丽景色都难以止住我的泪水，使我已经在炼狱岛岸边用露水洗干净的脸（见《炼狱篇》第 1 章）不再受到泪水的污染。

[3] “另一剑” 指下面贝特丽奇将说出来的指责但丁的话。但丁听到有人呼唤他的名字，并告诉他，维吉尔离去虽然令人伤心，但更令人伤心和羞愧的是他将受到指责，这些指责将像一把利剑刺痛他的心，令其哭泣不已。此处，由贝特丽奇呼出但丁的名字，即表明二人之间关系不同一般，又使但丁能够把自己的名字写入他自己所创作的《神曲》这部不朽之作。

[4] 在《神曲》一万四千多行诗句中，只有此处能见到但丁的名字；但丁认为需要在这里表明自己是谁。

[5] 指前面提到的女子，即贝特丽奇。

[6] 指橄榄枝编成的王冠。密涅瓦（Minerva）是罗马神话中的智慧女神，橄榄枝是她的象征。

贝特丽奇降临

使被遮之面容模糊不清，
但举止仍然是高傲不凡；
就好像善修辞演讲大家，
总是把激烈语留在后面[1]。
“看着我！我便是贝特丽奇。
你怎知配得上进入此山[2]？
不晓得有福人才来这边[3]？”
我双眼低垂向清澈河面，
见影子在其中，目移草间[4]，
羞愧情压得我不敢抬脸。
母亲在儿面前常似傲慢，
因母爱之味道苦且涩酸，
那女子对待我亦似这般[5]。

天使的怜悯感动了但丁

“天主啊，我来此投靠于你[6]。”
她音落，天使歌即升空间，
但歌声不超越“我脚”那边[7]。

---

[1] 从上面落下来的花雨，就像一层薄薄的纱罩在贝特丽奇的身上，使人无法看清楚她的面容，然而，她的举止却还是那么高傲不凡。她就像一位善于演讲的修辞大家，总是最后才说出犀利的语言，即严厉指责但丁的话语。

[2] 你的行为也太大胆了，你怎么知道你配得上来炼狱山呢？

[3] 难道你不晓得，只有有权利享受天国永福的人才能来到这里吗？

[4] 但丁羞愧得不敢看自己投射在水中的影子，他把目光移到岸边的花草中。

[5] 母亲在儿子面前时常会显示威严，因而看上去好像对儿子有些傲慢和严厉；这是因为母爱并不总是甜蜜的，有时也会有点苦和酸涩。

[6] 这是天使所唱的歌词。此语来自《旧约・圣咏》第 31 篇，原汉语译文是“主啊，我投靠你”。

[7] 贝特丽奇的话音刚落，天使们便唱起了《旧约・圣咏》第 31 篇的内容，但唱到“我脚”那句就停止了。该圣咏唱道：“主啊，我投靠你，/ 求你使我永不羞愧；/ 凭你的公义搭救我！/……我将我的灵魂交在你手里；/ 耶和华，诚实的神啊，你救赎了我。/……你没有把我交在仇敌手里，/ 你使我脚站在宽阔之处。”众天使唱这段圣咏，一方面为了赞美上帝，另一方面为了在贝特丽奇面前给但丁求情。

似斯拉沃尼亚[1]冷风吹来，
意大利脊梁[2]上树木之间，
白色雪冻结成晶莹寒冰，
无影地[3]若有风吹拂树冠[4]，
冰融化，滴嗒嗒，自落下来，
就如同火熔化蜡烛一般；
天使歌循永恒诸天音符，
在他们展歌喉唱颂之前，
我眼中既无泪，也无哀叹[5]；
但闻听悦耳音对我怜悯，
好像它吐出了如下之言：
“女子呀，你为何伤他心肝？”
凝结于我心的那层寒冰，
便化作叹息与热泪潸潸，
艰难地从我胸冲出口眼[6]。

贝特丽奇解释为何指责但丁

那女子始终都纹丝不动，
稳稳地站立在圣车左边，
她随后对天使开口吐言：

[1] 斯拉沃尼亚（Slavonia）是巴尔干半岛西北部的一个地区，位于意大利的东北方向。

[2] 指纵贯意大利半岛的亚平宁山脉。

[3] 指北非地区。盛夏季节，正午时刻，炎热的非洲大陆的太阳从头顶几乎垂直地射向大地，因而，见不到任何人与物的影子。

[4] 如果有来自南方非洲大陆的风吹拂树冠。

[5] 天使按照各重天运转所产生的影响和上帝所决定的自然秩序标示的音符唱出美丽的歌声，那歌声十分动人；但是，在他们开始歌唱之前，我却没有任何感觉，眼中无泪，口中也没有发出哀叹。

[6] 然而，当天使歌唱时，我似乎听到了对我的怜悯之音；他们的歌声好像在质问贝特丽奇：“女子呀，你为何伤他心肝？”于是，就像亚平宁山脉树冠上开始融化的冰一样，我的心也开始有了温暖，叹息声便冲出我的口，泪水也涌出了我的双眼。

“你们都警醒于永久白昼，
尘世的每一步均能看见，
夜与眠不能遮你们双眼[1]；
我所做之回答用心良苦，
是为让那边的哭者[2]明辨，
使痛苦与罪过分量一般[3]。
每粒种诞生时有星陪伴，
它会被定方向，引往终点，
但此次非仅因天轮运作，
亦因为上天有恩赐万千，
至高气凝成水，降下甘霖，
我们眼难望见那处高点[4]；
这个人年轻时便具潜能，
他天资非常好，很有才干，
若行动，必定会成绩灿烂[5]。
但土地若弃耕，或撒恶种，
其地力越强大，越是不凡，
会变得越荒芜，越是不堪[6]。
我曾经用容貌将他支撑，
向他示我年轻明亮丽眼，

[1] 天使能洞察尘世一切事物，对他们来讲，没有夜晚，也不需要睡眠，他们永远不会像人一样合闭双眼。

[2] 指但丁。

[3] 我的回答是有用意的，不仅仅是针对你们的，更是要让那个哭泣的人明白，他犯过多么严重的错误，就要忍受多么严厉的惩罚。

[4] 每个事物都有产生的根源，它们的诞生与星辰有密切的关联，它们的发展方向是确定的，结果也是预定好的；但眼前发生的事并非仅仅因为天轮运转，也因为我们凡人看不到的至高的天空中上帝有恩赐，降下甘霖，帮助了我们眼前这个人，使他能够到达这里。

[5] 如果他努力按照天意行动，一定会取得辉煌的成绩。

[6] 用土地来比喻人的发展。这几句意思为：一个人天资再好，如果自己不努力，或者接受了邪恶的影响，那么越是有天资，越是会变得不可救药。

引导他沿正路行走向前[1]。
但很快改变了以往生活，
我迈入生命的二道门槛[2]，
他离去，投入了别人怀间[3]。
我已经从肉体升入灵界，
具有了更高德，形更美艳，
然而他却不爱，也不喜欢[4]；
他转身踏上了错误道路，
去追逐伪善的影子虚幻，
那虚幻绝不守任何诺言[5]。
求启悟，然而他无动于衷，
我梦中与梦外将他呼唤，
但努力何曾有收效半点[6]！
他已经堕落到如此地步，
拯救他之办法效果不见，
只好引他去看堕落深渊[7]。
为此事我拜访死人之门[8]，
向那人[9]哭泣着恳求不断，
恳请其引他至这块地面。
若让他过忘川并饮甘泉[10]，

---

[1] 贝特丽奇说，在尘世时，她曾经用美貌引导但丁走正路。这种思想符合“温柔新体”诗派的“女子—天使”的思想，即美丽贤淑的女子是引导人上进的天使。

[2] 我很快改变了以前的生活，走完了尘世人生，踏入了永生的门槛，即离开人世。

[3] 隐喻但丁走上了错误的道路，去追求尘世利益的海市蜃楼。

[4] 我离弃了肉体，升入灵魂世界，变得更高尚、更美丽，然而他却不再喜爱我。

[5] 尘世的虚幻是骗人的，它永远不会去实现它许下的诺言。

[6] 我曾经祈求上天给他启示，使他醒悟。我在他的睡梦中或清醒时不断地呼唤他，但是，他始终无动于衷，致使我的努力没有任何成效。

[7] 引他去看地狱和在那里忍受严厉惩罚的罪恶灵魂，以此来警醒他。

[8] 指地狱的第一层灵泊。贝特丽奇曾亲自降临那里请求维吉尔帮助她引导但丁（见《地狱篇》第 2 章）。

[9] 指维吉尔。

[10] 指忘川河水。

却不必有半点悔过之感，
也无须抛洒下忏悔眼泪，
我们将把上帝天命违反[1]。”

[1] 如若不先让这个人流出忏悔的眼泪便允许他渡过忘川河，我们就会违反上帝的天命。

第31章

贝特丽奇继续指责但丁，但丁则忏悔自己的罪过；悔罪的痛苦使但丁昏厥过去。苏醒后，但丁被玛蒂达拉入忘川，全身被浸入水中，不得不大口地饮用令其忘记罪恶过去的河水。随后，玛蒂达引导但丁来到正在跳舞的象征古典四枢德的四位仙女之中，四位仙女把但丁带到鹰狮兽面前，让他观看贝特丽奇如同祖母绿一样光彩的美眸，美眸中折射出似太阳一样明亮的象征基督耶稣的鹰狮兽，其形象忽而似鹰，忽而似狮，不断变化，充分体现了基督耶稣人与神的双重性。象征基督教三超德的另外三位仙女，用天使般的歌喉唱着婉转的歌曲，跳着舞，来到但丁面前；她们请求贝特丽奇摘下面纱，向但丁展示她脸上的第二个美艳之处。

贝特丽奇继续指责，但丁忏悔

她话语之锐尖直指吾心，
其锋芒令我觉辛辣苦酸，
“噢，站圣河[1]彼岸的那个人[2]啊，”
接着她又对我开口吐言，
“你说呀，你快说，我言真否？
忏悔应把这些重责陪伴[3]。”
闻此语，我惊愕，无话以对，
本意欲张开口回答其言，
音未出，便噎住，口塞舌拴。
她忍耐片刻后随即说道：
“你想啥？回答我，切勿狡辩！

[1] 指忘川河（Letè）。

[2] 指但丁。

[3] 在如此严厉的指责面前，你应该马上忏悔。对基督教信仰来讲，忏悔是摒弃罪过的前提，没有忏悔，便没有改过自新。

恶记忆尚未除你的心田[1]。”
慌乱和恐惧情混为一体，
迫使我把“是”字挤出唇间，
但欲闻其声音须用双眼[2]。
就如同弓弩弦拉得过紧，
射出箭虽然是飞向靶圆，
但击中目标的力度锐减；
在沉重精神的负担之下，
我眼涌泪水且口吐哀叹，
声道堵，出音便遇到困难。
于是她又说道：“对我之爱，
引导你去爱恋那种福善[3]，
除了它[4]不应有其他追求，
然而你却止步，不敢向前；
发现了何锁链，什么深沟，
致使你放弃了崇高期盼[5]？
有什么利益或何等方便，
展现于其他的福善容面，
迫使你不得不留其身边[6]？”
发出一痛苦的叹息之后，
我勉强吐话语回答其言，
上下唇组成音十分困难。
我边哭边说道：“你藏容颜，

[1] 但丁把希腊神话中冥界的忘川移至基督教信仰的地上乐园。他认为，忘川河水能够洗涤人们对邪恶的记忆。

[2] 但丁心中既混乱又恐惧，情不自禁地勉强说出一个字，但声音很小，只有看着他嘴形的变化，才能明白他吐出的是“是”字。

[3] 指基督教所提倡的大善和天国中的永福。

[4] 指上一行诗句中所提到的福善。

[5] 指对大善和永福的希望。

[6] 其他种类的福善给你带来了什么利益，为你提供了什么方便？以致你不得不去追求和留恋它们。

尘世物立刻用虚乐假欢[1]，
把我的脚步向歧途扭转。”
她说道：“即便是沉默、否认，
你忏悔之罪过仍然可见，
因那位大法官心中明辨[2]！
在我们公正的法庭之上，
若罪人能口吐自责之言，
旋转石[3]打锋刃，磨钝利剑[4]。
为使你对罪过感到羞愧，
将来若塞壬[5]歌入你耳间，
你仍会坚强得如同磐石，
现请你弃泪种[6]，听我吐言[7]：
你将闻为何我入土之躯，
会朝着反方向引你向前[8]。
我入土美躯体曾赐幸福[9]，
大自然与人艺[10]把乐奉献，
但后者怎能与前者比肩[11]；
既然是因我死极乐消逝，
是什么惑你于尘世人间？

[1] 指尘世的快乐。中世纪基督教文化认为尘世的欢乐是一种转瞬即逝的虚幻。

[2] 即便你保持沉默，或者矢口否认，你刚才所忏悔的罪过也是昭然若揭的，因为上帝这位大法官洞察一切。

[3] 指磨石。它通过旋转的方式将刀刃磨锋利，就像我们今天所见的砂轮。

[4] 在上帝的正义法庭中，如果罪人能够忏悔罪过，对他的惩罚便不会太严厉；就像用磨石对着锋口打掉剑刃，没有锋刃的剑伤人不会太重。

[5] 塞壬是希腊神话中的海妖，即传说中的美人鱼。她们具有天籁般的歌喉，常用歌声诱惑过路的航海者，令他们分心，从而使航船触礁沉没。

[6] 指引起哭泣的原因。

[7] 现在请你不要再去想引起你哭泣的原因，注意听我说话。

[8] 会引导你朝着使你堕落的反方向前行，即引导你向获救的方向前行。

[9] 当我活在尘世时，美丽的躯体曾经引起你的爱，给你带来了幸福和快乐。

[10] 指人的各类工作与活动。

[11] 大自然和人的各类活动使人类获得快乐，但那些快乐都无法与我的美丽身躯给你带来的快乐相比。

教会的圣车

致使你对它有如此期盼[1]？
你中了虚妄物首箭之后[2]，
本应该跟随我升上空间，
我已经弃虚妄，不似从前[3]。
你不该再等待其他打击，
或少女，或别的虚荣侵犯，
为短乐，垂羽翼，滑向下面[4]。
雏鸟会受两次、三次打击，
但羽翼丰满的鸟儿面前，
网与箭都必定徒劳枉然[5]。”
我就如一顽童感到羞愧，
默无语，一双眼紧盯地面，
听训斥，心认错，悔恨万般。
她说道：“听我言你便痛苦，
现在请把胡须翘向上面[6]，
看着我你痛苦定会增添。”
风来自北方或亚尔巴国[7]，
都会受粗壮的苦栎阻拦，
强风却将大树连根拔起，

[1] 既然人世间的一切快乐都不如我的美丽身躯给你带来的快乐大，它就应该被看作是人间的极乐；我死了，人间的极乐也就消逝了。那么，又是什么在人间诱惑你，致使你产生对它如此强烈的期盼呢？

[2] “虚妄物”指尘世的事物。“虚妄物首箭”指尘世之物的首次打击，对但丁而言，指的是贝特丽奇之死。

[3] 意思为：我死之后，你的怀念就应该随我飞向天国；我现在和从前大不一样，已经完全抛弃了尘世的一切。

[4] 你不应该再等待其他尘世的打击，不应该爱其他女子和其他虚荣，不应该为了它们而不展翅高飞，因为它们都只能令你失望。

[5] 你已经是一个成熟的人，不应该反复犯错误；雏鸟没有经验，才会两次、三次地犯错误，羽翼丰满的鸟会使捕鸟者的网与箭都徒劳枉然。

[6] 现在请你把脸抬起来。此话具有讥讽意味。

[7] 据维吉尔的《埃涅阿斯纪》讲，亚尔巴（另译：亚尔巴斯）是利比亚国王，“亚尔巴国”即指利比亚。

抗其命，拒抬头，我意更坚[1]；
她竟然用胡须指代我脸，
我深感她话语何等尖酸。

悔恨的但丁昏了过去

抬起头，展面孔，向前顾盼，
见最初诸造物[2]飘浮于天，
他们已不再把花撒空间；
我似见美女子贝特丽奇，
把双眼向两形猛兽[3]扭转，
但此景是否真，心难判断。
在尘世此女[4]已貌压群芳，
此时她披纱站河的对岸，
我觉得比那时更加美艳。
似荨麻刺痛我，令我懊悔[5]，
许多物曾阻我对她爱恋，
如今均成吾敌，令我生厌[6]。
忏悔情啃咬心，我痛难忍，
那女子是我的跌倒根源，

[1] 从北方或者南方刮来的大风常常受到苦栎树的阻挡，并将它们连根拔起，这足以看出苦栎树在阻挡大风时有多么倔强。但丁说，因为贝特丽奇在挖苦他，所以他不愿意抬起头，他比苦栎树还倔强。

[2] “最初诸造物”指诸位天使。上帝最早创造了各重天和天使，因而此处诗人如此称呼他们。

[3] 指象征基督耶稣的鹰狮兽。

[4] 指贝特丽奇。

[5] 荨麻是一种多年生草本植物，叶柄密生刺毛，皮肤接触时能引起刺痛。但丁用荨麻来比喻刺痛他心灵的悔恨之情。

[6] 尘世的许多事物曾经诱惑但丁，阻碍他去爱圣洁的贝特丽奇；现在但丁觉悟了，这些阻碍他爱贝特丽奇的事物都成为他的敌人，令他产生厌恶之感。

后来事她自然心中明辨[1]。

但丁被浸入忘川河水

当我心又恢复知觉之时，
见先前孤独女[2]在我身边，
瞧着我她说道："扶我立站[3]！"
随后她踏水面，快捷如梭，
拉着我紧跟在她的后面；
那河中水深至没我喉管[4]。
当我近幸福的彼岸之时，
"牛膝草洁净我"，歌声委婉，
我难忆那美音，记录更难[5]。
美女子张双臂抱住我头，
令吾身全沉入河水下面，
致使我能够把清水吞咽。
然后她湿淋淋把我拎出，
送到那跳舞的四女[6]中间；

[1] "那女子"指贝特丽奇。是贝特丽奇的指责使但丁产生悔恨之情，悔恨之情令但丁痛苦地昏倒在地，不省人事；后来发生了什么事，他一点都不知道，而站在河对面圣车上的贝特丽奇始终关注着他，因而什么都明白。

[2] 指玛蒂达。在仪仗队出现之前但丁就见到了玛蒂达，因而此处使用了"先前"一词；玛蒂达没有随仪仗队一起来，是单独出现的，因而此处使用了"孤独女"一词。

[3] 她看着我说："你扶着我站起来吧！"

[4] 玛蒂达拉着但丁走入河中，她是灵魂，非常轻，行走于水面，速度快捷，似穿梭一般；但丁跟在玛蒂达身后，沉重的肉体不允许他脚踏水面，因而只好脚踩河底，而水没到了他的脖颈。

[5] 快要到彼岸时，但丁听到天使们用温柔的声音唱"牛膝草洁净我"。但丁说，他记不得那美妙的歌声是怎样的，更无法用笔将其记录下来。"牛膝草洁净我"的诗句源自《旧约 · 圣咏》第 51 篇。据说，教士为已经忏悔的信徒洒圣水赦罪时，要唱这句圣咏诗。

[6] 隐喻欧洲古典文化中的智、义、勇、节四枢德。

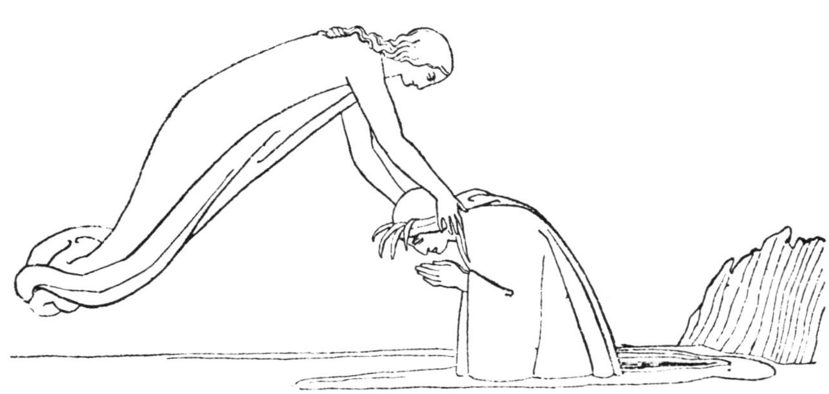

玛蒂达把但丁浸入忘川

四美女都伸手将我盖掩[1]。

象征四枢德的四位仙女

“在这里是仙女，在天是星：
此圣女[2]还没有下界之前，
我们都作侍女，伴其身边[3]。
引你见圣女是我等职责，
悦光中[4]另三女[5]磨你视线，
致使你识其容、望得更远[6]。”
四仙女便如此唱着吐言，
随后又引我至鹰狮胸前，
圣女已朝我们把身扭转[7]。
仙女道：“你可要看得尽兴，
我们已带你至祖母绿[8]前，
通过它爱神曾对你放箭[9]。”
有千种欲望胜熊熊火焰，

[1] 隐喻四枢德的四位美女把臂膀伸向头顶，手拉着手围着但丁跳舞，以示对但丁的庇护。

[2] 指贝特丽奇。

[3] 四位仙女说：在地上乐园，我们是居于山林之间、泉水之边的仙女，到了天上，我们便是那四颗除了亚当和夏娃便无任何人类见过的明星（见《炼狱篇》第 1 章第 22、23 行）。贝特丽奇隐喻基督教的信仰，代表基督教的天启真理，而这四位仙女则象征古典四枢德。这两行诗的引申含义是，在基督教诞生之前的古代世界，古典文明便服务于基督教的天启真理，并为基督教及其天启真理铺垫了降于人间的基础。

[4] 意思为：在贝特丽奇的眼睛里。那双眼睛总是放射出令人喜悦的光，因而此处称其为“悦光”。

[5] 指在圣车右边跳舞的隐喻基督教信、望、爱三超德的三位仙女。

[6] 你透过贝特丽奇的眼睛将看见折射出的象征三超德的那三位仙女，从而你的目光变得更锐利，能够望得更深、更远，看透三位仙女的实质。

[7] 贝特丽奇把身体转向但丁、四位仙女和鹰狮兽所在的圣车前方。

[8] 指贝特丽奇像祖母绿一样闪射出美丽之光的眼睛。有些注释者认为，祖母绿象征纯洁和公正。

[9] 通过这双美丽的眼睛，爱神曾向你射出爱情之箭，使你坠入爱河。

使我眸紧盯着明亮丽眼[1]，
那丽眼盯鹰狮，不眨半点[2]。 120
猛兽则如镜中一轮太阳，
投射出耀眼的鹰狮双面，
忽这样，忽那样，不断转变[3]。 123
读者呀，若见物本体静止，
其投射之影像却在变换，
你想想，我是否应该惊叹[4]。 126

天使请求贝特丽奇摘下面纱

我喜悦之灵魂充满诧异，
似品尝美食的佳肴大餐，
自然是吃饱后食欲更添[5]； 129
看举止那三女品级更高，
她们的歌喉似天使一般，
朝我们跳唱着移步向前。 132
“转过来，转圣眼，贝特丽奇，”
此歌词传到了我的耳边，
“忠诚者为见你行走很远[6]！ 135
请求你对我们实施恩惠，

[1] 指贝特丽奇祖母绿般美丽的眼睛。

[2] 我心中充满了比烈火还炽热的欲望，致使我紧盯着贝特丽奇的美丽双眼，而那双丽眼则一眨也不眨地紧盯住象征基督耶稣的鹰狮兽。

[3] 贝特丽奇眼中反射出的鹰狮兽形象如同投射在镜子上的一轮太阳，十分明亮，这轮太阳有着鹰和狮子的两种形象，一会呈现出鹰的样子，一会又呈现出狮子的样子。鹰狮兽的两种形象隐喻了基督耶稣的人与神的双重属性。

[4] 读者呀，我看到一种物体本身并不变化，而它投射在镜子中的影像却不断地变化，你说我该不该惊讶。

[5] 此处但丁用食用美食来比喻他所见到的迷人的景象：他越看越想看，就像一个人食用美食时越吃越想吃。

[6] “忠诚者”指始终忠于贝特丽奇的但丁。为见贝特丽奇，但丁这个忠诚者跟随维吉尔穿越地狱和炼狱，走了很远的路，才到达这里。

揭遮颜之面纱，令他看见，
你面上被掩蔽第二美艳[1]。” 138
噢，那反射永恒光明亮之镜[2]，
如若是揭面纱展现其颜，
谁庇荫或饮泉帕那索斯， 141
并试图把你美描述一番，
能显得大脑中充满诗性，
不露出苍白的无血之面[3]？ 144
天和谐体现于你的美艳。

[1] “第二美艳”指贝特丽奇的嘴。在贝特丽奇的脸上，有两处最能体现其美的地方，一处是如同祖母绿一样明亮的眼睛，另一处便是她的嘴。前面，象征四枢德的四位仙女已经引导但丁看过了贝特丽奇的眼睛；随后，象征三超德的三位仙女将引导但丁观看贝特丽奇的嘴。

[2] “永恒光”指上帝之光。“那反射永恒光明亮之镜”隐喻贝特丽奇，上帝之光投射到她的身上，然后从她的面部反射到别人的眼中，因而，当贝特丽奇微笑时，但丁就会见到她的身上发出耀眼的光辉。这一点在以后的章节中可以更清楚地看到。

[3] 帕那索斯是希腊神话中主管诗歌的太阳神阿波罗和九位缪斯居住的圣山，在那里庇荫或饮泉水的人自然指的是诗人。这几行诗的意思为：有哪位想描写你（贝特丽奇）美艳的诗人能脑中充满诗意、完美实现自己的目标呢？在这样艰难的工作面前，又有哪位诗人能不觉得无能为力，能不为此而面色苍白呢？

第 32 章

但丁全神贯注地凝视着贝特丽奇，以满足十年不见的渴望与期盼，因而无视周围的一切；他的眼睛被圣女的耀眼光辉炫得什么都看不清。当他调整视觉后，发现仪仗队正在掉头向后走，于是他和玛蒂达、斯塔齐奥也跟随队伍行走于森林之中。行不多远，他见到一棵巨大的枯木，那便是亚当和夏娃盗食禁果的树。牵引圣车的鹰狮兽将车拴在树上，随后离去；那树很快长出嫩叶，绽出花朵。此时，但丁听到悦耳的天使歌声，他无法抵挡歌声的催眠力量，进入梦乡。玛蒂达唤醒但丁，并告诉他贝特丽奇正坐在大树下看守圣车。但丁见贝特丽奇坐在大树的根上，四周围着手持明灯的七位仙女。贝特丽奇鼓励但丁仔细观察，并记录下教会的行为。这时，但丁见到，一只雄鹰从树冠俯冲下来，毁坏了大树的树皮、嫩叶和花朵，并把羽毛撒落在圣车的车厢里；一只狐狸跳入车厢，一条恶龙从地下钻出，用尾巴击穿圣车底部，并将其拖走。最后，但丁看到，圣车变成了一只怪物：车辕上长出三个头，四角处各长出一个头，车辕上的头长着双角，四角处的头长着独角；怪物身上坐着一个荡妇，荡妇身边站着一个粗野的巨人，那巨人不仅时不时地与荡妇亲吻，而且还因嫉妒残暴地鞭挞她，然后，牵着驮荡妇的怪物消逝在森林的深处。

全神贯注地盯视贝特丽奇

我双眼紧盯她，全神贯注，
以满足十年的渴望、期盼，
其他的感觉均消失不见[1]。 3
左与右似乎有一堵高墙，
阻挡我观其他事物视线：

[1] 但丁全神贯注地盯看贝特丽奇，其他一切都感觉不到了。贝特丽奇死于 1290 年，但丁 1300 年游历地狱、炼狱和天国，因而此处说“以满足十年的渴望、期盼”。

圣女笑罩其[1]于旧网里面[2]！
此时闻仙女[3]说：“太入神了！”
我于是不得不转向左边，
是那边诸仙女引我扭转[4]；
似眼睛刚刚被太阳灼伤，
已丧失视觉力，模糊一片，
周围的一切都无法看见。

仪仗队向后转

我视觉调整后，可见暗物
（这是与明亮物相比而言[5]），
当双眼不得不离亮物时，
见光荣仪仗队向右掉转，
沿来时之道路朝后走去，
迎太阳、仍跟随七支火焰[6]。
用盾牌掩护着撤退之时，
全军的队伍在掉头之前，
引导的军旗须先行转弯；
那天国军旅也如此行事，
前面的仪仗已完全扭转，
凯旋车才随后掉过车辕。
于是乎仙女又返回轮边，

[1] 指但丁的视线，即但丁的注意力。

[2] “旧网”指贝特丽奇在尘世时撒下的罩住但丁的爱情网。此时，贝特丽奇的微笑又把但丁的注意力带回到尘世的爱情之中，因而，其他什么东西都无法进入他的眼中。

[3] 指象征基督教三超德的三位仙女。

[4] 听到有人说“太入神了”，但丁便朝发出声音的左前方转身，面向走在凯旋车右侧的三位仙女。

[5] “明亮物”指贝特丽奇所反射的上帝光辉，与之相比其他一切光都是弱的。

[6] 仪仗队掉转头迎着太阳向来时的方向走去，七支烛台仍然是仪仗队的先导。

鹰狮兽牵引着福车[1]向前，
其羽翼并没有抖动半点[2]。
那美女[3]与我和斯塔齐奥，
都紧随圣车的轮子后面，
它转弯弧度小，极其灵便[4]。
因女人[5]信蛇言造一空林[6]，
我们就行走于那片林间，
随一首天使歌迈步向前[7]。

枯死的禁果树

已向前行进了一段距离，
其长度大约有三箭之远，
圣女子从车上下到地面。
闻众人口中都嘟囔“亚当”[8]，
随后见他们又绕一树干，
树枝被剥光了所有叶片[9]。
那树冠越往上越是宽阔[10]，

[1] “福车”指前面一直在说的凯旋圣车。这辆凯旋车象征教会，它引导世人走向天国的永福，因而称其为“福车”。

[2] 鹰狮兽象征基督耶稣，他十分轻松地引导教会前行，因而行走时他的羽翼一点也不因吃力而抖动。

[3] 指曾经引但丁过河的玛蒂达。

[4] 在基督耶稣的引导下，教会的圣车转弯十分轻便。此处“转弯”或许指从《旧约》向《新约》的过渡和基督教（新的信仰）的兴起。

[5] 指人类之母夏娃。

[6] 因为夏娃听信蛇的欺骗，盗食了禁果，她和亚当同时被上帝赶出地上乐园（伊甸园），致使这片森林空荡荡的，再也见不到一个活人。

[7] 按照天使唱的歌曲的节奏调整脚步。

[8] 但丁听见仪仗队成员都嘟嘟囔囔地指责犯原罪的人类始祖亚当。

[9] 随后但丁又看见仪仗队围绕一棵无树叶的树干行走。这就是那棵食其果便可辨别美丑、善恶的树，上帝曾经严禁人类始祖亚当和夏娃摘食其果。

[10] 此树冠的形状与惩戒贪食者的炼狱第六级中的树相同，都下窄上宽，这是为了防止有人攀爬。诗中曾说明，那里的树源于此树。见《炼狱篇》第 22、24 章。

印度人见到它也会惊叹，
尽管在其林中巨树参天[1]。
“鹰狮兽，你有福，洪福齐天，
你并不啄食树，即便它甜，
食其者肚子会痛得痉挛[2]。”
众人在那巨树周围叫喊，
双性兽[3]则吐出下面之言：
“若保存正义种便应这般[4]。”

树拴圣车，枯木逢春

它[5]转身背朝向所拉车辕，
拖着它来到了秃树脚边，
拴此木车辕于此木树干[6]。
太阳与天鱼后闪亮之星[7]，
将光线合一处投向世间[8]，
尘世的植物便幼芽萌现；

[1] 这棵树十分高大，而且越往上树头就越宽大。印度的树林中有许多高大的树，即便如此，印度人见到这棵巨树也会惊叹。

[2] 仪仗队成员先责备亚当盗食禁果犯下原罪，然后又赞美象征基督耶稣的鹰狮兽并不啄食有着诱人甜味的树，说他有福，因为凡是吃过与此树有关的食物的人，都会受其害，肚子痛得痉挛。

[3] 指鹰狮兽。

[4] 此话是全诗中象征基督耶稣的鹰狮兽说出的唯一一句话。意思为：上帝的正义是一切正义的种子（即基础），只有遵从上帝的正义，才能实现其他的正义；因而，我们必须遵守上帝的禁令，不食用这棵树上的东西。

[5] 指鹰狮兽。

[6] 中世纪，欧洲广泛流传，钉死基督耶稣的十字架是用禁果树的木头制成的，十字架是引导教会前行的车辕，即此处所说的凯旋车的车辕；因而，诗中说“拴此木车辕于此木树干”。

[7] “天鱼”指双鱼星座。在双鱼座之后放出光芒的是白羊座。

[8] 但丁在春分时节游历地狱、炼狱和天国，当时太阳已进入双鱼座后面的白羊宫，它的光与白羊座的光合在一起投射到世间。

随后它[1]套马于另一星座[2]，
在完成这一项工作之前，
各类的植物将色彩斑斓[3]； 57
先前曾光秃秃无叶之树，
此时也呈现出新的容颜，
紫罗兰无其红，玫瑰略艳[4]。 60

闻柔美歌声但丁入睡

众圣仙口中的赞美之歌，
从未闻咏唱于尘世人间，
我难以将美音一直听完[5]。 63
绪任佳故事使恶眼入睡[6]，
睁眼者付代价，实在太惨[7]，
若能画它们咋被人催眠， 66

[1] 指太阳。

[2] “另一星座”指金牛座，它紧跟在白羊座后面。“套马于另一星座”指进入金牛座。

[3] 太阳从白羊宫进入金牛宫需要一个月的时间，在这短短的一个月时间内，大自然已经是百花齐放，色彩斑斓了。

[4] 这棵树也和世间的大自然一样，鹰狮兽刚刚把圣车拴在枯树上，那枯树便开始发出绿叶，并在短时间内开满了花朵，那些花虽然比玫瑰略显逊色，但已经比紫罗兰还要红艳。

[5] 仪仗队中的诸位圣人和仙女的歌声十分柔美，在人间从来没有听到过，致使我还没有听他们唱完，就被歌声催眠入睡了。

[6] 这句诗与两则希腊 - 罗马神话故事有关。其一是：主神宙斯爱上了美丽的伊娥，引起天后赫拉的嫉妒，慌忙中宙斯将伊娥变成了一头牛，赫拉便派百眼巨人阿尔戈（Argo，另译：阿尔戈斯）昼夜监视变成牛的伊娥。阿尔戈十分警觉，睡觉时五十只眼睛闭上，五十只眼睛睁着。对此，宙斯大为恼火，便派赫耳墨斯去给阿尔戈吹笛子，讲故事，使他闭上全部眼睛，然后砍下他的头，救走伊娥。赫耳墨斯给阿尔戈讲的就是有关仙女绪任佳的故事。其二是：绪任佳（Sinringa，另译：绪任克斯）是一位山林仙女，追随禁欲的月亮女神，因而远离男人。但多情的牧神潘却爱上了她，并疯狂地追求她。绪任佳逃到河神父亲身边，恳求父亲拯救她。潘追到河边，绪任佳已经被父亲变成了河边的芦苇。伤心的潘用芦苇做成排箫，并以绪任佳的名字为其命名。意大利语中绪任佳的名字意思为排箫。

[7] “睁眼者”指阿尔戈，他以生命作为睁着五十只眼睛所付出的代价，这代价实在太高，其结果也实在太悲惨。

我便会作画师描绘一番，
画出我是如何进入梦乡；
但只好让他人将其再现[1]！

闻呼唤，但丁醒来

我翻过这一页，讲述醒后[2]，
睡梦纱被强光撕成碎片[3]，
“快起来，你做啥？”闻人呼唤。
圣彼得与约翰，还有雅各，
曾被引把苹果花儿观看[4]
（众天使极喜欢该树果实，
可用它在天摆永恒喜宴[5]），
见其花均晕倒，随后苏醒，
因听到破沉梦那句语言[6]；
见他们人群中少了两人，

[1] 如果我有能力描绘出阿尔戈的眼睛是怎么被催眠的，就可以像画师一样也绘出我是怎么被催眠入睡的；但这是不可能的，也只是说说而已；那就只好叫别人去描绘了！

[2] 既然如此，我就不讲述怎样被催眠入睡了；我们翻过这页，讲述我醒来的情况吧。

[3] 一道强光撕碎了我的睡梦，即照醒了我。强光来自何处，至今无定论，或许来自升空的鹰狮兽，或许来自象征四枢德和三超德的七位仙女手中的七支蜡烛台。

[4] “苹果”指苹果树，隐喻基督耶稣；此隐喻源自《旧约·雅歌》第 2 章：“我的良人在男子中，如同苹果树在树林中。”“苹果花儿”隐喻基督耶稣显现异象，此隐喻源于《新约·马太福音》第 17 章的有关记述：使徒彼得、约翰和雅各被耶稣带入山中去看他展示异象。三人见耶稣的脸明亮如太阳，衣服也洁白、发光，他正在与出现在眼前的先知摩西和以利亚说话，又听见云彩中有人说：“这是我的爱子，我所喜悦的，你们要听他。”三位使徒惊愕得昏倒在地。后来，一听到耶稣说：“起来吧，不要害怕。”他们便苏醒过来。此时，发现摩西和以利亚不见了，只有耶稣站在他们面前。

[5] “该树果实”指象征耶稣的苹果树的果实，它隐喻瞻仰基督尊容的崇高待遇。天使享有瞻仰基督尊容的崇高待遇，因而他们都十分欢喜；“可用它在天摆永恒喜宴”的意思为：天使们可以在天上永久享受这种瞻仰基督尊容的崇高待遇。

[6] 彼得、约翰和雅各见到耶稣显示异象，都惊愕得昏倒在地；后来听到那句耶稣呼唤他们的话，便又都苏醒过来。

摩西与以利亚二人不见，
他们的老师[1]也模样改变[2]；
我也是如此醒，见那淑女[3]，
从上面弓着身对着我看[4]，
是她引我过河来到此岸。

贝特丽奇鼓励但丁记录教会的行为

我恐惧，开口问：“贝特丽奇？[5]”
她答道：“在新的树冠下面；
你看她端坐在树根之上[6]，
四周有一群人与其做伴；
其他人随鹰狮重新升天，
口中唱温情歌，其意深远[7]。”
我不知她是否还在吐言，
她所说之女子[8]入我眼帘，
其他事顾不及，因见其面[9]。
她独自坐在那真土[10]之上，

[1] 指耶稣。

[2] 见耶稣也恢复了平时的模样。

[3] 指玛蒂达。

[4] 我的经历与彼得、约翰和雅各一样，也像他们那样醒来。玛蒂达正弓着腰从上面望着我。

[5] 但丁非常害怕贝特丽奇弃他而去，一苏醒便迫不及待地问贝特丽奇在哪儿。

[6] “新的树冠”指树冠上又重新发出了绿叶。贝特丽奇正坐在树下看守鹰狮兽（象征耶稣）拴在树上的圣车。贝特丽奇象征神学，重新发出绿叶的枯树象征因基督受难而复原的神的正义，圣车象征已经被拴在神的正义之上的教会；由贝特丽奇看守重新复苏的能够辨别善恶之树的寓意是：在神学的呵护下，基督教教会才能存在和成长。

[7] 只有象征古典四枢德和基督教三超德的七位仙女还陪伴着象征神学的贝特丽奇，其他人已经唱着寓意深远的优美歌曲跟随象征耶稣的鹰狮兽重新升天了。

[8] 指贝特丽奇。

[9] 但丁的注意力全被贝特丽奇吸引过去，只顾凝望着她，完全没有察觉玛蒂达是否还在继续说话。

[10]“真土”指地上乐园的土地。隐喻教会本来是一片朴实、纯真的土地。

似看守被拴的圣车一般，
两形兽将那车捆于树干。
七仙女在四周围成屏障，
都各自手中捧明灯一盏[1]，
北风与南风均难灭其焰。
圣女[2]说："你此次暂留林中，
却将为基督国[3]永久成员，
在那里你长期把我陪伴。
为了对恶世界[4]有所裨益，
你应该把此车瞩目观看，
返世后记下你亲眼所见[5]。"

雄鹰、狐狸、恶龙

我十分忠诚于贝特丽奇，
匍匐于她所发号令脚面[6]，
眼与脑均转向她指物件[7]。
从浓浓乌云中降下天火，
那烈焰来自于遥远天边，
其速度虽然是十分迅猛，
但不及宙斯鸟俯冲那般；
我见它从树上猛然扑下，
树皮与花、嫩叶毁成碎片；

[1] 前面所讲的七支蜡烛台，此时已成为七位仙女手中的明灯。

[2] 指贝特丽奇。

[3] 指天国。

[4] 指邪恶的尘世。

[5] 贝特丽奇这段话的意思为：你是上帝选中的人，将肩负训导信徒的重任，为了使邪恶的尘世获得教益，你应该注意观察教会的行为，返回尘世后把它记录下来，并将其告诉世人。

[6] 意思为：不折不扣地执行她的命令。

[7] 全神贯注于那辆象征教会的圣车。

它全力狠击打那辆圣车，
圣车像遇风暴一条木船，
在波涛、风雨下处境艰险[1]。 117
接着我见到了一只狐狸，
跳入到凯旋车车厢里面，
似乎它没吃过美食、善餐[2]； 120
我圣女[3]责它[4]犯龌龊罪孽，
致使那皮包骨畜生逃窜，
能多快就多快，不敢怠慢。 123
随后见雄鹰从先前来处[5]，
也飞降圣车的车厢里面，
遗撒下羽毛有好大一片[6]； 126
一声音似出自悲怆之心，
从天空降下来，如此吐言：
“噢，小船啊，多少恶载你舱间！[7]” 129

[1] 在希腊神话中“宙斯鸟”指雄鹰，此处隐喻罗马帝国（罗马帝国的徽章上展现出雄鹰的形象）。“从浓浓乌云中降下天火”的意思为：从乌云中降下一道闪电。此时，但丁看见一只雄鹰从高高的树冠上俯冲而下，其速度比闪电还快，它的羽翼刮碎了刚刚生出的树皮、花朵和嫩叶；随后，它又用全力击打圣车，使圣车摇摇晃晃，像一只在海上遇到风暴的小船，处于十分危险的状况之下。这一场景隐喻基督教诞生初期罗马帝国对其进行的残酷迫害。罗马帝国的迫害是基督教诞生后遇到的第一次磨难。

[2] 狐狸隐喻诺斯替教派和阿里乌斯教派等基督教早期所出现的异端教派，用狡猾的狐狸隐喻它们是再贴切不过的了。异端学说的出现是基督教诞生后所遭遇的第二次磨难。“似乎它没吃过美食、善餐”的意思为：在传播异端学说的人腹中就没有过什么好的货色。

[3] 指贝特丽奇。

[4] 指前面提到的狐狸。

[5] 指树冠上。显然，俯冲并猛击圣车的雄鹰已经又飞回到树冠上。

[6] 象征罗马帝国的雄鹰所遗撒的羽毛隐喻君士坦丁大帝对教会的赠礼。据教廷伪造的文件《君士坦丁赠礼》讲，公元 4 世纪，罗马皇帝君士坦丁曾把帝国西部政权赠予教宗。这是基督教建立后所遭受的第三次磨难。

[7] “小船”隐喻教会。人们常把教会比喻成圣彼得的小船。但丁好像听到一个声音从天而降，指责君士坦丁赠礼给教会注入了对世俗权力的欲望，毒害了圣洁的宗教信仰。

我觉得两轮间大地张口，
一恶龙[1]钻出了开裂地面，
其尾巴把凯旋车底戳穿； 132
随后它似马蜂收回毒针，
缩尾巴，拖车底行走向前，
似长虫在地上扭动、蜿蜒[2]。 135
车剩余之部分好似沃土，
狗牙根[3]与鹰羽覆盖上面，
后者似善良的诚意奉献[4]； 138
比张嘴吐叹息时间还短，
顷刻间左右轮以及车辕，
也都被雄鹰的羽毛遮掩[5]。 141

七头十角怪物与荡妇

那圣器[6]经历了如此改造，
各部位均生头，模样全变，
每个角生一个，三生车辕[7]。 144
车辕头如同牛生有双角，
其他头一独角生额中间[8]：

[1] 毒龙的形象源于《新约·启示录》第 12 章，它象征地狱魔王撒旦。

[2] 毒龙拖走圣车底部的形象可能隐喻伊斯兰教的扩张夺走了基督教的许多地盘，阻碍了基督教向全世界传播。这是基督教建立后所遭遇的第四次磨难。

[3] 狗牙根是一种极其顽强的低矮草本植物，秆细而坚韧，下部匍匐地面，沿地面蔓延，节上常生不定根，牢扎土中。此处可能隐喻对世俗事物追求的欲望是极其顽固的。

[4] 后者指遗撒在车厢中象征君士坦丁赠礼的雄鹰羽毛。但丁说，君士坦丁赠礼似乎是罗马皇帝对教廷善意的真诚奉献。

[5] 隐喻在短时间内教廷被对世俗权力的欲望所淹没。

[6] 指那辆隐喻教会的圣车。

[7] 圣车的四个角各生出一个头，车辕上则生出三个头。

[8] 车辕上的头都和牛一样生有双角，而四个角落的头则生独角于额头正中央。

教会的阴谋诡计

这样的奇怪物从未曾见[1]。
随后见一淫荡娼妇[2]出现，
安坐着，如高山城堡一般[3]，
在车上用媚眼左顾右盼；
她身旁站立着一个巨人[4]，
似防备她被人夺离身边；
有时候二人还亲吻一番[5]。
因娼妇轻浮眼向我瞟来，
流露出对情欲十分贪婪，
恶情人[6]头至脚对她施鞭[7]；
怀醋意，怒火烧，十分凶残，
解怪物，拉着它进入林间[8]，
那娼妇与怪兽消逝不见，
因林深足以遮我的双眼。

---

[1] 但丁把教会描绘成一个从未曾见过的生有七头十角的怪物（《新约·启示录》第 17 章对该怪物曾有描写），以此来隐喻蜕化的教会已经堕落得抛弃了三超德和四枢德，犯下了七宗罪；车辕上的长着双角的三个头象征傲慢、嫉妒和愤怒，这三罪既触怒上帝，又触怒他人，因而长着双角；四个长着独角的头象征怠惰、贪财、贪食和贪色，这四罪只触怒上帝，因而只长一角。

[2] 据《新约·启示录》第 17 章讲，在七头十角怪物身上坐着一个淫妇，尘世的君主与她行淫事；但丁用此来影射他那个时代的教廷和教宗卜尼法斯八世的腐败、堕落和恬不知耻。

[3] 比喻教宗的权力和教廷的统治地位十分稳定。

[4] 隐喻当时控制教廷的世俗君主法兰西国王。

[5] 隐喻法兰西国王与教廷相互勾结的男盗女娼行为。

[6] 指法兰西国王。

[7] 隐喻法兰西国王腓力四世（Filippo Ⅳ，1268—1314）虐待教宗卜尼法斯八世事件。1303 年，腓力四世派出一队人马进入意大利，联合意大利的反教宗势力，拘捕教宗卜尼法斯八世，对他大加凌辱，致使其不久后忧愤而亡。

[8] 那个巨人十分嫉妒，解开拴在大树上的象征教会的圣车，走入森林之中消失不见了。这行诗句隐喻法兰西国王强迫教宗把教廷迁移至阿维尼翁的重大事件。1309 年，在法兰西国王腓力四世要求下，教宗克雷芒五世把教廷迁往法国境内的阿维尼翁城，在那里滞留了 70 年。历史上称这一事件为“阿维尼翁之囚”。

第33章

仙女们流着热泪吟唱哀婉的圣咏诗篇，贝特丽奇闻歌声也悲伤地发出叹息，就像站在十字架下看着耶稣受难的圣母玛利亚一样痛苦。贝特丽奇看出但丁心中有许多疑问，便鼓励他说出来；随后，她预言上天将派一位领袖人物驱逐邪恶、拯救教会和世人，并请但丁把他的所见所闻告诉世人。当但丁说贝特丽奇的话太高深莫测时，圣女指出但丁在尘世所追求的哲学有缺陷和局限性，因而使他无法理解天启真理。但丁眺望森林那边，好像看见了忘川和忆涧的源头；在贝特丽奇的指示下，玛蒂达带领但丁和斯塔齐奥去饮忆涧的甘甜泉水。喝过忆涧水的但丁似乎获得了新生，完全准备好升上群星之天。

闻哀婉歌声圣女叹息

“噢，上帝呀，外人侵你的产业[1]”，
仙女们流着泪，歌声哀婉，
交替着口中唱圣咏诗篇[2]；
那慈悲之圣女[3]发出叹息：
听仙女唱令人怜悯之言，
就好像十字下圣母一般[4]。
其他的童贞女请她说话[5]，
她此时面色如燃烧火炭[6]，

[1] 此语源自《旧约·圣咏》第79篇，汉语原译文为“上帝呀，外邦人进入你的产业”。

[2] 象征三超德的仙女和象征四枢德的仙女轮换着唱这首哀婉的圣咏。此处，“外人侵你的产业”隐喻法兰西国王干预罗马教廷，并将把教廷迁移至阿维尼翁。

[3] 指贝特丽奇。

[4] 就像圣母玛利亚在十字架下看耶稣被钉死一样痛苦。

[5] “其他的童贞女”指围绕在贝特丽奇身边的七位仙女。“让她说话”的意思为：七位仙女停止歌唱，使贝特丽奇有机会说话。

[6] 由于预见到教会将遭受极其严重的祸害，贝特丽奇义愤填膺，因而脸涨得像火一样红。

直直地站起身张口回言：
“我各位亲爱的姊与妹呀，
不久后我容颜你们难见，
再不久，又见我洗心革面[1]。”

圣女鼓励但丁勇敢提问

随后她让七仙行于其前，
而示意那女子[2]、我与先贤[3]，
迈脚步跟随在她的后面。
就这样她开始向前行走，
我觉得还未行十步之远，
她亮眸便射向我的双眼[4]；
祥和地对我说：“快点行走，
我对你说话时更加方便，
你也可更清晰听见我言[5]。”
我遵命靠近了她的身边，
她说道：“兄弟呀[6]，已到面前，
为什么欲提问，却又不敢[7]？”
就如同对上级过于崇敬，
来到他面前时难以吐言，

[1] 此语源自《新约·约翰福音》第16章，耶稣在最后的晚餐上对使徒们说：“等不多时，你们就不得见我，再等不多时，你们还要见我。”耶稣用此话预告他将死去，但过不多久又将复活。贝特丽奇说此话，是指责不久后教会将走上极其腐败的道路，但过不多久，便会有人改革教会，使其重归正路。此语似乎预示了200多年后的马丁·路德的宗教改革。

[2] 指与但丁在一起的女子玛蒂达。

[3] 指与但丁在一起的古罗马诗人斯塔齐奥。

[4] 她的明亮的眼睛便看着我的眼睛。

[5] 贝特丽奇让但丁快点走，跟得紧些，这样她与其说话更方便。

[6] 为表示亲近，贝特丽奇称但丁为兄弟。炼狱象征天主教会，在教会中，信徒之间互相称兄弟姐妹。

[7] 贝特丽奇看出但丁心中有许多问题，但没有勇气提出，便鼓励他要勇敢些。

声音至齿舌间停滞不前。
我情况亦如此，语无伦次：
“夫人啊，我所需，您心明辨，
也晓得怎样才能够成全[1]。”
她说道：“我希望从今以后，
你能够摆脱掉畏惧、羞惭，
说话时不再像做梦那般。

贝特丽奇的预言

你应知，罐已被恶蛇打烂[2]，
有过者[3]却总有侥幸之念，
觉喝汤便不惧上帝惩办[4]。
那只鹰[5]把羽毛[6]撒于圣车[7]，
使圣车变怪物，遭受劫难；
绝不会永无人继承帝冠[8]。
我已经看清楚，因而说出，
诸吉星会摆脱各种麻烦，

[1] 直至此时，但丁仍无勇气直接说出自己心中的问题，只是对贝特丽奇说：我想知道什么，你全都明白，也晓得如何能够满足我的心愿。

[2] “罐”指前面所讲过的圣车，“恶蛇”指前面所讲过的恶龙，“罐已被恶蛇打烂”指恶龙用尾巴戳穿圣车的车底。

[3] 指祸害教会的教宗和法兰西国王。

[4] 据说，中世纪晚期，佛罗伦萨常有械斗，械斗中的杀人凶手，如果能在死者的坟前连续九日每天只喝一次稀汤，被害者的亲属便可不追究他的罪过。此处，但丁要表达的意思是，那些祸害教会的人总是有侥幸的心理，认为上帝很仁慈，妄想用喝汤式的轻松自罚躲过应受的重罚，因而他们不惧怕上帝。

[5] 鹰比喻罗马帝国。见上一章有关注释。

[6] 帝国之鹰撒在圣车上的羽毛隐喻罗马帝国留给教会的世俗权力和财产。见上一章有关注释。

[7] 圣车隐喻教会。见上一章有关注释。

[8] “绝不会永无人继承帝冠”的意思为：一定会有人重新创建帝国（指基督教的神圣罗马帝国）的秩序。但丁认为，自从日耳曼神圣罗马帝国皇帝腓特烈二世（Federico Ⅱ，1194—1250）去世后，再无正统皇帝（即南下罗马加冕的皇帝）维持帝国秩序，保护尘世安宁。

早预示天使至吉利时间；
那天使名字叫五百十五，
将杀死女贼与那个巨汉，
他二人共作恶，本是同犯[1]。
或许似忒弥斯[2]、斯芬克斯[3]，
我也吐堵心智隐晦之言，
因而才说服你遇到困难[4]；
但很快事实会浮出水面，
水仙[5]将解开那浓浓谜团，

[1] 吉星会摆脱各种阻碍，升空照天，向人们尽早预示上帝将派使者杀死那个祸害教会的淫妇和巨人，因为他们一起作恶，是同犯。上帝派来的使者叫“五百十五”。此处，但丁玩儿了一个十分神秘的文字游戏：在古罗马数字中，D是五百，X是十，V是五，合在一起便是“五百十五”，如果我们把这三个数字略调换位置，重新组合一下，便可以写成DVX，在拉丁语中，这个词的意思为领袖。这里，我们可以看出，但丁在期盼一位上天派遣的领袖人物来解救人类，但并未说出他是谁；许多注释家认为，但丁指的是1308年当选日耳曼神圣罗马帝国皇帝的亨利七世。为了迎接亨利七世南下意大利，但丁曾用拉丁文写作了著名的《帝制论》。

[2] 忒弥斯（Temi）是希腊神话中的一位女神，她可以看透甚至连宙斯都不明白的奥秘，因而能够预示未来。宙斯要惩罚罪恶滔天的人类，命洪水淹没世界。丢卡利翁事先得到神的警告，造了一条大船，当洪水到来时，他和妻子皮拉幸免于难。洪水过后，世上只剩下他们二人。他们请忒弥斯预告如何能重造人类。忒弥斯告诉他们一边走一边把母亲的骨头抛在身后。起初，二人不解其意，后来丢卡利翁恍然大悟，对皮拉说：“大地是我们的母亲，她的骨头就是石头啊！”于是二人边走边扔石头，丢卡利翁扔下的石头都变成了男人，皮拉扔下的石头都变成了女人。

[3] 斯芬克斯（Sfinge）是希腊神话中一个长着狮子躯干、女人头面的有翼怪兽，坐在忒拜城附近的悬崖上，邀请过路人猜谜语，她问过路人：“什么东西早晨用四条腿走路，中午用两条腿走路，晚上用三条腿走路？”许多年过去了，一直无人能够破解她的谜语。聪明的俄狄浦斯路过那里，猜中了谜底；斯芬克斯羞愧地跳崖而死。斯芬克斯后来被比作谜一样的人和语言。

[4] 也许我的话也像忒弥斯和斯芬克斯的话那样隐晦，堵住了你的心智，因而无法说服你。

[5] 在希腊神话中，破解斯芬克斯谜语的人是俄狄浦斯，他是拉伊俄斯的儿子，因而也被称作“拉伊俄斯子”。拉伊俄斯名字的拉丁语是Laius，“拉伊俄斯子”一词的拉丁语可以写成Laiades；在中世纪讲述这段故事的文字中经常把Laiades误写成Naiades，在拉丁语中，Naiades的意思为水仙；显然，此处但丁因受到中世纪文字的误导才使用了“水仙”一词。

但羊群与收成仍能保全[1]。 51

圣女请但丁告诉世人所见所闻

你记住我说的这些话语，
把它们转达至世人耳间，
他们都正奔向死亡之线[2]。 54
别忘了记录下亲眼所见，
这棵树之景况切勿遮掩，
它已经在此处被掠两遍[3]。 57
天主造此圣树只为己用[4]，
谁掠夺或毁它罪恶滔天，
其行为是对主亵渎、侵犯。 60
第一个人灵魂因吃树果，
苦盼中期待主五千余年[5]，
主为此罚自身，忍受苦难[6]。 63
这棵树高耸且树冠倒置，
其特殊之理由若不明辨，

[1] 俄狄浦斯破解了斯芬克斯的谜语，受到忒拜人的推崇，被选为忒拜王。善于破解奥秘的忒弥斯是一位正义女神，她决定为斯芬克斯报仇雪恨，于是派出一只野兽吞食忒拜人的牲畜，毁坏他们的庄稼，使他们遭受重大损失。这几行诗的意思是：很快贝特丽奇对但丁的预言之谜便会被解开，但人们却不需要承受忒拜人所承受的损失。

[2] 按照基督教的解释，人生只是奔向永生的过程；奔向尘世的死亡即奔向永生。“奔向”一词强调了人生的短暂。

[3] 对禁果树的第一次掠夺指的是亚当和夏娃盗食禁果，第二次掠夺指的是上一章所讲的巨人解开拴在树上的凯旋车并将其拉入林中。

[4] 天主造这棵圣树本来只是留给自己用的，现在它却被邪恶的人盗用了。

[5] 据《旧约 · 创世记》第 5 章讲，亚当在世 930 年。但丁认为，亚当死后在灵泊中又住了 4302 年，后来被下到地狱的基督提出，领入天国；因而，亚当在痛苦中期盼天主的拯救足足 5000 余年。

[6] 天主也因为人类始祖盗食禁果而自罚其身，忍受被钉在十字架上的痛苦。

你智慧便深陷睡梦中间[1]。
缠绕你头脑的那些妄念[2]，
若并非埃尔萨河水[3]那般，
也不像皮拉莫[4]血染桑葚，
仅凭借你所见情况判断，
你便可从道德层面看到，
禁令是上帝的正义体现[5]。
但我见你心智已经石化，
被污染，昏沉沉，事理不辨，
致使我话语光炫花你眼[6]：
若不能印脑海，望你粗绘，
希望你带着它返回家园[7]，
如同把缠棕杖携带身边[8]。”

圣女指出但丁追求的学说有缺陷

我说道：“你的话已印吾脑，

[1] 上帝为了使人类放弃爬树摘果的欲望，便使这棵树展示出上宽下窄、难以攀爬的样子；如果你连这一特殊理由都看不明白，只能说你的智慧陷入睡梦之中，晕晕乎乎，十分低下。

[2] 指在尘世各种谬误学说的影响下但丁头脑中产生的妄想。

[3] 埃尔萨河（Elsa）位于意大利托斯卡纳地区，是阿尔诺河的支流，距佛罗伦萨不远；河水中含有大量的石灰质，若有物浸入河水，便很快覆盖上一层石灰质。

[4] 皮拉莫（Pilamo，另译：皮拉姆斯）是古巴比伦一位青年，他与提斯柏有一段极其动人的爱情故事，他们的鲜血最后使桑葚汁变成了红色。见《炼狱篇》第27章第38、39行注释。

[5] 如果事物并没有被埃尔萨河水中的石灰质覆盖，也不像皮拉莫的鲜血使桑葚变成红色那么神秘，你就可以不需要我的解释，仅仅凭借你自己所见到的情况做出这样的判断：在道德层面上，上帝的禁令就是至高正义的体现。

[6] 但是，我眼前的你，心智已经被石灰质覆盖，变成了石头，并且被污染得变了色，你已经昏昏沉沉地不辨事理了，以至于感觉我的话过于炫目，无法听懂。

[7] 如果我的话太难懂，你无法逐句记录在心中，那也要粗略地记住大意，并带着它返回人间。

[8] 就如同把缠着棕树枝叶的手杖带在身边一样。在中世纪，朝圣者从圣地返乡时，总是把圣地的棕树枝叶缠在手杖上，以示他到过圣地。

就像是封蜡已盖印一般[1]，
那打上之印记不会改变。
我希望能听懂你的语言，
却为何它飞得超我视线，
越努力追赶它，逃得越远[2]？”
她答道：“应知晓，你追之派，
其学说不完美，具有缺陷，
不足以深理解我吐之言[3]；
你们的尘世人行走之路，
与上天之道路相距甚远，
似地球至高速旋转之天[4]。”
于是我回答她：“我不记得，
曾远远离开过您的身边，
也没有因此受良心责难[5]。”
那圣女微笑着回答我说：
“如若你记不起如此经验，
现请你想一想今饮忘川[6]；
如见烟便可以推论有火，

[1] 在中世纪，人们用蜡把信封或文件袋的口封上，并趁蜡还热的时候盖上印，这样信或文件就十分安全了。但丁对贝特丽奇说，你的话已经牢牢地记在我的心中，就像用蜡封住口并盖上印的信封或文件袋一样牢靠。

[2] 我希望能听懂你的话，但你的话却那么高深莫测，超出了我的理解能力；我越是试图理解它，它就变得越是难以理解。

[3] “你追之派”指但丁一向所追求的纯粹以理性为基础的哲学派别。但丁认为哲学是有局限性的，它不可能使人明白一切；因而，此处他借贝特丽奇之口说“其学说不完美，具有缺陷”，所以，“不足以深理解我吐之言”。

[4] “高速旋转之天”指九重天的最外面一重，即原动天。按照但丁所相信的托勒密天文体系，九重天围绕着地球旋转，最外面的天直径最大，旋转的速度也最快，因此九重天的旋转是同步的。这几行诗的意思是：你们人类所行走的道路距离上天指引的道路很遥远，就像地球距离第九重天那么遥远。

[5] 但丁回答贝特丽奇说，他不记得自己只追求哲学道理而远离贝特丽奇所象征的天启真理，因而也从来没受到过良心的谴责。

[6] 贝特丽奇提醒但丁说，如果他忘记了远离天启真理的经历，也没什么奇怪的，因为他今天刚刚饮过忘川之水。

这遗忘能使人清晰判断：
错在于你心转他人身边[1]。
须明确把我言欲表之意，
展示在你幼稚愚钝眼前，
从此后我的话清晰、易辨[2]。”

但丁见到忘川和忆涧的源泉

不同处望天空，子午有变[3]，
此时日正处在它的环线[4]，
其脚步放缓慢且喷烈焰[5]；
领众人行走的引路向导，
如若见有奇景映入眼帘，
他一定会停下，驻足不前；
七仙女也止步昏暗树荫，
那里的山中载潺潺清泉，
黑树枝与绿叶覆盖上面[6]。
似见到幼发拉[7]、底格里斯，
在她们前面出同一水源，

[1] 但丁通过贝特丽奇之口做出了以果证因的离奇推论。贝特丽奇说：如果见到烟就能够判断曾经有过火，那么就可以说，但丁因喝了忘川水，所以忘记了曾经有过的经历；这恰恰证明但丁确实曾经远离贝特丽奇所象征的天启真理。他犯错误的原因是移情别恋于他人，即爱恋哲学。

[2] 贝特丽奇见但丁幼稚、愚钝，便说从此以后不再使用神秘、晦涩的语言，而要讲得更清楚、易懂些。

[3] 在不同的地方观看天空时，子午线也会变化。

[4] 此时，太阳正位于但丁所在之处的子午线上，即时间为中午 12 点左右。

[5] 中午时，不仅烈日炎炎，人们还会觉得太阳行走得比其他时候缓慢。

[6] 走在最前面的七位仙女，就像看见奇景的引路向导一样，在一片昏暗的树荫下停下脚步，那里的山中流淌着潺潺的清泉，大树的茂密枝叶覆盖在清泉上面。

[7] 指幼发拉底河。

像密友，二流分，却仍眷恋[1]。
“噢，光芒啊，人类的无上荣耀[2]，
此处是什么水，出于同源，
随后又分两叉越流越远？”
圣女闻我提问开口说道：
“玛蒂达可向你解释一番。”
那美女[3]似乎要推卸责任，
她答道：“我已吐该说之言，
曾对他讲此与其他诸事，
他不应全忘记，因饮忘川[4]。”
圣女[5]道：“或许是关注难题，
时常会使人的记忆锐减，
致使他心智的眼目昏暗[6]。
你见到忆涧水从那（儿）发源，
带着他去那里，如往常般[7]，
使他那昏死的功能复原[8]。”

[1] 但丁似乎看见，在七位仙女前面，幼发拉底河和底格里斯河从同一个源头涌出（《旧约・创世记》第 2 章如此描写），随后，两条河分离时，又像两个朋友一样恋恋不舍；但丁是在用这两条河比喻他笔下的地上乐园中的忘川和忆涧。

[2] 但丁如此称呼贝特丽奇，是因为他要赞美象征基督教神学和天启真理的这位圣洁女子。

[3] 指玛蒂达。

[4] 玛蒂达好像在指责但丁，说她已经给但丁讲过这件事，还讲过许多其他事，但丁不应该喝了忘川水就忘掉这一切；因为玛蒂达深信，忘川水只能使但丁忘记自己曾经犯下的罪过。

[5] 指贝特丽奇。

[6] 贝特丽奇为但丁辩解说，或许是因为他刚才关注太艰深的疑难问题，致使其记忆锐减，才忘记了玛蒂达的讲解。

[7] 玛蒂达的职责就是引经过炼狱改造的灵魂饮忘川和忆涧之水，使他们忘记以往的罪过，牢记以往的良善。贝特丽奇请玛蒂达像以往一样尽其职责，因而说“如往常般”。

[8] 你领他去饮忆涧之水，以此唤醒他昏昏沉沉的心智。

忆涧河水

第 33 章

饮忆涧水，但丁如获新生

当别人展示出想法之时，
君子从不会找借口敷衍，
而把其转变成自己意愿；
就这样美女子[1]拉我前行，
并对那古诗人[2]开口吐言：
“你随后！”其音显女性温暖[3]。
读者呀，若可写更长篇幅，
我便将多歌唱甜美清泉[4]，
喝那水我永难意足心满[5]；
但书写第二篇[6]所有纸张，
此时刻已被我全部用完，
艺术的缰绳要勒马停站[7]。
当我从圣泉处返回之时，
如满冠嫩枝叶新树一般，
我已经极纯洁，获得新生，
准备好升入到群星之天[8]。

[1] 指玛蒂达。

[2] 指斯塔齐奥。

[3] 玛蒂达说话的声音显示出女性的温柔和关怀。

[4] 指忆涧之水。

[5] 忆涧的泉水太甜美了，我永远也喝不够。

[6] 指《炼狱篇》。《炼狱篇》是《神曲》整部作品中的第二篇。

[7] 诗歌艺术要求我勒住我笔锋的缰绳，令这匹奔驰的马儿停下来。

[8] 此时，但丁已经完全做好了升入天国的准备。

《炼狱篇》索引

词条后加黑的数字表示章次，普通数字表示行数。

A

B

C

D

E

F

G

M

Q

T

U

V

Z